ro
ro
ro

Max Annas, geboren 1963, arbeitete lange als Journalist, lebte in Südafrika und wurde für seine Romane «Die Farm» (2014), «Die Mauer» (2016), «Finsterwalde» (2018) und «Morduntersuchungskommission» (2019) sowie zuletzt «Morduntersuchungskommission: Der Fall Melchior Nikolai» (2020) fünfmal mit dem Deutschen Krimipreis ausgezeichnet. Bei Rowohlt erschien außerdem «Illegal (2017).

«Bis in die Details hinein ist die Geschichte, die er uns erzählt, DDR 1985 – und damit zugleich ein kompaktes, starkes Kapitel der nie endenden großen Erzählung von Unordnung und Gewalt.» *Deutschlandfunk Kultur*

«‹Der Fall Nikoleit› ist wieder ein schlanker, karger und nüchterner Polizeiroman, der dies Subgenre aufs Essentielle konzentriert, sehr gelungen das, und auf eine ganz eigene Weise spannend.» *WDR*

MAX
ANNAS

MORDUNTER SUCHUNGS KOMMISSION

DER FALL MELCHIOR NIKOLEIT

ROMAN

ROWOHLT
TASCHENBUCH VERLAG

Veröffentlicht im Rowohlt Taschenbuch Verlag,
Hamburg, September 2021

Redaktion Katharina Rottenbacher
Karte Peter Palm, Berlin
Covergestaltung Hafen Werbeagentur, Hamburg
Coverabbildung pixonaut / iStock; ullstein bild – ddp;
ullstein bild – Klaus Mehner;
Jena, DDR, im Mai 1990. (CC-BY-SA-2.0,
commons.wikimedia.org)
Satz aus der Minion Pro PostScript
bei CPI books GmbH, Leck
Druck und Bindung GGP Media GmbH, Pößneck, Germany
ISBN 978-3-499-00176-5

Die Rowohlt Verlage haben sich zu einer nachhaltigen Buchproduktion verpflichtet. Gemeinsam mit unseren Partnern und Lieferanten setzen wir uns für eine klimaneutrale Buchproduktion ein, die den Erwerb von Klimazertifikaten zur Kompensation des CO_2-Ausstoßes einschließt.
www.klimaneutralerverlag.de

FSC
www.fsc.org
MIX
Papier aus verantwortungsvollen Quellen
FSC® C014496

Für Matthias Domaschk (1957–1981)

Unstrut
Bad Langensalza
ERFURT
Herleshausen
Eisenach
Nesse
Wartha
Wartburg
Erfurt
Gotha
Werra
THÜRINGER WALD
Tabarz
Friedrichroda
Georgenthal
Arnstadt
Bad Salzungen
Crawinkel
Schmalkalden
Ilmenau
Rennsteig
Walldorf
Utendorf
Suhl
Meiningen
SUHL
Werra
Hildburghausen
N
S
Bad Neustadt
BUNDESREPUBLIK
DEUTSCHLAND
Coburg

Weißenfels
Naumburg
Weimar
Apolda
Saale
Weiße Elster
Eisenberg
Ilm
Jena
Hermsdorf
Gera
DDR
Roda
Kahla
Orlamünde
Rudolstadt
Neustadt
Weida
Orla
Uhlstädt
Bad Blankenburg
Schwarza
Pößneck
Saalfeld
G E R A
Zeulenroda
Hohenwarte-
Stausee
Saale
Schleiz
Plauen
Lauscha
Sonneberg
Hof
0
5
10
15 km

Vom Tisch kommt das Nicken.

Julia tippt mit dem Zeigefinger das D auf dem Keyboard an und sucht den richtigen Rhythmus. Mit der anderen Hand hält sie den Lautstärkeregler fest. Ihr Herz klopft schnell. Der Finger auf der Taste hat den Beat jetzt gefunden. Sie wartet auf Sohle. Wenn er sie anguckt, kann sie die Lautstärke hochfahren, aber der ist noch damit beschäftigt, die Gitarre so vor seine Lederjacke zu halten, dass er auf die Saiten hauen kann. Biber glotzt in die Runde, er ist sowieso am Start. Die beiden Holzstäbe liegen in seinen großen Händen, als wollte er sie zerbrechen. Die Leute wundern sich oft, wie gut er damit spielen kann. Nicht, dass es wichtig ist.

Die Augen zur Seite gerichtet, bemerkt Julia das Nicken vom Tisch noch einmal. Die Leute von der Einstufungskommission werden ungeduldig. Die Freunde im Saal werden auch schon unruhig. Die paar Leute. Julias Zeigefinger bearbeitet weiter das D. Melchior ist jetzt auch so weit. Der Bass hängt so tief, dass er nur mit einem Buckel spielen kann. Aber er will es so. Und er sieht cool aus. Sohle hat die Augen zusammengekniffen und starrt sie an. Er will. Julia überprüft kurz die Lage. Biber wartet. Melchior auch. Das Nicken vom Tisch kommt schon wieder. Jetzt dreht sie langsam am Knopf.

Melchior beobachtet Julia, die einen Beat Pause macht, dann gibt es noch einen Ton. Und wieder von vorn. Das Ganze noch ein drittes Mal, die volle Lautstärke ist erreicht, und endlich kommt sein Einsatz. Die Bewegung beginnt in der Schulter. Wie ein Blitz fährt sein rechter Arm über die vier Saiten, die er lockerer spannt als andere. Dadurch kriegen die Töne so eine Länge. Er hört Biber und dessen knüppelharten Schlag, dann eine kurze Pause, und dann ist er mit diesem Rhythmus dabei, der oft so wirkt, als wolle er die anderen im Takt überholen. Was er manchmal auch tut. Er hat ja nur die beiden winzigen Trommeln, die sie von seinem Vater übers Militär gekriegt haben, und die Jazz-Hi-Hats, die ihm ein Onkel aus Moskau mitgebracht hat. Da ist alles hoch und hell und knallend. Nur Sohle wartet noch. Melchior blickt kurz zu ihm hinüber und sieht, wie dessen ganzer Körper zum Rhythmus zuckt. Er hat die rechte Hand schon oben und die Augen geschlossen, Melchior kann ihn mitzählen sehen. Dann öffnet er die Augen, senkt den Blick auf die Saiten und nimmt sich den Song mit diesem Solo, was er aber nicht so nennen würde. Er fährt für ein paar Takte über die anderen glatt hinweg, dehnt die unterste Saite ein paar Mal bis zum Anschlag, und dann beugen sich alle vor zu den Mikrofonen.

Sohle spielt einen letzten Ton und holt Luft. «Der Rotz, der fließt die Saale runter», ruft er ins Mikro. – «Der Rotz, der fließt die Saale runter», rufen die anderen ihm leicht versetzt hinterher. Auf Melodie oder so was achten sie nicht. Oder Chorgesang. – «Der Rotz, der fließt die Saale runter», ist er wieder allein dran. – «Der Rotz, der fließt die Saale runter», folgen die drei anderen ihm. Sie haben sich ganz schön viele Gedanken gemacht, wie lang genau der Abstand sein muss zwischen seiner Stimme und den anderen. Und Melchior hat einmal gesagt, dass das eigentlich viel zu kompliziert für Punk ist. Punk ist schmutzig, hat er auch noch gesagt.

Das Singen hört erstmal wieder auf. Für eine Sekunde guckt Sohle zu dem Tisch hinüber, dann zu Julia, die immer noch mit dem Zeigefinger auf das D tippt und ihn anstarrt. Gleich braucht sie mehrere Finger auf einmal, wenn Melchior und Biber fertig sind mit ihrem Interlude. Dann muss sie die Tasten im Blick haben. «Gibt kein Interlude im Punk», hat Melchior ein paar Mal gesagt. Aber mit Biber diese zehn Sekunden Krach zu machen, das fetzt schon, hat er gesagt.

Sohle guckt wieder zum Tisch. Der Mann, der eben noch genickt hat, schüttelt nun den Kopf. Julia braucht jetzt drei Finger und ihre beiden Hände. Sohle erinnert sich daran, was sie gesagt hat, als er damals meinte, sie bräuchten eine Sängerin. – «Ich tanz da nicht vor euch rum», waren ihre Worte. Und: «Nur weil ich Titten hab, glaubt das nur nicht.» Und: «Ich will auch ein Instrument spielen.» Sie konnte keins und hat das alte Keyboard gekriegt, das er bei einer Tanzkapelle besorgt hat. Jetzt drückt sie versehentlich zwei Tasten mit einem Finger auf einmal, obwohl das so gar nicht vorgesehen war. Vor allem heute nicht.

Biber ist wieder bei dem Rhythmus vom Anfang angekommen. Und die anderen mehr oder weniger auch. Da da da da da daa macht Julia mit dem D, dann wieder eine Pause und das nächste Da, das ihr etwas zu lang gerät. Melchior vor ihr zuckt kurz mit der Schulter. Vielleicht hat er es mitgekriegt. Sohle kommt nun wieder mit seiner Gitarrenattacke. Biber kann die Männer am Tisch genau sehen. Sie rühren sich nicht. Was immer die auch erwartet haben. Egal, da müssen die jetzt durch.

«Der Rotz, der fließt die Saale runter», schreit Sohle nach vorn gebeugt. – «Der Rotz, der fließt die Saale runter», sind alle dran. – «Der Rotz, der fließt die Saale runter», ist wieder Sohles Einsatz. Und jetzt kommt es. Die Freunde, die im Saal sitzen, kennen das schon. Die haben das im Keller der Jungen Gemeinde gehört, ohne all die Mikros natürlich, so viele wie hier gab es da ja gar nicht. Die drei beugen sich nach vorn, um ihren Teil zu singen, um Sohles Ruf wieder mit einem Echo zu kontern, aber sie tun es nicht. Das war Julias tolle Idee.

Julia muss immer grinsen, wenn sie an den Punkt kommen, an dem sie jetzt sind. Sie sieht die anderen an und erkennt, dass es ihnen nicht anders geht. Sie haben eine Erwartung geschaffen, und diese Erwartung dann nicht erfüllt. Wie bei einem Schlag auf die Trommel, zu dem der Fuß schon wippt, der dann aber unterbleibt. Das ist richtig cool. Sie dreht den Lautstärkeregler langsam zurück. Sohle und Biber haben schon aufgehört, nur Melchior fährt mit dem Arm noch über die Basssaiten. «Rotz!», ruft Sohle. Und wieder «Rotz!». Das Keyboard ist fast schon stumm, Melchior hat die Bewegungen aus der Schulter heraus immer langsamer kommen lassen. «Rotz!», ruft Sohle. Melchior reibt noch einmal über die Saiten. Und Sohle ruft zum letzten Mal «Rotz!».

Dann ist alles still. Wirklich still. Julia hört ein Husten aus dem Saal. Ein einsames Klatschen dann, es kommt viel zu schnell und zu heftig. Mehr Hände klatschen, aber so viele Leute sind ja gar nicht gekommen. Jetzt erst traut sich Julia, zum Tisch zu gucken. Die vier Männer sitzen so, dass sie ihre Gesichter nur schwer sehen kann. Der erste, der, der eben genickt hat, das ist der Vorsitzende der Kommission, verzieht keine Miene und rührt sich auch sonst nicht. Der Applaus wird schwächer. Die anderen drei Männer, für Julia im Schatten des ersten, versetzt hinter ihm, bewegen sich nicht. Also gar nicht. Da ist kein Zucken zu sehen, selbst die Hände liegen alle auf dem Tisch. Jetzt schreibt einer was auf den Zettel vor sich, das ist der ganz hinten. Sein Nebenmann macht es ihm nach. Dann beugt sich der dritte nach vorn und nimmt den Stift zur Hand. Nur der erste, der Nicker, der sitzt ganz still. Langsam dreht er den Kopf und sieht Julia an. Und nickt schon wieder. Sie haben ja noch ein paar Stücke zu spielen an diesem Morgen.

1 | Otto Castorp

«Genosse Castorp», sagte Heinz, als er den Wartburg stoppte. «Sehen Sie mal, hier an dieser Ecke können Sie keinen Schaden anrichten.» Die hohe Stimme des Hauptmanns der Morduntersuchungskommission klingelte in Ottos Ohr. Er öffnete die Beifahrertür des Wartburg und setzte einen Fuß auf den Asphalt. Dann drehte er sich noch einmal vorsichtig um und blickte ins Gesicht seines Leiters. Er sah Mitleid und Bedauern. Vor allem Mitleid. Er traute sich nicht, auf die Rückbank zu schauen. Da saßen Günter und Rolf und amüsierten sich über ihn. Günter räusperte sich schon so komisch.

«Schaffe ich schon», sagte Otto. Er holte tief Luft.

«Komm, jetzt mach nicht so ein Theater.» Heinz tappte mit einem Finger auf das Lenkrad. «Wenn die Kollegen von der Branduntersuchungskommission um Hilfe bitten, dann sind wir eben da. Und du hast …» Er machte eine Pause. «Komm jetzt», sagte er. «Hier an der Ecke kannst du den Alkohol ausschwitzen. Das ist so weit weg von der Wohnung, um die es geht, da wirst du dich einfach ein bisschen langweilen und kannst nicht so viel falsch machen. Irgendwann sammeln wir dich wieder ein. Raus jetzt.»

«Raus jetzt», machte Rolf das Echo.

Otto stieg aus und schlug die Tür zu, ohne sich noch einmal umzudrehen. Erst als das Motorengeräusch des Wartburg verklungen war, drehte er sich um. Über sich erkannte er im Dunkel den Westbahnhof, tief unten die Saale. Hier am Anstieg trafen sich ein paar kleinere Straßen, ein Fußweg führte zu einer Unterführung, durch die man musste, wenn man zum Bahnhof wollte. Eine Möglichkeit, sich hinzusetzen, gab es weit und breit nicht. Und er wollte erst gar nicht beginnen, danach zu suchen. Es würde ihn nur wegführen von der Kreuzung, an der er platziert worden war.

Auf und ab gehen, dachte er, vielleicht hilft das. Etwas Bewegung tut mir jetzt gut. Ein Barkas der Volkspolizei kam die Straße hoch, und Otto drehte sich weg. Da waren sicher ein paar unter den uniformierten Polizisten, die ihn kannten. Niemand musste ihn in diesem Zustand sehen. Als der Barkas die Felsenkellerstraße weiter hochgefahren war, stützte er die Hände auf die Knie und versuchte, den Druck in seinem Kopf zu lokalisieren. Es gelang ihm nicht. Druck und Schmerz waren einfach überall.

Es war aber auch spät gewesen gestern. Den Wodka hatte er im Wohnzimmer noch ausgetrunken, bevor er zu Birgit ins Bett gekrochen war. Und dann hatte ihn Heinz' Anruf geweckt.

Eigentlich war es Birgit gewesen, die vom Lärm des Telefons aus dem Schlaf geholt worden war. Und die hatte ihn geweckt. So war es verabredet gewesen. Oder das war, worum er Birgit gebeten hatte, bevor sie schlafen gegangen war. Und auch wenn die Stimmung zwischen ihm und Birgit gerade nicht gut war, in solchen Dingen konnte man sich auf sie verlassen.

«Trink die Flasche nicht aus», hatte sie noch gesagt. «Bitte.»

Birgit hatte ihn geschüttelt, und zehn Minuten später hatte er vor der Haustür auf die anderen gewartet. Die Beifahrertür des Wartburg hatten sie ihm aufgemacht. Und er hatte sich wortlos hineingesetzt. Konnie, der jüngste Ermittler der Morduntersuchungskommission, musste mit seinem eigenen

Wagen unterwegs sein. Für alle fünf Mitglieder war in dem Wagen einfach kein Platz. Was war das noch einmal für ein Fall, bei dem sie aushelfen sollten?

Noch ein Barkas kam aus dem Saaletal herauf. Otto blickte auf seine Armbanduhr, um die Jungs nicht grüßen zu müssen. Gleich würde es losgehen. Wenn er Glück hatte, war er in etwas mehr als einer halben Stunde erlöst. Und hier in der Gegend standen nicht so viele Wohnhäuser, es gab also nicht so viele Fenster, aus denen heraus man ihn sehen konnte. Für die Leute, die auf dem Weg zum Westbahnhof waren, war es genauso dunkel wie für ihn.

Vielleicht erkannte ihn niemand. Hoffentlich sprach ihn keiner an. Den Rest des Tages würde er mit dem Erstellen von Akten im Büro verbringen. Oder mit Aufräumen. Irgendetwas in der Art. Hauptsache, man ließ ihn in Ruhe.

Sechs Uhr. Gleich würde eine Tür in der Nähe eingetreten, um einen Brandstifter zuzuführen. Er hatte nicht so genau hingehört. Aber der Kerl, der erst vor ein paar Tagen identifiziert worden war, hatte schon mehrere leere Scheunen in der Umgebung Jenas angezündet. Irgendwann würde jemand bei so einem Feuer sterben.

Was war das gewesen? Hatte die Frau, die gerade an ihm vorbeigegangen war, ihm zugenickt? Er drehte sich um und sah ihr nach. Sie erinnerte ihn an niemanden. Jedenfalls nicht von hinten. Otto machte jetzt längere Schritte beim Auf- und Abgehen und wünschte sich, er hätte eine Sonnenbrille dabei. Es war noch recht dunkel, aber gleich würde die Sonne aufgehen, und das Licht würde ihn schmerzen.

Einatmen, kurz so bleiben, wieder raus mit der Luft. Jetzt könnten die anderen mal kommen und ihn aufgabeln. Es war schon viertel. Wenn nicht irgendetwas schiefgegangen war, dann saß der Zündler jetzt auf der Rückbank von einem Wartburg oder in einem Barkas und sah sich die Gegend mit gefesselten Händen an.

Aus allen Richtungen kamen die Leute nun und nahmen den Pfad hoch zum Bahnhof. Otto überquerte die Straße und stellte sich so, dass die wenigsten von ihnen direkt an ihm vorüberziehen mussten. Gleich sollten sie aber wirklich kommen, die Genossen. Er hatte Hunger. Und gewaltigen Durst. Ganz kurz schloss Otto die Augenlider, öffnete sie wieder und sah auf die Uhr. Sechs Minuten vor halb sieben.

Sie hatten ihm nicht einmal ein Funkgerät in die Finger gedrückt. Es war der letzte Posten, an dem etwas geschehen sollte. Schon fast halb. Es wurden immer mehr Leute, die hoch zum Bahnhof gingen, auch Kinder und Jugendliche. Otto drehte sich so, dass sie nur seinen Rücken sehen konnten. Wahrscheinlich war das Jackett ganz faltig, weil er es gestern Abend einfach von sich geworfen hatte. Oder hatte er einen frischen Anzug aus dem Schrank genommen? Er konnte sich einfach nicht erinnern.

Ein Ruf hinter ihm. Otto ignorierte das «Ey!». Was gingen ihn die Konflikte der Leute an, die jetzt ihre Bahn kriegen mussten, um zur Arbeit oder zur Schule zu kommen. Mehr Stimmen, zwei oder drei darunter laut, er blieb stehen. Der Mann, der eben noch «Ey!» gerufen hatte, legte nach. «Das gibt es doch nicht», rief er.

Der Klang der Stimmen wurde zu einem Teppich aus Grummeln und Stöhnen. Ein Kind fing an zu weinen.

Dreh dich nicht um. Das hier geht dich gar nichts an.

Du hast nämlich eine Aufgabe. Irgendwo dahinten verhaften die Kollegen gerade jemanden und holen dich nach getaner Arbeit ab. Und du bist hier platziert worden, um … Ja, warum eigentlich? Falls irgendetwas schiefgehen sollte. Was auch immer das sein konnte.

Solange jedenfalls von dort hinten, wo diese Wohnung lag, in der der Brandstifter wohnte, nichts Auffälliges zu ihm vordrang …

Das Kind schrie immer lauter.

«Stehen bleiben», rief jetzt ein Mann.

Und «Tu was!» eine Frau. Otto drehte sich um.

Am Beginn des Weges, der hoch zum Bahnhof führte, stand eine Gruppe von Leuten. Alle von ihnen blickten hoch, ein Mann reckte seinen Arm in die Höhe, Empörung. Eine Frau bückte sich und nahm das schreiende Kleinkind auf den Arm. Mehr Leute kamen dazu. Otto stellte sich zu ihnen.

«… Polizei …»

«… unmöglich …»

«… und das Blut …»

Jetzt sah Otto den Fleck am Boden. Und dort hinten noch einen. Er drehte sich einmal um sich selbst. Auch dort, hinter ihnen, waren Spuren. Tropfen von Blut zeichneten ein Bild des Weges, den …

«Wer war das?», fragte Otto laut.

«Dieser Mann», sagte eine Frau in kreischendem Ton, ohne sich zu ihm umzudrehen, und zeigte zum Bahndamm.

Der Klang der Stimme setzte sich in seinem Ohr fest und tat irgendwo im Kopf weh. Aber die Blutspur konnte er klar erkennen. Warum waren denn alle stehen geblieben?

Eine Sirene erklang von ferne. Das mussten die Kollegen sein. Otto betrachtete die Gruppe, neben der er stand, dann die Blutspur, dann noch einmal die Leute. Die Sirene kam näher.

Verdammt, dachte er und fing im gleichen Moment an zu laufen. Das war der Kerl, den sie zuführen wollten.

Die Bewegung tat weh im Kopf. Und in den Schultern. Und im Bauch. Und die Beine wollten gar nicht gehorchen. Seine Schritte waren kurz, und alles vor ihm war so undeutlich. Die

Blutflecken vor ihm verschwammen, einer bewegte sich sogar zur Seite.

Aber Otto lief weiter. Er musste aufstoßen und schmeckte den Wodka nach. Beschleunigte und erreichte den Bahndamm. Vereinzelt standen Leute herum. Ein Mann, dessen dicke Koteletten er am Rand wahrnahm, sagte was von: «Wurde auch Zeit!»

Eine Frau kniete mit dem Rücken zum Bahndamm und hielt wie ein großes Huhn ihre beiden Arme über zwei Kleinkinder. Der Blutfleck vor ihr verlief zu einem abstrakten Muster. Gleich war Otto an der Unterführung angekommen, durch die man zu den Gleisen gelangte. Er kniff die Augen zusammen und lief, so schnell er konnte.

Am Eingang zur Unterführung standen ein paar Leute und bildeten eine Gasse, als er sie erreichte. Otto drängte sich hindurch und sah einen Mann am Boden sitzen, der nicht mehr trug als Hose und Hemd. Er hatte seinen Kopf auf die Unterarme gelegt, die wiederum auf den angezogenen Knien ruhten.

Das weiße Hemd war an der Seite aufgerissen. Die graue Hose am Unterschenkel, der Riss war ganz rot. Eine Blutspur bahnte sich den Weg von einem der nackten Füße in die Mitte des Tunnels.

«Können Sie mich ansehen?», fragte Otto den Mann, als er vor ihm in die Hocke ging.

Der Mann hob langsam den Kopf. Aus der Ferne wurden Schritte lauter.

Die Augen des Mannes wirkten trüb im Licht der einzigen Laterne in der Unterführung, seine Miene war angestrengt. Er hatte die weißen Lippen über die Schneidezähne gezogen, so sehr schmerzte ihn irgendetwas.

Konnies Stimme erreichte Otto, als er dem Mann die Hand

auf die Schulter legte. «Dachte ich mir, dass du hier alles unter Kontrolle hast.»

Der junge Kollege kam mit ein paar uniformierten Kräften neben ihm zum Stehen. «Der ist einfach aus dem Fenster geklettert. An der Regenrinne runter. War alles voller Blut da.»

Otto stand auf und tappte Konnie auf die Schulter.

«Mitnehmen», sagte der zu den Uniformierten. «Aber seid vorsichtig mit ihm. Und meldet euch, wenn die Verletzungen untersucht sind.»

2

«Noch nicht anfangen», rief Otto, während er den Käse aufschnitt. Er ging vor der Durchreiche in die Knie, betrachtete die Kinder und den fast fertig gedeckten Abendbrottisch. Ruth und Mike saßen schon auf ihren Stühlen, Kathrin stierte im Stehen auf den Wurstteller. Er wusste, was sie dachte. Solange der Papa noch nicht da ist, kann ich mir vielleicht eine Scheibe nehmen, ohne dass es auffällt. «Ich bin gleich da», rief er und beeilte sich mit dem Käse.

Kathrin saß mittlerweile und grinste ihn an, als er den Käseteller auf den Tisch stellte. Hatte sie doch etwas stibitzt? Der Wurstteller sah unberührt aus. Aber er wusste, dass seine Älteste pfiffig war, wenn es darum ging, etwas zu erreichen. Auf der anderen Seite würden sich die beiden Kleinen nicht solidarisch zeigen, wenn die große Schwester etwas bekam, was sie auch haben wollten.

«Anfangen», sagte er und gab Ruth eine Scheibe Brot, dazu Käse und Wurst und ein halbes gekochtes Ei. Die beiden anderen schafften das selbst. Ruth ja auch mit ihren fast vier Jahren, aber manche Dinge gewöhnte man sich nicht ab.

Birgit sollte längst hier sein, dachte er, als er die Butter auf seinem Brot verteilte. Ihre Schicht war doch schon zu Ende. Aber er hatte aufgehört zu fragen, warum sie so oft zu spät kam. Weil er es doch wusste.

Letzte Woche war sie zweimal erst zwei Stunden nach der Schicht gekommen. Am Donnerstag eigentlich sogar zweieinhalb Stunden zu spät. Das machte alles nichts, wenn sie keinen Fall hatten.

«Warum isst du nicht?», fragte Mike.

«Wo ist Mama?», kam es von Kathrin beinah gleichzeitig.

Darüber wunderte er sich doch gerade. Dann erinnerte er sich an Mikes Frage und kapierte, dass der Junge ihn meinte. Er blickte auf seinen Teller und sah, dass er die Butter auf der Brotscheibe verteilt und das Messer dann aus der Hand gelegt hatte.

Er lächelte seinen Sohn an und nahm sich Wurst und Essiggurken. «Wisst ihr, woran ich gerade gedacht habe?», fragte er in die Runde.

«Nein», sagte Ruth mit vollem Mund. Mike und Kathrin schüttelten beide den Kopf.

«Ob wir nicht noch Mayonnaise zum Abendbrot haben wollen.» Otto stand auf, bevor die Kinder antworten konnten. In der Küche blieb er kurz stehen, die Hand schon an der Kühlschranktür. Birgit sollte jetzt wirklich kommen. Sie waren schließlich eine Familie. Er wusste, dass ihre Verantwortung über die Schicht hinausging. Aber was sie noch zu tun hatte als Schichtleiter, konnte keine zwei Stunden dauern. Nicht zweioder dreimal die Woche. Er holte das Mayonnaiseglas aus dem Kühlschrank. Als er die Küche verließ, hörte er den Schlüssel in der Wohnungstür.

«Hallo», sagte Birgit laut, als sie die Tür gerade erst einen Spalt weit geöffnet hatte. Otto blieb stehen und betrachtete seine Frau, wie sie, die Augen auf den Boden gerichtet, ihre Tasche im Flur absetzte und die Schuhe auszog. Erst dann bemerkte sie ihn. Einen Moment lang verharrte sie in der Bewegung, dann strich sie ihr Haar zurück, kam auf ihn zu und umarmte ihn.

Otto erwiderte die Umarmung und sog ihren Geruch ein. Er spürte, dass Ruth ihnen um die Beine strich. Weder er noch Birgit reagierten auf die Kleine.

Birgit roch nach Schweiß.

Sie kam von der Arbeit, und es war ein warmer Tag gewesen, für März. Aber war es wirklich diese Art von Schweiß? Er atmete ihren Körpergeruch noch einmal tief in sich hinein. Und vermochte es nicht zu sagen. Oder traute sich nicht.

«Komm», sagte er. «Wir essen schon.»

Birgit nahm Ruth auf den Arm, küsste sie und trug sie zu ihrem Stuhl. Dann umarmte und küsste sie auch Mike und Kathrin und setzte sich an den Tisch.

Kathrin hatte den Kuss erwidert und war Birgit dann mit den Augen gefolgt. Otto betrachtete sie, eine Scheibe Brot in den Fingern. Sie holte Luft. «Du kommst immer so spät nach Hause», sagte sie, als gerade das Telefon klingelte.

Birgit ließ das Messer auf den Teller fallen und sprang auf. Sie ging die drei Schritte zum Telefon und nahm es ab.

«Hallo.»

Nach ein paar Sekunden fragte sie nach.

«Hallo?»

Es dauerte erneut ein paar Sekunden, bis sie wieder redete: «Ach, du bist es. Was ist denn los?»

Langsam drehte sie sich um, suchte Ottos Blick. Dann reichte sie ihm den Hörer und verdrehte die Augen.

Die Worte «deine Mutter» konnte Otto auf ihren Lippen sehen, ohne einen Ton wahrzunehmen.

«Mama?», fragte er und hörte nur ein flehendes Weinen am anderen Ende der Leitung.

«Mama», sagte Otto noch einmal, ahnte aber schon, was geschehen war.

«Mama?» Das Weinen wurde stockender.

Auch wenn er wusste, was Mama ihm sagen würde, konnte er es ihr nicht abnehmen. Er ging selbst in die Knie und spürte Birgits Hand auf seiner Schulter.

«Was ist denn?», hörte er Ruth im Hintergrund.

Mama hatte seit ein paar Sekunden nichts mehr von sich gegeben. Sie weinte auch nicht mehr. Otto vermochte kaum zu sagen, ob sie überhaupt noch atmete. Dann hörte er ein episch langes Luftholen.

«Papa ist gestorben», sagte sie und fing wieder an zu weinen.

3

Die Kollegen kamen gemeinsam im Wartburg. Otto beobachtete sie in der Tür stehend, eine Tasse Kaffee in der Hand.

Heinz parkte den Wagen direkt vor der Tür zur Kantine des VEB Jenapharm, wo Vater lange gearbeitet hatte. Andere Autos standen über den ganzen asphaltierten Platz verteilt. Während Heinz, Günter und Konnie mit schnellen Schritten auf den Eingang zugingen, grüßten sie Otto schweigend und verschwanden im Inneren.

Rolf schloss derweil die letzte Autotür und glotzte Otto in die Augen, während er auf ihn zukam.

«Hat es dich erwischt?», fragte Otto.

Rolf nickte nur.

«Wird schon nix passieren.» Otto zeigte über seine Schulter. «Gerade heute.»

«Einer muss ja.»

«Habt ihr Streichhölzer gezogen?»

Rolf zeigte auf die Tasche seines Jacketts, aus der ein Handfunkgerät herausschaute.

«Ich …» Otto hob die mittlerweile leere Kaffeetasse an. «Ich bleib auch trocken.» Ein paar Kinder kamen aus der Halle gerannt, Mike und Kathrin waren darunter. «Passt auf die Autos auf», rief Otto ihnen hinterher. «Die können euch ja nicht immer sehen.»

«Warum?», fragte Rolf.

«Komm.» Otto ging in die Halle, der Kollege folgte ihm. An Tischen, die in einem großen U aufgestellt waren, saßen Leute allen Alters. Einige standen herum, mit Kaffee oder Bier in der Hand. Im Hintergrund war klassische Musik zu hören, irgendetwas Altes mit Chören. Das faltige Gesicht auf dem Foto an der Wand war das von Vater. Er sah gütiger aus, als er je gewesen war. Mutter saß regungslos darunter und betrachtete die Anwesenden. Vor ihr stand ein Teller mit Essen, nicht angerührt.

«Das ist Mama», sagte Otto und zeigte auf die Frau.

Rolf nickte. «So sieht es aus», sagte er.

«Und das daneben ist Bodo.» Otto wies auf eine Gestalt direkt neben der Frau, von der nur das Haupthaar und die Anzugjacke zu sehen waren. Der Oberkörper lag auf dem Tisch, der Kopf ruhte auf einem Arm.

«Dein Bruder.»

Otto bestätigte das.

«Was hat er?»

«Er hat Wodka. Und zu viel davon.» Bodos Frau Daniela stellte gerade eine Tasse Kaffee neben ihn auf den Tisch. Sie klopfte ihm fest auf die Schulter. Vergeblich.

«Und deshalb bleibst du nüchtern?»

«Irgendwer muss sich ja um Mama kümmern.»

«Deine Frau?»

Otto blickte zur anderen Seite des U. Birgit hatte ihren Blick auf ihn und Rolf gerichtet. Ruth kam herbei gelaufen und baute sich vor ihr auf. Aber Birgit behielt die beiden Männer im Auge. Ihre Miene war nicht freundlich.

«Die hat die Kinder», sagte Otto.

«Reden?» Rolf sah sich im Saal um.

«Alle gehalten. Fest und unverbrüchlich an der Seite der Arbeiterklasse.»

«Wenn es so war.»

Eine Frau in Papas Alter kam auf Otto zu. Sie hatte kurzes, nach hinten gekämmtes Haar, in dem noch ein paar blonde Strähnen im Grau zu sehen waren. Ihr grauer Hosenanzug passte zur Frisur. «Dein Vater», sagte sie, ohne Rolf zu beachten, «war ein wunderbarer Mann. Und ein vorbildlicher Genosse.»

Otto versuchte, ihrer Fahne auszuweichen. Sie hielt ein leeres Glas in der einen Hand und legte die andere auf Ottos Kopf. Er machte sich los und zog sie zum Tisch mit den Getränken, der gleich neben der fast leeren Tafel mit dem Essen stand. Dabei sah er zu Rolf zurück, der sich lächelnd eine Zigarette ansteckte.

«Hier», sagte er zu der Frau, an deren Namen er sich nicht erinnern konnte, «davon?» Er zeigte auf die Batterie von Flaschen, vornehmlich mit Weinbrand und Wodka. Als die Frau zustimmte, griff er zum Weinbrand, hielt ihren Arm mit dem Glas so, dass er einschenken konnte, und füllte es zur Hälfte. Als sie es zum Mund führte, drehte er sich um.

Er fuhr mit der Hand kurz über Birgits Rücken, als er zum anderen Ende der Halle ging. Heinz, Günter und Konnie hatten sich an der gegenüberliegenden Seite des U niedergelassen und tranken den Wodka aus Wassergläsern. Sie waren bester Stimmung.

Der Stuhl neben Mama war frei, und er setzte sich darauf.

«Es ist schrecklich», sagte Mama, ohne ihn anzusehen.

«Ja, ich vermisse ihn auch.»

«Das meine ich nicht.»

Otto versuchte, ihrem Blick zu folgen. Er sah die Trauergäste, jetzt mehr stehend als sitzend, durch den Schleier des Zigarettenrauchs.

«Wie sie sich benehmen. Alle.» Mama legte eine Hand auf Bodos Rücken. Ihr Erstgeborener. Der Stolz der Familie.

«Es ist ein Begräbnis, Mama. Was erwartest du von den Leuten?»

«Ein bisschen Anstand.»

«Aber wir waren uns doch einig darüber, dass es genug zu trinken geben sollte.»

An der Tür lachten zwei Frauen über irgendetwas. Mama senkte die Augen. «Lass mich allein», sagte sie.

Die Musik hörte auf zu spielen. Otto stand auf und ging zum Radiorekorder. *Händel* stand auf der offenen Hülle. Er steckte die abgelaufene Kassette hinein und öffnete die einzige andere, die dort lag. Es begann mit Streichinstrumenten und Holzbläsern. Auf der Hülle las er, dass die Musik von Bach war. Als ein mächtiger Chor übernahm, verließ er den Saal.

Mike spielte mit einem gleichaltrigen Jungen in einer kleinen Pfütze. Die beiden stampften und sprangen herum und versuchten, einander so nass und schmutzig wie möglich zu machen. Mike lachte sich dabei in einen Rausch. Er war jetzt sieben Jahre alt, und Otto fragte sich, wie lange es her war, dass er seinen Sohn so ausgelassen gesehen hatte.

Am Rand des Parkplatzes spielte noch eine andere Kindergruppe. Aber Kathrin, die Älteste, war nicht dabei. Otto suchte sie und fand sie an den Zaun gelehnt, durch den man auf die Straße sehen konnte. Sie hatte ihm den Rücken zugekehrt und bewegte sich nicht. Birgit und er mussten sich bald entscheiden, ob sie Kathrin in dieses Sportgymnasium geben wollten. Ihre Leistungen im Schwimmen waren wirklich immer besser geworden in den letzten Monaten. Aber dann wäre sie weit weg von zu Hause. Und da war noch eine andere Sache. Der Genosse aus der Morduntersuchungskommission in Leipzig, mit dem er vor ein paar Wochen über diese Idee geredet hatte, der hatte diesen Satz gesagt, der ihm seitdem nicht aus dem Kopf ging. «Da gibst du ein Mädchen ab und kriegst einen Mann wieder.» Daran hatte er seitdem oft denken müssen. Es war ja nicht so, dass ihm das nicht aufgefallen war. Diese jungen Schwimmerinnen, die so viele Medaillen bei den internationalen Wettbewerben holten, hatten schon tiefe Stimmen und breite Schultern. Aber er hatte nicht daran gedacht, welche Auswirkungen das für seine Familie haben könnte, bis er mit dem Genossen aus Leipzig geredet hatte. Der Leipziger Genosse und seine Frau hatten sich dagegen entschieden, ihre Tochter nach Brandenburg zur Leichtathletik zu schicken.

Das Tappen auf der Schulter riss ihn aus seinen Gedanken. Rolf stand da, das Funkgerät in der Hand. «Du glaubst es nicht», sagte er. «Ausgerechnet heute. Ich muss los. Und es ist nicht einmal weit.» Auf halbem Weg zum Auto drehte er sich noch einmal herum: «Jena», sagte er, ohne eine Miene zu verziehen. «Feiert noch schön.»

Otto sah zu, wie Rolf den Wartburg aufschloss und sich auf den Fahrersitz drückte. Er justierte den Sitz, auf dem eben noch der viel kleinere Heinz gesessen hatte, und startete den Wagen. Dann schloss er die Tür und grüßte Otto durch die Windschutzscheibe.

Als sich der Wagen gerade in Bewegung gesetzt hatte, hielt

Otto den Kollegen mit einer Handbewegung auf. Er lief zur Beifahrertür, öffnete sie und setzte sich hinein. «Weißt du, was?», sagte er. «Ich komme einfach mit. Hier halte ich es sowieso nicht aus.»

4 | Julia Frühauf

Angefangen hat es mit diesem Keller. Auch wenn alle was anderes sagen. Aber das war einfach das Erste, was wir gemeinsam gemacht haben. Und so wie es gelaufen ist, war es totaler Zufall. Wir waren noch nie vorher in dieser Besetzung unterwegs gewesen.

Dass Melchior und ich dabei waren, war irgendwie klar. Ich habe versucht, so viel Zeit wie möglich mit ihm zu verbringen. Und Melchior auch mit mir. Wir waren verliebt.

Damals hatten wir noch nicht miteinander geschlafen. Aber lange hat das nicht mehr gedauert, bis es so weit war. An diesem Abend hätte es sogar passieren können, aber dann ist Sohle vorbeigekommen. Wir waren in dem kleinen Zimmer hinter dem Lager, und wir hatten uns gerade geküsst, sehr schön geküsst, da haben wir das Klopfen gehört. Und weil wir beide beim Küssen gar nichts sagen konnten, also nicht nur dabei nicht, weil man ja beim Küssen nicht reden kann, sondern auch drum herum nicht, weil wir keine Worte dafür hatten, was wir getan haben, weil wir also weder darüber reden konnten, wie scharf wir aufeinander waren, noch wie schade es war, dass Sohle geklopft hat, haben wir uns auch nicht verstellen und leise sein können, sondern haben ihm einfach aufgemacht.

«Biber ist auch gleich hier», hat Sohle gesagt. Mit Biber hatten wir bis dahin nicht so viel zu tun gehabt. Er hatte immer so korrekte Kleidung an, und einen Scheitel hatte er auch, das lag bestimmt an seinem Vater. Selbst als wir die Band schon hatten, trug er noch den Scheitel.

In einer Punkband. Ein Scheitel.

Sohle war da ganz anders. Mit seinem krausen Haar hätte er auch gar nicht gewusst, wo er da mit dem Kamm reingemusst hätte.

Wir sind einfach losgegangen, ohne ein Ziel zu haben. Wir hätten bei irgendwem vorbeigehen können. Einfach, um zu gucken, ob wer da ist. Bei Tommie oder bei Anke. Es war schon eine ganze Weile dunkel, und auf der Straße war nicht mehr so viel los. Ich weiß gar nicht mehr so genau, wo das eigentlich war, obwohl ich mich an das Haus selbst noch sehr gut erinnern kann.

Sohle ist vorangegangen. Biber war ihm auf den Fersen, kurz hinter ihm. Melchior und ich gingen nebeneinander. Ab und zu haben wir uns ganz kurz berührt. Melchior hat seine Hand so gehalten, dass meine ihn streifen musste. Oder ich hab das getan. Und einmal oder zweimal habe ich seine Hand auch festgehalten. Ganz kurz nur.

Das Haus hatte noch Spuren von Rot. Der Putz war zum großen Teil längst abgefallen. Aber hier und da waren noch ein paar Reste davon übrig, meist unter den Fenstern, und weil eine Straßenlaterne flackerte, war die Farbe dann noch zu sehen. Auch wenn es kein richtiges Rot mehr war. Mehr so ein verschimmeltes Rosa. Das, was die Sonne übrig gelassen hatte.

Sohle war auf einmal nicht mehr da. Ich weiß noch, dass ich mich wunderte, als wir stehen blieben. Aber mir war es auch egal, weil Melchior und ich in dem Moment zusammen waren. Und ob wir nun standen oder gingen oder uns hinsetzten oder wo wir überhaupt genau waren, das war nicht so wichtig. Aber Sohle war nicht mehr zu sehen, das fiel mir immerhin auf.

Melchior hielt meine Hand in seiner, und als ich ihn ansah, wies er mit dem Kinn auf die Haustür. Da stand Sohle und grinste breit. Das war gut zu sehen, als das Licht der Laterne aufleuchtete.

Sohle drehte sich halb um.

Biber sagte: «Nee.»

Melchior schnalzte mit der Zunge.

Ich weiß noch, dass ich gar nicht kapiert habe, was gerade vorging.

Dann war Sohle wieder verschwunden. Biber blickte sich um, und weil er das tat, habe ich es auch gemacht. Wir waren in einer engen Straße gelandet, und weit und breit war kein Mensch zu sehen.

«Nee», sagte Biber noch einmal. Da zog mich Melchior schon in den Hauseingang. Es war überhaupt keine Haustür zu sehen, darüber hab ich mich gewundert. Ich erinnere mich noch gut daran.

Es war komplett dunkel im Hausflur. Der Widerschein der flackernden Laterne zeigte uns aber alle paar Sekunden, wo es langging. Und als ich Sohles leises «Ssssst» hörte, habe ich mich noch einmal umgedreht und gesehen, dass Biber hinter uns ins Haus gekommen war.

Melchior stupste mich an und zeigte in ein dunkles Loch, noch düsterer als der Flur. Ein gebrochener Lichtstrahl von draußen öffnete kurz den Blick auf den Eingang zum Keller.

Ich war so aufgeregt. Und als Biber von hinten kam und mir ganz kurz nur eine Hand auf die Schulter legte, wäre ich fast durchgedreht. Sohle machte sein Feuerzeug an. Das, mit dem er so oft rumspielte. Das von seinem toten Vater.

Melchior stupste mich noch einmal an. Da war ich schon auf der ersten Stufe nach unten. Es roch nach toter Katze auf der Treppe, aber das Licht von dem Feuerzeug, das fast ganz still stand, wirkte irgendwie anziehend, deswegen ging ich immer weiter. Ich habe gespürt, dass Melchior und Biber hinter mir waren, und das hat sich gut angefühlt. Da war etwas, das kann ich bis heute nicht beschreiben. So eine Vorstellung, dass wir das jetzt machen und dass wir es zusammen tun. Was auch immer wir gerade dabei waren zu tun.

Vielleicht war da noch mehr, in den paar Sekunden auf der Kellertreppe. So ein Kitzel, ein Zauber, ein Anfang von irgendetwas, was ich nicht, und bestimmt auch keiner von den anderen, benennen konnte.

Natürlich war ich aufgeregt. Was wir machten, war gefährlich. Wir sollten gar nicht hier sein. Das war nicht vorgesehen.

Der Geruch wurde nicht besser, je tiefer wir nach unten kamen. Sohle war schon weitergegangen und nur noch als Umriss vor der Flamme zu sehen. Irgendwo tropfte etwas unaufhörlich.

Als Sohle und die Flamme um eine Ecke herum verschwunden waren, verlor ich kurz die Orientierung. Aber Melchior schob mich weiter. Im Dunkeln roch es noch stärker als vorher mit dem dünnen Licht. Die verrottende Katze war noch da, aber auch irgendetwas mit Gummi und ein Hauch von etwas Verbranntem.

Sohle stand vor einem Verschlag, der mit einem Vorhängeschloss gesichert war. Warum er gerade da stehen geblieben war, konnte ich nicht erkennen. Die Nägel, mit denen das Scharnier in einer der Holzlatten befestigt war, hingen krumm nach unten. Sohle zog es mit dem ganzen Schloss einfach ab. Dann öffnete er die Tür, die genauso aus alten Latten bestand.

«Also», sagte er, als er den Verschlag betrat. Daran kann ich mich noch genau erinnern. An das «Also». Schon seltsam, wie das funktioniert mit der Erinnerung. Ich bin mir ganz sicher, dass das nur mit dieser Situation zu tun hat, dass ich mich daran erinnern kann. Damit, dass sie für uns alle so besonders war.

In dem Verschlag war es natürlich zappenduster. Nur Sohle hatte das Licht in der Hand, also stellten wir uns so, dass wir ihm entweder über die Schulter gucken konnten oder an seiner Seite vorbei auf das, was er gerade betrachtete. Zuerst konnte ich ein paar Einweckgläser erkennen. Dann Kartons, die aber schon lange da standen, so feucht und modrig sahen sie aus. Nur einer wirkte neu. Aber Sohle hatte sich schon abgedreht.

An der Außenwand alte Schuhe auf Blickhöhe, Gummistiefel in mehreren Größen dazu. Sohle machte das Feuerzeug aus.

«Was?», fragte Biber.

«Zu heiß.» Wir konnten Sohle auf seine Finger pusten hören. «Und seid mal leise.»

Die Schritte kamen durch das Kellergitter von draußen. Schleifend der eine Fuß, der andere war kaum zu hören. Zwei Beine in dunklen Hosen waren kurz oben durch die Fensteröffnung und das gerissene Glas zu sehen. Melchior griff meine Hand. «Uns kann keiner bemerkt haben», sagte Sohle kaum hörbar. Dann wartete er noch ein paar Sekunden und ließ das Feuerzeug wieder aufflammen. An der dritten Wand standen alte Bretter, achtlos gegen- und nebeneinandergelehnt.

«Ein Keller halt», sagte Melchior und ließ meine Hand wieder los.

«Trotzdem …» Sohle löschte das Licht erneut.

Biber war schon wieder raus aus dem Verschlag. «Nix für ungut», sagte er ganz leise. Dann zischte er noch leiser eine Melodie, so als wäre er ganz entspannt und würde so was jeden Tag tun.

Melchior war auch schon draußen, und Sohle folgte ihm gerade. «Die neue Kiste», hab ich dann gesagt. Ein bisschen zu laut. Ich habe Sohle richtig aufschrecken gehört. Na ja, eigentlich hat er nur etwas heftiger eingeatmet. Aber dann kam er zurück, und ich habe ihn im Dunkeln zu dem Regal geführt. Er machte das Feuerzeug wieder an, und ich holte den neuen Karton aus dem Regal.

Melchior und Biber waren längst wieder zurückgekommen, als der Karton offen war. Ganz oben lag eine Jacobs-Krönung. Und darunter ein paar Tafeln Milka, sofort zu erkennen natürlich wegen der lila Packung. Ich habe tiefer in den Karton gegriffen und ein paar andere Sachen herausgefischt. Und ich erinnere mich daran, und auch hier bin ich mir total sicher, dass keiner von den Jungs irgendetwas gesagt hat. Zuerst hatte ich ein großes Glas Löwensenf in der Hand. Dann eine Büchse Bärenmarke und dann, da brauchte ich etwas, um die rauszukriegen, eine große Schachtel Mon Chéri.

«Ah», sagte Sohle und löschte das Licht.

«Heiß?», fragte Biber.

«Hmhm.»

Melchior räusperte sich. «Löwensenf und Mon Chéri.»

«Willst du die mitnehmen?» Biber fragte das so, als wäre die Idee total verwegen. «Wirklich?», fragte er auch noch.

Sohle machte das Licht wieder an. «Das ist Punk», sagte er.

Das ist etwas, woran wir uns später noch ein paar Mal erinnert haben. Alle zusammen. Da ist das Wort zum ersten Mal gefallen. Dann haben wir den Karton wieder aufgefüllt, bis auf den Löwensenf und die Mon Chéri. Und wir sind schnell zurückgegangen zu dem Raum, in dem Melchior und ich uns am Nachmittag geküsst haben. Ich hatte die Mon-Chéri-Packung unter dem Pullover. Wer den Löwensenf hatte, weiß ich nicht.

So hat das jedenfalls alles angefangen. So und nicht anders.

5 | Otto Castorp

Rolf parkte sein Auto hinter dem Streifenwagen, der vor dem Haus unweit vom Platz der Kosmonauten abgestellt war. Die kleine Ausfahrt, die irgendwann einmal für Karren gelassen worden war, stand offen, ein junger Uniformierter war in ihrer Mitte platziert worden. Das Ladenlokal zur Straße hin hatte blinde Fenster, die seit langem nicht geputzt worden waren. Otto konnte sich nicht erinnern, was für ein Geschäft da einmal gewesen war. Der Hof, der sich hinter dem Durchgang auftat, war durch eine nachträglich hingebaute Baracke aus Backstein beinah zugestellt. Während alles drum herum baufällig aussah und kaum ein Rest von Putz an den Hauswänden ringsum zu sehen war, wirkte die Baracke neu. Die Backsteine hatten noch die ursprüngliche Farbe, die erst durch Sonne und Regen irgendwann blass werden würde.

An einer schmalen Tür stand ein weiterer Uniformierter und blickte in ihre Richtung. Er wartete darauf, beachtet zu werden. Als Rolf kurz vor ihm stehen blieb, zeigte er in die Baracke hinein und sagte: «Da drin. Das hier ist der Hinterausgang. Und vorn», er wies auf das andere Ende der Baracke, «vorn, da haben die Sachen gelagert. Alte Möbel. Aber nicht mehr so viele.»

Otto prallte fast gegen Rolf, als der direkt hinter der Tür

stockte. Er sah dem Kollegen über die Schulter. Vielleicht war das einmal ein Büro gewesen. Jetzt war es eine Rumpelkammer, eine modrig riechende Rumpelkammer dazu. Ein riesiges gelbgraues Sofa an der Wand, Decken und Kissen auf einem Ende zusammengerollt. Regale mit Kisten und schief stehenden, leeren Aktenordnern. Ausgetrunkene Bierflaschen standen zwischen Ordnern und gammeligen Kartons. Eine von der Decke baumelnde Glühbirne beleuchtete die Szene nur wenig.

Die Holztür an der schmalen Seite des Raumes war einen Spalt geöffnet, dahinter war es dunkel. Dort musste der größere Teil der Baracke liegen. Eine Landkarte der DDR hing in Fetzen daneben. Die Fenster in den drei Außenwänden waren winzig.

Auf dem Schreibtisch am schmalen Ende des Raumes stand ein Teller, darauf eine Brotscheibe, deren Krume vor Trockenheit aufgerissen war. Ein Messer lag halb auf dem Brot, zwei Gläser daneben waren fast so blind wie die Scheiben zur Straße hin. Eine weitere Bierflasche, nicht ganz ausgetrunken.

Die Ecke vom Schreibtisch, die der Tür am nächsten war, war rötlich eingefärbt. Eine dünner werdende Spur Blutes wies von der Ecke hin zur Mitte der Tischplatte. Kurz vor dem Teller mit dem Brot hörte sie auf.

Kopf auf Ecke, dachte Otto. Kopfhaut geplatzt, Blut gespritzt. Um mehr zu sehen, musste er sich auf die Zehen stellen. Zwischen dem Sofa und dem Schreibtisch lag in der Ecke des kleinen Raumes die Gestalt. Von seinem Platz hinter Rolf konnte er nur die Beine sehen. Schwarze Stiefel und Nietenhose, am Knie ein Riss. Rolf bewegte sich langsam vorwärts und beugte sich so nach vorn, dass Otto weiterhin die Sicht versperrt war. Deshalb hörte er zuerst, wie sein Kollege die Nase hochzog und die Prozedur kurz darauf wiederholte. Er kontrollierte selbst den Geruch, aber da war nichts, was andere frisch Verstorbene nicht ebenfalls produzierten.

Rolf gab vor ihm ein tiefes Brummen von sich, dann zog er die Nase noch einmal hoch. Kein gutes Zeichen, dachte Otto, und vielleicht nicht einmal eines, das auf schlechten Geruch hinwies.

«Ein Tramper», sagte Rolf dann und machte Otto gerade so viel Platz, dass er sich vorsichtig über die Seite des Schreibtischs beugen konnte.

Ein Mann lag da, jung, ganz in sich zusammengerollt. Gerade als Otto sich etwas mehr Beleuchtung wünschte, hatte sich Rolf abgedreht und eine Stehlampe angeknipst, die hinter dem Sofa stand. Jetzt war besser zu sehen, wie jung der Kerl tatsächlich war. Fast noch ein Kind, ein großes Kind, sicher noch Schüler.

«Ein Tramper ist das aber nicht», sagte Otto. Die Haare waren nicht lang genug. An den Schläfen waren sie zum Teil rasiert. Dafür standen oben auf dem Kopf aber einige ab. Eine fürchterliche Frisur. Eigentlich gar keine Frisur.

Über dem rechten Ohr erkannte Otto eine Wunde, die möglicherweise vom Sturz auf die Schreibtischecke stammen konnte. Aber auch auf der Stirn war etwas aufgeplatzt. Der grüne Nicki war auf der Brust voller roter Flecken. Es war immer noch nicht hell genug, um ausreichend zu erkennen, was dem Jungen geschehen sein mochte.

«Das ist ein Punker», sagte Otto und drehte sich um. Rolf stand ausdruckslos in der Mitte des Raumes und blickte sich um. «Da gab es diesen Hinweiszettel. Das ist schon ein Jahr her. Oder zwei. Haben alle Kollegen der Volkspolizei gekriegt. Erinnerst du dich nicht?»

Rolf schüttelte den Kopf.

«Jedenfalls hab ich den noch in einer Schublade. Ich bin

mir ganz sicher, dass der ein Punker ist. So sehen die ungefähr aus.»

6

«Meinst du, Günter kann sich morgen früh darum kümmern?» Otto saß im Wartburg der Morduntersuchungskommission und zündete sich eine neue Zigarette an. Es war schon lange dunkel, und der vorletzte Funkstreifenwagen fuhr gerade davon. Nur einer von ihnen würde die ganze Nacht hier bleiben. Die Kollegen mussten den Auffindungsort bewachen und die Gegend im Auge behalten. Man konnte nie wissen. Manchmal kam der Täter ja tatsächlich zurück. Otto sah die ältere Frau, die den Toten gefunden hatte, ins Vorderhaus gehen. Sie hatte die Tür zum Büro offen gesehen und war ihrer Neugier gefolgt.

«Der ist hart im Nehmen. Den hättest du sehen sollen, als …» Rolf pflitschte seinen Zigarettenstummel aus dem Fenster und startete den Motor. «Egal. Günter wird morgen pünktlich seinen Dienst antreten. Wir müssen ihm nur sagen, dass ein Kollege aus Jena den Toten schon in der Mangel gehabt hat. Und natürlich, wo er ihn findet. Aber das übernehme ich. Soll ich dich wieder zurückbringen?»

Otto inhalierte tief und dachte an seine Familie. Birgit war längst zu Hause und hatte die Kinder ins Bett gebracht. Mutter saß wahrscheinlich noch immer an diesem Platz am Tisch und rührte sich nicht. Sein Bruder Bodo war irgendwann von irgendwem aufgelesen worden. Er schlief schon seinen Rausch aus. Seine Frau Daniela wartete vielleicht, bis alle Gäste weg waren, um dann Mutter heimzubringen. Oder Otto musste das selbst gleich noch erledigen.

«Und?», hörte er Rolf fragen.

«Vielleicht zuerst nach Hause. Dann nehme ich den eigenen Wagen und fahre noch selbst einmal zurück.»

«Du musst es wissen. Deine Entscheidung.»

Zur Halle oder nach Hause. Otto wollte weder in die Wohnung, um dort den Schlüssel zu holen und kurz noch mit Birgit zu reden, noch zurück zum Trauerbrot. Aber Rolf hatte recht. Er musste sich entscheiden.

«Ich habe diese Punker natürlich auch schon gesehen», sagte Rolf und zündete sich eine weitere Zigarette an. «Ich bin ja nicht von gestern. Destruktive Elemente. Absolut negativ.»

«Junge Leute. Die sind ja noch nicht geformt. Denen muss man ein bisschen Zeit geben. Wenn die erst einmal die Schule abgeschlossen haben und arbeiten gehen …»

«Du weißt ganz genau, dass wir nicht alle erreichen. Und ganz im Ernst … Du hast den doch gesehen. Der Riss in dieser Nietenhose. Den hat der doch mit voller Absicht da reingemacht. Das muss man sich einmal vorstellen. Sich die Hose zu zerreißen. Da ist für mich Schluss. Die brauchen die harte Hand, wenn du mich fragst, die ganz harte Hand. Sonst steckt das womöglich andere an. Und das ist es, was wir nicht zulassen dürfen.»

«Wir müssen Geduld haben. Für uns steht doch der Mensch im Mittelpunkt. Dafür machen wir das doch alles. Der Sozialismus …»

«Der Sozialismus muss sich wehren gegen den ganzen Schund, der aus dem Westen hier rüberkommt. Zum Glück dürfen die Jungs alle irgendwann zur NVA. Da zeigen wir ihnen, wo es langgeht.» Rolf stellte den Motor wieder aus. «Du hast so was doch auch nicht gemacht. Wo kommt auf einmal das ganze Verständnis her?»

«Das kam ja auch gar nicht in Frage. Bei …» Otto musste

an Vater denken. Seinen Blick, wenn das Haar einmal nicht akkurat geschnitten war. Selbst während des Studiums, als alle jungen Polizisten ohnehin unter ideologischer und auch ästhetischer Beobachtung standen, war dessen Maßstab immer noch ein bisschen strenger gewesen. «Ich wollte immer Polizist werden. Für mich war das nichts, als die im Westen plötzlich mit langen Haaren rumgelaufen sind. Aber jetzt habe ich selbst Kinder. Und auch wenn die noch klein sind, sehe ich doch, wie die sich umgucken. Wie die probieren, wo was geht. Da kriege ich vielleicht eine andere Perspektive. Da muss man ab und zu tolerant sein. Tolerant, aber wachsam.»

Rolf atmete tief und lange und vor allem hörbar ein. Otto sah ihn von der Seite an. Ein kaum wahrnehmbares Zucken in seinem Mundwinkel. Dann biss er kurz auf die Unterlippe und atmete die Luft mindestens so laut aus, wie er sie gerade in sich gesogen hatte. «Abweichung», sagte er leise. «Ja?»

Otto wartete, dass er weiterredete.

Aber Rolf schwieg. Die Miene jetzt verschlossen, der Blick ging nach vorn ins Dunkel der Straße.

«Was willst du mir sagen?», fragte Otto

«Du hast nicht immer so viel Verständnis dafür, dass Leute vom vorgezeichneten Weg abweichen. Das will ich sagen.»

Otto hatte nicht die geringste Idee, worauf er hinauswollte.

Der drehte sich jetzt zu ihm und zog beide Mundwinkel zu einer Art Grinsen hoch. Es war kein sympathisches Grinsen.

«Also?», fragte Otto.

«Wie ich schon sagte.» Rolf betonte jede Silbe. «Dein Verständnis für jene, die sich nicht an die Abmachungen halten, war nicht immer so ausgeprägt. Du solltest nicht annehmen, dass das ein Geheimnis ist. Wir leben in der Deutschen Demokratischen Republik. Und wir haben nicht viele Geheimnisse, die tatsächlich geheim bleiben.»

Otto wartete auf mehr. «Ist ja auch egal», sagte Rolf.

«Es ist nicht egal. Was willst du mir sagen?»

Rolf drehte den Schlüssel und startete den Motor wieder. «Ich fahre dich jetzt nach Hause. Dann kannst du ja selbst entscheiden, wie du den Abend weiter gestaltest.»

Sie waren schon auf der Kahlaischen Straße, als Rolf das Tempo drosselte. Er ließ den ebenerdigen Bahnübergang am Paradiespark links liegen und hielt dann am Straßenrand.

Ottos Herz setzte kurz aus. Dann fing es an, in einem Höllentempo zu schlagen. Rolf drehte sich kurz nach hinten und schaute demonstrativ auf den Bahnübergang. Dann ließ er den Wartburg wieder langsam anrollen.

«Denk nur nicht, dass wir es nicht wissen.»

Otto sah den Moment am Bahnübergang. Den einen Moment, als er Heiko Silber auf die Bahngleise gestoßen hatte. Als Silber vom Zug erfasst wurde. «Wer ist wir?», fragte er leise.

«Silber war ein Arschloch.» Rolf stoppte den Wagen wieder. «Oder erlaube mir zu sagen, dass er ein Riesenarschloch war. Du hast der sozialistischen Gesellschaft einen großen Gefallen getan, als du ihn unter die Bahn … und punktgenau, habe ich mir sagen lassen.»

Ein paar Minuten später hielten sie vor dem Mehrfamilienhaus im neuen Teil von Lobeda. Ottos Wagen stand unweit der Haustür. In der Wohnung brannte Licht. «Wer ist wir?», fragte Otto erneut.

«Steig aus», sagte Rolf nur.

7 | Erich Marder

Das konnte man ja gar nicht vergleichen.

Er war nicht so ein Monster. Und ihm konnte nichts widerfahren. Nicht hier. Nicht in seiner Position. Nicht mit seiner Reputation. Und dennoch stand er schon wieder nachts vor dem Spiegel. Wie so oft in den letzten Jahren.

Er betrachtete sich wie immer, wenn er nachts aufgeschreckt war. Wenn er sich nur erinnern könnte, welche Art Traum ihn gequält hatte. Aber er konnte sich nie an die Träume erinnern. Jedenfalls nicht in diesen Situationen. So war das mit den Träumen eben. Wenn man ganz in Ruhe und entspannt aufwachte, dann konnte man den Pfad langsam zurückgehen und stieß auf die Geschichten, die einem das Unterbewusstsein ins Gepäck der Gefühle legte. Was war das letzte Bild? Worauf folgte es? Und was war davor geschehen?

Nicht in diesen Situationen. Wenn er wie eben panisch hochfuhr, dann war alles weg. Wie sehr er das bedauerte. Aber er hatte es irgendwann akzeptieren müssen. Was blieb ihm auch anderes übrig?

Erich Marder betrachtete sein Spiegelbild. Hager war er immer gewesen. Aber in den letzten Jahren war er dürr geworden. Die Leute sahen ihn bewundernd an. Er galt als aufrecht, als integer. Auch als Mann des offenen Ohres. Das rechneten sie ihm alle hoch an. Er stellte Pflicht und Disziplin über alles. Nicht für sich, alles drehte sich stets um das große Ganze. Und da waren sie auf einem langen Weg.

Die Falten waren tief geworden in den letzten Jahren. Was sollte man auch erwarten, wenn man sein sechstes Lebensjahrzehnt so gut wie vollendet hatte? Aber er sah in den Falten nicht nur das Ergebnis und die unausweichliche Folge eines langen Lebens. Er erkannte in jeder dieser Furchen, die sich tief in sein Gesicht gegraben hatten, das Ergebnis dieser Panik, die er einfach nicht loswurde.

Dabei konnte man das doch alles gar nicht miteinander vergleichen. Josef Blösche war ein richtiger Verbrecher gewesen. Ein Monster. Das linke Augenlid fing an zu zucken.

Der Blösche war ein Verbrecher historischen Ausmaßes gewesen. Sein Foto kannten viele. Wie er da hinter dem Jungen im Warschauer Ghetto gestanden hat. Er war ein Nazi, ach, sprich es doch aus: ein Nationalsozialist, ein Massenmörder, ein Besessener, ein Wahnsinniger, ein Hitleranhänger, ganz zweifelsohne ein Sadist. Der Blösche war alles das gewesen, was er nicht war. Er, Erich Marder, er war ja nicht einmal ein richtiger Nazi gewesen.

Das Augenlid zuckte leicht. Dahinter war ein Schmerz. Im Auge. Oder noch darunter. Da war irgendetwas durcheinander. Marder ließ kaltes Wasser in die Hände laufen und legte sein Gesicht hinein. Aber es half nicht. Der Schmerz war da. Er versuchte, langsam zu atmen. Ruhiger zu werden. Aber der Herzschlag nahm das nicht an. Das Organ schlug trotzdem rasend schnell weiter. Dass er in so einer Nacht sterben konnte, das war ihm schon klar.

Er hatte wirklich gar nichts gemein mit Josef Blösche. Und trotzdem hatte es ihn damals verunsichert. Damals, vor beinah zwanzig Jahren.

War das das richtige Wort? Verunsichert? Überprüfe es erneut.

Ja, zuerst war es nur eine Verunsicherung gewesen. Dass dieser Auslieferungsantrag aber auch ausgerechnet aus der Bundesrepublik Deutschland gekommen war. Wie absurd. Alles nur, um der DDR zu schaden. Seht her, Welt, die haben drüben auch ein Naziproblem.

Was für ein dunkles Kalkül.

Es war nur eine Verunsicherung gewesen. Zuerst.

Und als sie Blösche dann hingerichtet hatten, mit einem Kopfschuss, nach dem Todesurteil, in Leipzig, da hatte er sich gesagt, dass bald wieder alles normal werden würde.

Nur wurde es nicht normal.

Es wurde immer schlimmer. Zuerst konnte er nächtelang nicht schlafen. Dann gab es die Jahre mit den Panikattacken tagsüber. Und schließlich kamen die Schrecken der Nacht über ihn. Das war jetzt schon mehr als zehn Jahre her.

Niemals würden sie ihn hinrichten. Unmöglich. Er hatte ja eigentlich nichts getan, was nicht in der absoluten Logik jener Zeit verankert gewesen wäre. Noch einmal das Gesicht ins kalte Wasser. Das Zittern wollte nicht aufhören.

Die absolute Logik dieser Zeit. Das war doch auch ein Maßstab. Da war er nie herausgetreten. So wie der Blösche. Man konnte das einfach nicht miteinander vergleichen.

Aber er wusste auch, dass menschliches Leben nicht stets bestimmt wurde vom guten Argument und von sorgfältig zurechtgelegter Logik. Und manchmal, nein, jetzt belog er sich schon wieder, nicht nur manchmal, oft, sehr oft hatte er einfach Angst, dass sie ihn holen kamen. Ob das ein Hinweis aus dem Westen war oder ob einfach irgendwer irgendwas herausfand über damals.

Dass dieses Foto letzte Woche verschwunden war, machte

ihn jedenfalls komplett verrückt. Erich Marder hielt den Kopf so unter den Hahn, dass das kalte Wasser über das zuckende Augenlid lief.

Immerhin hatte er eine Ahnung davon, wer das Foto gestohlen hatte. Ach was, eine Ahnung, er wusste es ganz genau.

8 | Otto Castorp

Birgit hatte lesend auf einem Stuhl neben der Wohnungstür gesessen, als er nach Hause gekommen war. Sie hatte den Zeigefinger auf die Lippen gelegt und ins Wohnzimmer gezeigt, wo die beiden Kinder von Bodo und Daniela schliefen. Viel geredet hatten sie nicht. Otto hatte den Autoschlüssel genommen und war wieder losgefahren. Es war schon nach zehn.

Nur noch ein einziges Auto stand vor der Halle. Es war der Lada von Bodo und Daniela.

Drinnen war Ruhe. Daniela saß an dem Ende des großen U, das der Tür am nächsten war. Eine Bierflasche stand vor ihr. Mutter starrte ihn von dem Platz aus an, an dem sie am Nachmittag schon über die Veranstaltung gewacht hatte. Vor ihr nicht mehr als eine Tasse. Auf dem Buffet leere Teller und Schüsseln. Flaschen aller Größen auf Tischen und dem Boden. Darum würde sich irgendwer am Morgen kümmern.

Otto blieb vor Daniela stehen, legte seine Hände auf den Tisch und beugte sich zu ihr vor. Ihre braunen Haare hingen strähnig auf die Schultern. Sie nahm die Bierflasche und trank daraus.

«Endlich», sagte sie.

«Die Kinder schlafen. Was ist mit Bodo?» Otto hatte seinen Bruder noch vom Nachmittag in Erinnerung. Wie er besoffen auf dem Tisch gelegen hatte. Allein war der nicht nach Hause gekommen.

«Im Bett», sagte Daniela. «Wir haben ihn zu dritt getragen. Übernimmst du hier?»

Als Otto langsam nickte, stand sie auf und winkte kurz zu Mutter hinüber, dann war sie schon verschwunden. Erst als der Motor des Lada nicht mehr zu hören war, setzte sich Otto zu seiner Mutter. Ihre Tasse war leer, und sie blickte an ihm vorbei. Also stand er wieder auf, holte eine halb volle Wodkaflasche und zwei einigermaßen saubere Wassergläser und setzte sich ihr gegenüber ins Innere des U. Er füllte die Gläser zu je einem Drittel und trank einen ganz kleinen Schluck aus seinem. Es war der erste Tropfen Alkohol seit Tagen. Dann wartete er. Die Uhr an der Wand zeigte, dass es genau elf war.

Beide sagten kein Wort. Otto hatte Rolf vor Augen, der mehr wusste, als er sollte. Hätte er fragen sollen, was genau es war? Da war niemand gewesen damals.

Niemand.

Wirklich kein Mensch.

Es dauerte bis zwölf Minuten nach elf, erst dann sah Mutter ihn an.

«Erzähl mir etwas», sagte sie.

«Was soll ich dir erzählen?»

«Herrgott.» Sie nahm einen Schluck aus dem Glas. Es war ihr erster. «Sag irgendetwas. Mach, dass es nicht so fürchterlich leise ist. Den ganzen Tag über war es fürchterlich laut. Und jetzt ist es fürchterlich leise. Ich halte beides nicht aus. Erzähl mir halt etwas.»

Also fing Otto an zu erzählen. Von Rolf redete er und von sich selbst. Aber nicht von dem neuen Mordfall. Er sprach von Heiko Silber, von dem toten Mosambikaner und davon, was zwei Jahre zuvor geschehen war. Er beendete seine Geschichte damit, dass er hinter Silber gestanden hatte und der Zug näher gekommen war.

«Ich erinnere mich», sagte Mutter. Sie legte ihre Hand auf seine. «Er ist überfahren worden. Das hat in der Zeitung gestanden.» Sie trank einen weiteren kleinen Schluck aus dem Glas und drückte seine Hand. Dann richtete sie ihre Dauerwelle an den Schläfen, unbewusst, und zuckte mit den Schultern. «Und jetzt? Was denkst du, was passieren wird?» Sie wirkte weder erschüttert noch überrascht.

Otto zuckte mit den Schultern.

«Wer weiß denn davon?»

Als Otto nicht sofort antwortete, sagte sie: «Außer Rolf.»

«Ich weiß nicht.»

«Und wovor hast du jetzt Angst? Und komm mir nicht schon wieder mit diesem ‹Ich weiß nicht›.»

Otto wusste es wirklich nicht. Er wusste nicht, was es bedeutete, dass Rolf die Geschichte kannte. «Er hat mich in der Hand.»

Mutter schüttelte den Kopf. «Das ist Unsinn.»

«Warum?»

«Was soll er denn wollen? Dein Geld? Mit deiner Frau schlafen? Hör auf, so naiv zu sein.»

Otto wusste keine Antwort auf die Fragen. Kurz dachte er an Birgit, an seinen Verdacht, dass sie mit jemand anderem schlief. Rolf war es mit Sicherheit nicht. Er war nicht ihr Typ. Aber wer war schon ihr Typ?

«Warum grinst du jetzt?», fragte Mutter.

«Tu ich nicht.»

«Du hast nichts getan, was den Gang der Dinge aufhält. Also wird dir auch nichts passieren. Du warst bis heute Abend ein Teil des Systems. Und du wirst es auch morgen noch sein und darüber hinaus bleiben. Einen Prozess werden sie dir sicher nicht machen. Wie sähe denn das aus? Stell dir das mal vor.»

«Aber da war niemand. Ich bin mir sicher. Oder … ich war mir sicher. Bis eben.»

«Ja», sagte Mutter. Sie leerte ihr Glas und stellte es mit einem lauten Knall auf den Tisch. «Da bekommt die Idee der Wachsamkeit auf einmal ganz neue Konturen.»

Otto hatte Mutter noch nie so reden hören. Sie war immer da gewesen und hatte Vater immer zugestimmt, gleich, was der von sich gegeben hatte. Aber eine eigene Meinung hatte er nicht erwartet. Vor allem nicht zu diesem Thema. Sie war schon aufgestanden.

«Fahr mich jetzt nach Hause. Du musst auch heim. Hast du Birgit eben gesehen? Glücklich war die nicht. Und das lag nicht an der Beerdigung.»

9

Rolf fuhr den Wagen etwas zu schnell um eine Kurve. Otto saß hinten im Wartburg, als Heinz sich noch einmal umdrehte. «Also», sagte er, «alles wie besprochen. Rolf und ich reden. Du beobachtest nur.» Heinz roch wie ein Bierfass.

Der Personalausweis des Toten war in dem Raum erst am frühen Morgen unter einem Sofa gefunden worden. Er hieß Melchior Nikoleit, machte eine Lehre als Automechaniker, war neunzehn Jahre alt und der Sohn eines Mannes, der unter Beobachtung stand. Die Baracke, in der er gefunden worden war, gehörte samt dem Haus zur Straße einem örtlichen Schlachter, der sie an Nikoleit vermietete.

Sie standen kurz darauf im Halbdunkel vor einem Zweifamilienhaus im alten Teil von Lobeda. Hier hatte Melchior

Nikoleit bei seinen Eltern gewohnt. Die Straße war fast leer, es war die Zeit am Morgen, zu der sie gern erschienen. Aber heute hatten sie einer Familie mitzuteilen, dass ihr Sohn tot war.

Was die Sache besonders schmerzhaft machte, waren zwei Dinge. Melchior Nikoleit war das einzige Kind der Familie. Und der Junge war deshalb das einzige Kind, weil ein anderes schon vor ein paar Jahren gestorben war. Eine Tochter. Bei einem Autounfall. Diese Art Besuch machten auch erfahrene Leute wie Heinz und Rolf nicht alle Tage. Und niemand von ihnen machte so etwas gern. Es gab Dinge, an die gewöhnte man sich nicht.

Dabei wären sie hier eigentlich ganz anders aufgetreten. Über die Nikoleits wussten sie alles. Michael Nikoleit war so einer, den man einfach im Visier hatte. Er war Antiquitätenhändler und als solcher ein ziemlicher Hecht. Er fuhr durch den Bezirk Gera, aber nicht nur durch den, er war auch in den Nachbarbezirken unterwegs, kaufte Möbel und Bilder und exportierte sie in den Westen. Dafür kriegte er Devisen, und von denen durfte er einen Teil behalten. Das meiste musste er natürlich abgeben. Und er musste eine ganze Menge Papiere vorlegen, bevor man ihn mit einer Ladung in den Westen ließ. Nikoleit hatte in seinem Leben schon alle möglichen Berufe gehabt, Verkäufer, davor Automechaniker, auch Metzgergehilfe war er gewesen.

Heinz drückte den unteren von zwei Klingelknöpfen. Rolf stand versetzt hinter ihm, eine Stufe tiefer, Otto hielt ein wenig Abstand zu den Kollegen. Es dauerte kaum zwei Sekunden, und eine Frau im Bademantel riss die Haustür auf. «Was ist los?», fragte sie mit tiefer Stimme. Sie trug verschmiertes Make-up und eine großrandige rote Brille, die man in der DDR nicht kaufen konnte. Der Bademantel stand weit offen.

«Gehen Sie bitte in die Wohnung», sagte Heinz. Sein hoher Ton wirkte nicht eben autoritär, aber die Situation, in der er den Satz sagte, wirkte auf die Frau, die augenblicklich anfing zu weinen. Sie brauchte ein paar Sekunden, dann drehte sie sich um und stieg eine halbe Treppe höher, wo ein großer, breiter Mann in der Tür wartete. Otto sah noch tief herabgezogene Mundwinkel in einem fleischigen, runden Gesicht, bevor sich der Mann, der Michael Nikoleit sein musste, abwandte und vor der Frau in der Wohnung verschwand.

Das Wohnzimmer war voller alter und auf Hochglanz polierter Möbel. Selbst im frühen Tageslicht wirkten sie auf Otto imposant. Der große Mann stand mit dem Rücken zu ihnen und blickte in den Garten. Frau Nikoleit hatte sich schluchzend auf einem Sofa niedergelassen, Ellbogen auf den Knien, Kopf in den Händen.

«Sagen Sie es schon.» Nikoleit drehte sich um. Gewelltes, kurzes Haar, Scheitel an der Seite, Doppelkinn, der Brustkorb wie eine Tonne. Er stand da in Nietenhose und rotem Hemd. Unter einem Hemdsärmel schaute ein Verband hervor. Er zog die Manschette bis über das Handgelenk. Als er redete, rückte er das Kinn kurz nach vorn. «Sagen Sie es», wiederholte er.

«Wir haben einen jungen Mann, von dem wir annehmen, dass es Ihr Sohn Melchior ist, tot aufgefunden.» Heinz sagte es, wie es war.

Polizeilich wäre es geboten, dachte Otto, die Frage Nikoleits zu kontern. «Was wollen Sie denn hören?» wäre eine korrekte Entgegnung gewesen. Auch bei einem Vater konnte man ja nicht ausschließen, dass er mit dem Tod des Sohnes zu tun hatte. Aber wer wollte in einer solchen Situation alle Regeln beachten?

Frau Nikoleit wechselte vom Schluchzen zum Weinen. Herr Nikoleit nickte aggressiv.

«Hat es mit diesen Punkern zu tun?», fragte er. «Ich habe immer gesagt, dass da nur Schlechtes bei herauskommt. Das müssen Sie sich einmal vorstellen. Wie die sich anziehen. Wie die reden.» Sein Atem wurde immer kürzer.

Otto sah, dass Heinz sich nicht wohl fühlte in der Situation. Sie waren gekommen, um Fragen zu stellen. Nicht, um welche zu beantworten. «Wollen Sie sich nicht setzen?», fragte Heinz.

«Ich stehe lieber.» Nikoleit war zwei Köpfe größer als Heinz und nutzte das aus. Die schiere Masse seines Körpers setzte er als Ausdruck von Autorität ein. Er war sich offenbar sicher, dass der Leiter der Morduntersuchungskommission heute nachsichtig agieren würde. Der zeigte jetzt auf das Sofa und den Platz neben der weinenden Frau Nikoleit und bot dem Mann an, sich dort zu setzen. Als Nikoleit nicht reagierte, ging Heinz einen Schritt auf ihn zu und legte eine Hand auf den Arm des Großen. «Ich will, dass Sie sich neben Ihre Frau setzen. Sie sind eine Familie.» Er wartete auf Nikoleit.

Es dauerte, bis das Ehepaar vereint auf dem Sofa war. «Wie kommen Sie darauf», fragte Heinz, sobald sich Nikoleit gesetzt hatte, «dass der Tod Ihres Sohnes mit diesen … Punkern zu tun hat?» Er und Rolf setzten sich auf zwei Sessel, die der Couch gegenüberstanden.

Frau Nikoleit lehnte sich zur Seite, ihr Mann legte ihr den Arm um die Schultern. Sein Verband war nun deutlich zu sehen. Sie weinte leise. Er starrte über Heinz und Rolf hinweg.

Otto lehnte in der Tür. Er war froh, dass seine Kinder noch klein waren. Wenn sie mal mit der Schule fertig waren, dann würde es das mit diesem Punk nicht mehr geben. Die meisten Westmoden hielten sich nicht lange in der DDR.

1999 sollte Ruth ihr Abitur machen. Wer weiß, was dann sein würde. Kathrin und Mike waren 1999 schon aus dem Haus. Wo er dann wohl sein würde?

«Wie kommen Sie darauf, Herr Nikoleit?» Heinz redete leise. «Sie wissen, dass wir Sie das fragen müssen.»

«Wie ist es passiert?», fragte Frau Nikoleit. Ihr Mann blickte immer noch in eine Ferne, die der Raum nicht hergab.

«Das wissen wir noch nicht.» Rolf beugte sich nach vorn und erzählte, wie und wo sie Melchior aufgefunden hatten. «Er hatte Kopfverletzungen. Wir wissen aber noch nicht, ob er daran gestorben ist. Sie kennen dieses Lager.»

Frau Nikoleit sah ihren Mann an. «Wir haben gar nicht geschlafen», sagte der große Mann. «Er ist oft spät gekommen, aber er ist immer gekommen. Ich habe gewusst, dass das nicht gut endet. Sie müssen etwas gegen die tun.»

Weder Heinz noch Rolf kommentierten Nikoleits Forderung. «Wann haben Sie Melchior denn zum letzten Mal gesehen?», fragte Rolf.

«Die haben so eine Gruppe.» Nikoleit atmete wieder heftig. «Das müssen Sie sich einmal vorstellen. Und jetzt wollen die auch noch auftreten. So, wie die aussehen. Sie lassen das zu.»

«Er hat hier noch etwas gegessen.» Frau Nikoleit löste sich von ihrem Mann. «Morgens war das, später am Morgen.»

Als Rolf Luft holte, um die nächste Frage zu stellen, schob sie noch etwas nach. «Wir schaffen das nicht immer mit dem gemeinsamen Essen. Michael ist ja so viel unterwegs.»

«Wann war das?», fragte Rolf.

«Um zehn?» Frau Nikoleit drehte sich zu ihrem Mann.

Ohne sie anzusehen, sagte er: «Ich weiß es nicht. Ich war ja nicht da.»

«Du warst bestimmt schon eine Stunde weg.»

Michael Nikoleit öffnete die freie Hand, als wollte er bestätigen, was seine Frau gerade gesagt hatte. Dabei war er doch gar nicht zu Hause gewesen, als sein Sohn die Wohnung verlassen hatte. Wenn das stimmte, dachte Otto.

«Und mit wem wollte er sich treffen?»

«Das sind immer dieselben.» Nikoleit drehte sich ab. «Da ist ein Mädchen, das ihn ganz verrückt macht.»

«Julia», sagte Frau Nikoleit leise.

«Ja, Julia. Seit er die kennt, geht alles in die Binsen.»

«Wollte er diese Julia treffen?», fragte Heinz.

«Und wo?», ergänzte Rolf.

Die Nikoleits schwiegen.

«Soll ich Kaffee machen?», fragte Frau Nikoleit, als sie die Ruhe nicht mehr ertrug. «Wir haben guten. Richtigen, meine ich.»

Rolf und Heinz schüttelten beide den Kopf, als Frau Nikoleit sich langsam erhob. Heinz ließ sie mit einer Handbewegung wissen, dass sie sich wieder setzen sollte.

«Dieser Raum in der Baracke.» Rolf beließ es bei den paar Worten, ohne eine Frage zu stellen.

Michael Nikoleit sah auf seine Frau hinab. «Du hast ihm den Schlüssel gegeben.»

«Du hast ihn ja nicht mehr gebraucht. Und da dachte ich …» Frau Nikoleit schaute abwechselnd Rolf und Heinz an.

«Was genau ist denn da untergebracht?», fragte Heinz. «In dieser Baracke.»

«Möbel. Sie wissen doch, was ich mache.» Nikoleit setzte sich aufrecht hin. «Wenn ich mal mehr eingekauft habe als sonst. Und meine Arbeit ist ja nicht eigennützig. Von dem ganzen Westgeld bleibt das meiste bei euch Genossen hängen. Also … bei uns allen natürlich. Und diese Baracke, die brauche ich eben manchmal. Jetzt gerade ist da nicht so viel drin. In dem Vorraum liegen noch ein paar Papiere, da muss mal jemand aufräumen.» Nikoleit schloss die Augen, als wollte er sich darin bestätigen, dass er den kleinen Raum, in dem sein Sohn gestorben war, in Ordnung bringen musste.

Heinz blickte auf seine Uhr. Er tat es so lange, dass es alle sehen konnten. Sie würden sich gleich im Jenaer Polizeipräsidium zusammensetzen.

Und die Nikoleits waren keine Hilfe. Nichts anderes hatten sie erwartet.

10 | Julia Frühauf

«Stimmt ja», sagte Biber.

Wir waren auf dem Weg von einem Treffen nach Hause. Ich weiß nicht mehr, von wo genau. Und da haben wir bemerkt, dass wir zum ersten Mal seit der Sache mit dem Keller wieder in derselben Besetzung unterwegs waren. Und dass wir gar nicht so weit weg waren von dem Haus, wo wir den Löwensenf und die Mon Chéri geklaut hatten.

«Stimmt ja», sagte Biber. Er ging vor und um die nächste Ecke, in die Straße hinein, die zu dem Haus führte. Was immer er da auch wollte. Zu sehen gab es da ja nichts.

Wir hatten den Senf zuerst aufgemacht. Sohle hat ihn aufgedreht und uns hingehalten. Ich hab den Finger zuerst reingesteckt und dann ein bisschen von dem braunen Zeug abgeleckt. Und ich hab nix gesagt, als ich den langsam geschluckt habe und mir so eine Feuerwelle von der Zunge durch die Nase gefahren ist. War das scharf!

Dann war Melchior dran. Er hat gleich angefangen zu husten, als er den Senf im Mund hatte. Er hat aber auch den ganzen Mittelfinger ins Glas getan und ihn auf einen Rutsch abgeschleckt.

Jungs halt.

Biber hat das Zeug gleich wieder ausgespuckt, und Sohle hat zuerst nur ein bisschen probiert und dann mehr genommen.

Aber ob es nun geschmeckt hat oder nicht, es musste ja leer gemacht werden. Es war geklaut. Und es war aus dem Westen. Natürlich haben wir alle auf die Mon-Chéri-Packung gestiert, während wir das Glas rumgereicht haben.

Vor dem Haus mit dem abgebröckelten roten Putz sind wir dann gar nicht stehen geblieben. Auch weil Melchior mich an der Hand gefasst hat, und da hat er mich schon ganz anders angefasst als zwei Wochen vorher. Ich glaube, so lange war das ungefähr gewesen. Wir hatten mittlerweile schon miteinander geschlafen. Das erste Mal. Für uns beide. Das war ein ganz anderes Gefühl jetzt, wenn sich meine Haut und Melchiors berührten. Jedenfalls hat er mich an der Hand genommen und ist losgestapft. Und die anderen hinterher. «So eine Idee», sagte Melchior einmal oder zweimal. Und dann hat er uns zu seiner alten Schule geführt.

Die Mon Chéri haben dann natürlich alles wiedergutgemacht. Das war eine große Packung, da waren sicher zwanzig Pralinen drin. Es war wieder Sohle, der das Ding aufgemacht hat. Und ich hab mir wieder das erste Stück genommen. Ich wusste es nicht, bis ich die Kirsche zwischen den Zähnen hatte: dass da Alkohol drin ist. In dem Moment hab ich gedacht, dass ich noch nie so was Leckeres gegessen habe, ich hab das auch so gesagt. Da hat Sohle natürlich gegrunzt. «Bambina ist auch sehr lecker», hat er gesagt oder was Ähnliches. Typisch. Aber wir anderen drei waren uns, glaube ich, total einig.

An der Schule hat dann keiner kapiert, was Melchior eigentlich im Sinn hatte. Wir standen in einer kleinen Gasse, hinter uns die Ruine eines alten Wohnhauses. Bis er auf das Fenster im Erdgeschoss gezeigt hat. Da war eine Holztafel zu sehen, wo eigentlich eine kleine Scheibe im Fensterkreuz sein sollte. Melchior guckte sich um, denn eben noch war vor uns eine ältere Frau durch die Gasse spaziert. Dann setzte er einen Fuß auf den Mauervorsprung auf Kniehöhe und zog sich an der Brüstung hoch. Und dann drückte er das Holz ein, ohne wirklich Kraft einzusetzen. Er griff durch das entstandene Loch und öffnete das Fenster von innen. Mit den Händen auf der Fensterbank sprang er wie ein Känguru in den Raum dahinter. Melchior drehte sich um und winkte uns. Das hatte keine halbe Minute gedauert.

Biber schaute sich um und stellte sich mit dem Rücken zum Haus. Sohle nahm die Räuberleiter sofort an, dann war ich dran. Schließlich kletterte Biber zu uns hinein, wie es Melchior vorgemacht hatte. Als wir das Fenster wieder schlossen, waren draußen Schritte zu hören. Wir drückten uns alle an den Rand des Fensters und starrten nach draußen. Zwei Männer kamen langsam heran. Viel zu langsam eigentlich, um unterwegs zu sein. Wer irgendwo hinwollte, ging doch so, dass er auch ankam, oder nicht? Aber die beiden waren da ganz anders. Der eine trug Scheitel, das war aus unserer Perspektive gut zu sehen. Blond war er, und im Schein der Laterne an der nächsten Ecke glänzte die Kopfhaut da, wo die Haare zu den Seiten gezogen worden waren. Keine Ahnung, wie man das anstellte, dass die Haare so liegen blieben. Der andere trug einen Hut, von seinem Kopf war fast nichts zu sehen. Die Lederjacke, die bis oben zugeknöpft war, spannte überall. Die von dem mit dem Scheitel war offen. Vor dem Fenster gingen sie so langsam, dass sie fast stehen blieben.

Wir haben nicht geatmet, als wir die beiden beobachteten. Und als sie weg waren, schon lange nicht mehr zu hören, da hat es auch noch mal etwas gedauert, bis wir wieder damit anfingen.

Es war Sohle, der sich zuerst bewegte. Er drehte sich in dem dunklen Raum um und sagte, was alle sahen: «Klassenzimmer.» Und dann noch: «Und was soll das jetzt?»

Melchior stieß sich von der Wand ab und drehte sich auch um. Ich stand neben ihm und konnte hören, wie er schneller atmete. Er suchte nach Worten. Aber noch bevor er etwas sagen konnte, räusperte sich Biber: «Hier gibt's nicht mal was zu holen.»

Dazu sagte keiner was.

Ich dachte an Papa. Er hatte mich nicht mehr geschlagen, seit ich zwölf war, aber hierfür würde er es wieder tun. Ich dachte auch an Melchiors Vater und daran, was Melchior über ihn erzählte. Er hatte richtig Angst vor dem. Erst vor ein paar Wochen war er ganz schön von dem verprügelt worden. Dabei war Melchior groß und stark.

«Darum geht's doch gar nicht.» Melchior hatte die Worte endlich gefunden. «Oder?»

Ich hätte gern die Mienen von Biber und Sohle gesehen in dem Moment. Aber so viel Licht war nicht in dem Raum. Und gesagt haben sie dazu nichts.

Wieder Schritte draußen. Mit der einen Hand lehnte ich mich an die Wand neben dem Fenster, mit der anderen suchte ich Melchior. Biber und Sohle drückten sich an die andere Seite des Fensters. Die beiden Männer kamen zurück. Für eine Sekunde blieb der mit dem Hut genau unter uns stehen. Er holte eine Zigarette hervor und zündete sie an. Der mit dem Scheitel drehte sich um, und für einen kleinen Moment dachte ich, er würde mir in die Augen sehen. Aber dann drehte er sich noch einmal um und ging weiter. «Dahinten?», fragte er. «Ja ja …», sagte der andere tonlos, nachdem er den Rauch aus der Lunge gelassen hatte, «dann kann das nur dahinten sein.» Sie verschwanden wieder.

Und wir standen einfach da. Melchior und ich Hand in Hand. Biber sah raus auf die Gasse. Sohle hatte sich auf die Lehne eines Stuhls gestützt. Ein Trabant fuhr in der Nähe vorbei. Ein Hund bellte irgendwo. Ich hatte ein Kribbeln im Bauch. Ein anderes als das, was ich hatte, wenn ich Melchior anguckte. Es war ganz anders. Wir waren hier drin. Und wir hatten das getan, weil wir es wollten. Keiner hatte uns gesagt, dass es gut war oder wichtig oder irgendjemandem nützte. Wir hatten das einfach getan.

Mein Herz schlug immer schneller. Ich hatte so ein Gefühl, als hätten wir eine Grenze überschritten. Und einen Weg zurück konnte ich nicht sehen.

11 | Otto Castorp

«Wir warten noch auf Günter», sagte Heinz, während er ein Streichholz an der Packung zerbrach. Er holte ein neues heraus und setzte es an. «Muss gleich kommen.» Seine Finger zitterten, und sie taten es nicht wegen Günter. Auch nicht wegen der Leute im Raum, sondern weil der Leiter der Morduntersuchungskommission einfach abbaute. Auch dieses Streichholz brach ab, während er es an der Packung zu entzünden versuchte.

Otto beobachtete ihn. Vielleicht zitterte Heinz auch, weil er das spürte. Er hob den Kopf. Für einen Moment trafen sich ihre Augen. Otto wandte die Augen ab und schaute aus dem Fenster des kleinen Raums im Jenaer Polizeipräsidium. Er hörte, wie sich das nächste Streichholz endlich entflammte, und kurz darauf auch, wie Heinz Thiel tief inhalierte und den Rauch ein paar Sekunden später mit einem zufriedenen Stöhnen entließ. Ihr Chef wurde älter. Das sahen sie ja. Mit Mitte fünfzig merkte man ihm das alles an. Die Verantwortung, die er seit Jahren trug. Aber auch die Sauferei.

Als er den Blick wieder vom Fenster weg- und Heinz zuwandte, trafen sich ihre Augen erneut. Heinz glotzte fast. Das dauerte eine Sekunde und dann noch eine, dann nickte und lächelte er zur gleichen Zeit. Und nahm ein Blatt vor sich auf, um etwas zu lesen oder vielleicht auch nur so zu tun.

Rolf saß Otto gegenüber und rauchte still vor sich hin. Diese Bemerkungen von gestern Abend hatten Otto erschüttert. Wenn Rolf, der immer besser informiert war, als man es wahrhaben mochte, von der Sache mit Silber wusste, wer war dann noch eingeweiht? War es überhaupt möglich, dass Rolf davon Kenntnis hatte und der Leiter der MUK nicht? Mit Rolf Reim verband Otto eine schwierige Beziehung. Sie mieden sich, wenn es eben möglich war, aber in einer Morduntersuchungskommission, noch dazu in einer so kleinen wie der im Bezirk Gera, mit nur fünf Leuten, konnte man sich nicht immer aus dem Weg gehen.

Wie lange wusste Rolf schon davon? Es war eineinhalb Jahre her, dass Otto den Neonazi Heiko Silber, dessen Mord an einem mosambikanischen Vertragsarbeiter sie nicht ermitteln durften, vor einen Zug gestoßen hatte. Und sich ganz sicher gewesen war, dass er dabei von niemandem gesehen worden war.

Steckte irgendetwas dahinter, ein Plan möglicherweise, den Otto nicht durchschaute, dass Rolf diese Geschichte gerade jetzt anbrachte?

«Entschuldigt, Leute.» Günter kam durch die Tür und setzte sich neben Heinz. «Ich will gleich anfangen», redete er weiter, während er seinen langen Körper auf dem kleinen Stuhl ineinanderklappte. Die paar Haare, die er morgens sorgfältig über die Halbglatze legte, hingen strähnig über ein Ohr herüber. «Wir haben ja heute noch viel zu tun. Also … Was ich zur Todesursache sagen kann, ist Folgendes: Am Kopf gibt es ja diese Wunde, die geblutet hat, der Junge ist gegen eine Tischkante gefallen, die Ecke sogar, und da hat er sich schon verletzt, aber das war nicht, was ihn umgebracht hat. Er hat mindestens noch einen weiteren Schlag abgekriegt. Dieses Mal mit einem größeren Gegenstand, stumpf und schwer wahrscheinlich, der hat ihm eine Verletzung am Schädel und auch Blutungen im

Gehirn eingebracht. Möglicherweise ist er neben diesen Tisch gefallen», er sah Rolf kurz an, dann Otto, «ich habe ja nur die Fotos vom Auffindungsort gesehen, diesen Winkel zwischen dem Tisch und dem Sofa, und hat dort, ich betone das noch einmal, möglicherweise, als er schon dort gelegen hat, noch einmal einen Schlag mitbekommen.»

«Da hat es also einer sehr ernst gemeint.» Das war Konnies Wortmeldung.

Günter nickte. «Was auch immer in diesem kleinen Raum abgelaufen ist. Wie auch immer sich da ein Streit oder etwas Ähnliches entwickelt hat. Am Ende wollte jemand, dass dieser Melchior Nikoleit tot ist.»

«Mord.» Noch einmal Konnie.

«Und ...» Günter hielt den Zeigefinger in die Höhe. «Und wenn es da einen Kampf gegeben hat, dann ist nicht auszuschließen, dass derjenige, der Melchior Nikoleit getötet hat, dabei eine Verletzung davongetragen hat. Da war ein Riss im Nicki, und ich denke, die werden gekämpft haben. Und Melchior Nikoleit war ja auch nicht ganz klein.»

«Der Vater», sagte Heinz.

«Der Verband», sagte Rolf. «Wir reden tatsächlich über Mord, oder?»

«Das wäre mein Ansatz. Totschlag vielleicht. Wenn wir mehr wissen, wissen wir mehr.» Günter hob den Kopf und schaute kurz in die Runde. «Was habt ihr denn schon über diese Nichtsnutze, mit denen er seine Zeit verbracht hat?»

«Jetzt lasst uns mal einen Schritt zurückgehen.» Heinz zog die Silben des letzten Wortes in die Länge. Er hatte schon wieder ein Problem mit den Streichhölzern. Günter reichte ihm ein Feuerzeug.

«So ...» Heinz blies den Rauch in den Raum hinein. «Da sind zwei Sachen, die wir beachten müssen. Die Genossen vom

Eigentum haben diesen Nikoleit schon seit langem im Auge. Dieser Antiquitätenhandel bringt der Deutschen Demokratischen Republik eine ordentliche Portion an Devisen ein.»

«Was dieser eingebildete Kerl auch betont hat», sagte Rolf ganz ruhig. «Ich würde den ja nicht rüberlassen. Keine einzige Stunde.»

«Ja», sagte Heinz. «Ein unangenehmer Charakter. Das muss man so sagen, auch wenn das Ministerium für Außenhandel diese Geschäfte unterstützt. Und dann dieser dekadente Lebensstil, den wir auch nicht unbedingt gutheißen müssen. Die Genossen vom Eigentum», er blätterte in einer Akte, «die bereiten da etwas vor, aber sie sehen natürlich davon ab, jetzt zuerst einmal wegen der Mordsache. Da gibt es noch etwas, das ihr wissen müsst. Da ist ja diese Sache mit den Devisen, die wir genauso gut auch zentral organisieren könnten, das können auch irgendwelche Genossen machen, schließlich macht der Nikoleit nichts anderes, als Möbel auf dieser Seite der Grenze einzukaufen und sie in der BRD um ein Vielfaches loszuschlagen, dazu brauchen wir den ja eigentlich nicht. Aber es gibt da noch mehr. Der Mann geht täglich mit Westgeld um. Und die Genossen vom Eigentum verdächtigen ihn nun, sich da einen weiteren Vorteil zu verschaffen. Sie denken, dass er folgendermaßen vorgeht: Er hat auf seinen Fahrten durch die südlichen Bezirke, das sind seine Jagdgründe, D-Mark in der Tasche. Und damit luchst er den Leuten alten Goldschmuck ab. Den wiederum versteckt er in den Möbeln und verkauft ihn drüben gegen bedeutend mehr Geld, das er dann nicht deklarieren muss. Es scheint, als habe er dort einen Komplizen, der das Geld für ihn hortet. Über den Komplizen wissen sie beim Eigentum noch nicht so viel. Wenn es einen gibt. Aber niemand hier will, dass Nikoleit die Früchte dieses Tuns ernten kann. Der wäre drüben ein reicher Mann. Also ...»

«Aber er hat Familie hier», sagte Konnie.

«Gehabt.» Heinz machte einfach weiter. «Jetzt sind beide Kinder tot. Und es gibt da noch etwas. Apropos Kinder.» Er faltete ein Stück Papier auseinander und blickte kurz darauf. «Dieser Melchior Nikoleit, unser Mordopfer, war bei den Genossen vom MfS als Inoffizieller Mitarbeiter registriert. Das ist ...», er schaute kurz auf seine Handflächen, «das ist mir zugetragen worden.»

Ein Pfiff von Rolf. Günter strich sich die Haare glatt. Konnie wiegte den Kopf.

«Das ging erst ein paar Wochen so», fuhr Heinz fort. «Wir werden da möglicherweise bald mehr erfahren. Also ... Vielleicht. Ihr wisst ja, dass die Genossen vom MfS manchmal zur Schweigsamkeit neigen. Obwohl ich herausgehört habe, dass die ersten Ergebnisse nicht sehr ermutigend waren.»

«Worauf war er denn angesetzt?», fragte Konnie. «Oder auf wen?»

Heinz bedachte ihn mit einem knappen Augenaufschlag. «Wie ich gerade sagte, wir werden da unter Umständen noch mehr erfahren. Das ist alles, was ich im Moment weiß. Ermittlungsansätze? Irgendwer?»

«Auch wenn dieser Nikoleit das selbst vorgeschlagen hat», sagte Rolf. «Diese Punker scheinen mir unser erstes Ziel zu sein. Negative Gestalten. Seid ehrlich: Denen ist alles zuzutrauen. Das erscheint mir vielversprechender als die Ausbildung, die er macht, zum Automechaniker. Und mit denen, den Punkern, hat er ja wohl die meiste Freizeit verbracht.»

«Um die Familien müssen wir uns auch kümmern.» Heinz zeigte auf Otto. «Hast du die Hausaufgaben gemacht?»

Otto hatte. Auf die Schnelle. Und betrachtete die Notizzettel, die er mitgebracht hatte. Da war ein Mädchen in dieser Punkergruppe, Julia Frühauf, die Tochter des Pfarrers Frühauf, der die Heilig-Geist-Kirche drüben in Jena-Ost leitete. «Die haben vier Kinder, und Julia ist siebzehn und die Zweitälteste.»

«Frühauf?», unterbrach Rolf Otto. «Den Namen kennen wir doch. Das ist aber keiner von denen, die Ärger machen, oder?»

«Nein», sagte Otto. «Der gehört nicht zu denen. Er ist auch nicht auf unserer Seite, das würde ich nicht sagen, aber wir wissen, dass wir uns aufeinander verlassen können. Der ältere Sohn studiert Theologie. Und die Frau arbeitet in der Gemeinde. Dann ist da …» Otto nahm sich den nächsten Zettel vor. «Damit hätte ich vielleicht anfangen sollen. Major Erich Marder ist ein altgedienter Genosse. Dessen Sohn Frank ist achtzehn und auch in dieser Gruppe. Zwei ältere Kinder sind lange aus dem Haus. Zuverlässige Leute, alle.»

«Bis auf diesen Sohn», sagte Heinz.

Bis auf den Sohn natürlich. Major Marder stand kurz vor der Pensionierung, und der Sohn ging auf die EOS Johannes R. Becher, hatte dort allerdings mitunter Probleme mit der Disziplin und auch mit der schulischen Leistung. Frau Marder war Lehrerin.

«Da sieht man, was aus den Kindern wird, wenn wir sie nicht vor solchen Einflüssen schützen.» Rolf wartete auf Zustimmung, aber Otto redete weiter.

«Bleibt noch die Familie Schuster.» Der Vater war vor einigen Jahren bei einem Arbeitsunfall auf dem Bau ums Leben gekommen. Die Mutter arbeitete im VEB Schlachtbetriebe Jena in Zwätzen, und Thomas war das älteste Kind von dreien. Der Junge war auch achtzehn und machte die BmA und irgendwas mit Bau.

«Das in aller gebotenen Kürze», schloss Otto seinen Vortrag ab. «Wir werden uns den Familien ja ohnehin widmen.»

«Da haben wir erst einmal genug zu tun», sagte Günter. Er hatte den Buckel noch gekrümmt wie oft, wenn er auf seinem

Stuhl saß und in die Runde sah. Günter Cierpinski war der Kriminaltechniker der Morduntersuchungskommission im Bezirk Gera, und er war der beste Freund von Heinz. Wenn Heinz von der Sache mit Silber wusste, dann auch Günter.

«Ja», antwortete Otto. «Wir werden uns aufteilen müssen.» Er würde vielleicht mit Konnie unterwegs sein, nahm er an. Konnie Krumbach, immer noch der Jüngste in der MUK. Wenn die drei Älteren von Silber wussten, dann konnte es trotzdem sein, dass er nicht eingeweiht war. Die drei anderen waren eine Einheit in der Einheit.

Aber vielleicht schätzte er die Lage auch ganz falsch ein. Was, wenn noch viel mehr Leute davon Kenntnis hatten?

Günter erhob sich schon. Konnie tat es ihm gleich. «Wartet», sagte Otto. «Mein Cousin, der mit dem Bier, hat Bescheid gesagt, dass er Radeberger übrig hat. Ich kann morgen oder übermorgen fünf Kisten abholen.»

«Ein wahrer Genosse», sagte Rolf und stand auf. «Ich bin dabei.» Konnie nickte nur. Günter simulierte leise ein Klatschen mit beiden Händen. Otto hatte sich angewöhnt, das gute Bier, das er von Rudi erhielt, der eine HO-Gaststätte in Apolda leitete, an die Kollegen zu verteilen. Kleine Gefallen, die man irgendwann zurückkriegte.

«Eine Sache noch», sagte Heinz leise. «Unterschätzt mir nicht, dass mit diesem Nikoleit im Spiel ein Motiv wie Habgier wichtig werden könnte. Für den Mord, meine ich.»

12

Das Pfarrhaus stand frei, und die Gardine des Parterrefensters wurde kurz bewegt, als Otto und Konnie vor der Doppeltür hielten. Hoch am Himmel bemerkte Otto eine Gruppe Schwarzstörche, leicht zu erkennen am hellweißen Körper und den breiten schwarzen Flügeln. Die kamen vielleicht gerade aus Westafrika zurück, wo sie den Winter verbracht hatten. Das war Freiheit, dachte Otto. Eine Art von Freiheit jedenfalls. Es gab ja so viele.

Die Frau, die ihnen öffnete, hatte mittellanges blond-graues Haar, der rote Pullover und die Jeans hingen in Falten an ihr herab. Das Lächeln, mit dem sie sie wortlos bedachte, war in den Augen nicht wiederzufinden.

«Meine Tochter Julia ist noch in der Schule», sagte sie, als sie sich auf oft benutzten Polstern niedergelassen hatten. Das Wohnzimmer war ausnahmslos mit Möbeln eingerichtet, die schon mehrere politische Systeme gesehen hatten. Auf einer Kommode standen sechs Porträtfotos nebeneinander. Mann, Frau, Junge, Mädchen, Junge, Mädchen. Die Ordnung entsprach dem Alter, dachte Otto, und der familiären Hierarchie. Das älteste Mädchen musste Julia sein.

«Was begründet Ihr Interesse an unserer Tochter?» Die Frau faltete die Hände im Schoß wie beim Gebet. Es konnte nur um Julia gehen, da schien sie sich sicher.

Otto beschrieb dieses Interesse nur lose. «Es geht um Julias Freundeskreis», sagte er. Die Frau fiel ihm sofort ins Wort: «Den wir nicht in jedem Fall kontrollieren können.» Sie schüttelte dabei ihr Haar mit einem Zucken des Kopfes nach hinten. Die Hände blieben gefaltet.

Konnie lächelte verständnisvoll.

«Es hat da einen Todesfall gegeben», sagte Otto.

Die Frau rührte sich keinen Millimeter. «Unsere Tochter muss gleich nach Hause kommen.» Sie holte Luft für den nächsten Satz, blickte dann aber zunächst zwischen Konnie und Otto hin und her. «Darf ich fragen, wen es getroffen hat?»

«Der Junge heißt Melchior Nikoleit.» Konnie antwortete und schlug die Beine dabei übereinander. Dann lehnte er sich zurück, streckte sich aber sofort wieder und legte die Ellbogen auf die Knie. Otto konnte sehen, dass sich der Kollege nicht wohl fühlte. Das lag nicht nur an dem durchhängenden Sessel.

Die Haustür wurde geöffnet und wieder geschlossen. «Hallo, Mutter», war eine hohe Stimme zu hören. Der Junge, der dann im Türrahmen stand, Anorak und Stoffhose, gescheiteltes blondes Haar, betrachtete sie neugierig, sagte aber keinen Ton.

«Geh auf dein Zimmer.» Frau Frühauf sah den Jungen nicht einmal an. Er drehte sich auf dem Absatz um und stiefelte laut vernehmlich die Holztreppe hinauf.

Wieder war die Tür zu hören. Dann stand eine junge Frau in der Tür. Sie war genauso überrascht wie ihr jüngerer Bruder. Statt Neugierde auf die beiden Besucher entdeckte Otto in ihren Augen Sorge und unmittelbare Wachsamkeit. Er hielt dem Blick von Julia Frühauf stand, die sich kurz eine der rasierten Schläfen kratzte.

«Dieser Melchior ist tot», sagte Frau Frühauf da schon tonlos. «Den hast du doch gekannt.»

Der jungen Frau ging die Information zuerst in die Knie. Ganz kurz gaben sie nach. Aber sie hatte sich schnell wieder im Griff. Sie richtete sich auf, verlor ganz kurz das Gleichgewicht und kippte ein wenig nach vorn. Otto sah, dass ihr das Wasser in die Augen schoss. Die Tasche, die sie in einer Hand hielt, fiel zu Boden. Sie drehte sich langsam um und ging die Treppe hinauf.

Otto bemerkte Konnies nach Hilfe suchenden Blick. Frau Frühauf saß immer noch still.

«Wissen Sie denn, was Ihre Tochter gestern am Nachmittag und Abend getan hat?» Otto rückte auf seinem Sessel nach vorn. Vielleicht konnte er dieser Frau auf diesem Weg ein Stück näher kommen. «Wo sie sich aufgehalten hat?»

«Es ist nicht immer leicht, das zu kontrollieren.» Frau Frühauf fixierte Otto jetzt. «Mein Mann hat sonntags viele Pflichten als Pfarrer. Und das ist ja eine Gemeinde, die sich über ein großes Gebiet erstreckt. Sonntags begleite ich ihn mitunter dabei.»

Eine Antwort auf die Frage war das nicht. Otto versuchte es auf eine andere Art. «Ich würde Ihre Tochter gern selbst befragen.» Julia war siebzehn, da war die Erlaubnis der Eltern hilfreich. Frau Frühauf zögerte einen Moment lang, dann nickte sie kurz.

«Gut», sagte Otto und erhob sich. «Dann gehe ich jetzt hoch.» Die ausbleibende Reaktion von Frau Frühauf nahm er als Zustimmung. Auf dem Weg zur Tür legte er Konnie kurz die Hand auf die Schulter. «Du machst hier weiter?», fragte er. Das war weniger seinem Interesse geschuldet, ob der Kollege die Situation im Griff hatte, als mehr ein Hinweis darauf, dass er allein in den ersten Stock gehen wollte.

Bevor Frau Frühauf widersprechen konnte, war er auf der Treppe und blieb erst stehen, als er auf der obersten Stufe angekommen war. Drei offene und drei verschlossene Türen gingen von einem Flur ab, der rund um das Treppenhaus angelegt war. Eines der offenen Zimmer war das elterliche Schlafzimmer. Daneben ein kleinerer Raum, der nicht preisgab, wer darin lebte. Zwei geschlossene Türen, dann wieder eine offene. Der Raum war abgedunkelt, ein Bettrahmen stand hoch an der Wand. Otto wusste, dass die Familie vier Kinder hatte und dass ein Sohn schon aus dem Haus war. Er studierte in Berlin Theologie. Vielleicht war dies sein Zimmer. Julia war die Zweitälteste.

Er klopfte leise an der letzten Tür. Wartete fünf Sekunden

und drückte dann die Klinke. Leeres Bett und aufgeräumter Schreibtisch. Alles war rechtwinklig zueinander angeordnet. Er zog die Tür wieder zu.

Dann entschied er sich für eine der beiden anderen Möglichkeiten und klopfte erneut. Wartete wieder. Schob die Tür langsam auf.

Julia lag bäuchlings auf dem Bett. Sie schluchzte ins Kopfkissen und drehte sich nur kurz, um zu erkennen, wer sie in ihrer Trauer störte. Otto lehnte die Tür an und setzte sich auf den Schreibtischstuhl.

Ein Kreuz über der Tür, Bücher im Regal, Schuhe aufgereiht unter dem Bett. Selbst sein Zimmer war nicht so aufgeräumt gewesen in dem Alter – und Vater hatte eine strenge Art gehabt.

Julia Frühauf war siebzehn. Und ihre Frisur, wenn man das, was sie auf dem Kopf trug, so nennen konnte, war nicht so ordentlich, wie die Eltern das gern gehabt hätten. Das konnte er schon einmal festhalten. Es war ja nicht so schlimm wie bei ein paar Jugendlichen, die er auf dem Platz der Kosmonauten in Jena gesehen hatte. Die hatten ganz zerrissene Klamotten gehabt. Hosen, wo man die Beine durch die Risse sehen konnte. Eine junge Frau hatte sich sogar ein Loch in den Nicki geschnitten, durch das eine Brust sichtbar war. Und einer hatte so hochgesteckte Haare gehabt, wie immer man das auch machte und wie immer man das nannte. Die zeigten als Stacheln Richtung Himmel, ganz steil. Natürlich waren die uniformierten Genossen von der Volkspolizei gekommen und hatten die mitgenommen.

Das hier war die DDR. Im Westen machten sie das so mit der Kleidung, Löcher reinschneiden. Aber im Westen passierten eine Menge seltsamer Dinge. Im Westen hatten sie auch Grund dazu.

Julia zog ganz lange die Nase hoch, der Oberkörper bebte. Dann drehte sie sich um. Aus roten Augen betrachtete sie ihn wie durch einen Vorhang. Otto war sich nicht sicher, was sie sah.

Fremder Mann im Zimmer. Frau Frühauf hatte ihn und Konnie nicht einmal vorgestellt. Otto wurde kalt beim Gedanken daran, wie sie ihrer Tochter diese Nachricht um die Ohren gehauen hatte. Julia ahnte wahrscheinlich, dass sie von der Polizei waren.

Trotzdem, erst einmal sollte er sich vorstellen: «Julia, darf ich du sagen?» Er wartete die Antwort nicht ab. «Ich bin Otto Castorp von der Morduntersuchungskommission. Du hast ja gehört, dass wir Melchior Nikoleit tot aufgefunden haben.»

Julia drehte sich schluchzend wieder um. Sie weinte jetzt tief und bitterlich. Otto zog es die Eingeweide zusammen. Er gab Julia noch ein bisschen Zeit. Was mochte Konnie mit dieser strengen Frau da unten anstellen? Er war erfahren genug, um zu wissen, dass er sie ihm vom Hals halten musste.

Schritte auf der Treppe nach oben. Vielleicht war es ihm ja doch nicht gelungen. Schnelles Trippeln auf der Etage. Eine Tür ging auf und zu. Die jüngste Tochter möglicherweise, die gerade von der Schule gekommen war.

Julia drehte sich wieder um und setzte sich auf die Bettkante. Sie rubbelte sich die Augen mit dem Pulli trocken. Dann wandte sie sich um und suchte etwas. Als sie es nicht fand, putzte sie den Rotz auch mit dem Ärmel ab.

«Das war Herr Nikoleit», sagte sie. «Der Vater.»

Otto nickte. Julia wirkte offen, ehrlich, wütend.

Er nickte erneut. «Warum sagst du das?»

«Weil es so ist.»

«Ja, ja … Klar. Aber du musst mir das schon erklären. Ich kenne den Vater ja nicht.»

Tränen liefen über Julias Wangen und bildeten Muster im Stoff der Hose auf ihren Oberschenkeln. «Er hat ihn geschlagen. Melchior hat mir das ein paar Mal gesagt. Eigentlich wollte er nicht, dass das irgendwer weiß.» Sprechen und Weinen zugleich machte sie atemlos. «Aber er hat es einmal gesagt, da hatte er … Melchior war betrunken. Und ich hab ihn später noch einmal gefragt. Da hat er erst nicht gewollt. Aber ich hab einfach noch einmal gefragt. Und dann hat er es gesagt, dass er von dem geschlagen worden ist. Immer eigentlich. Schon als er klein war. Und auch noch später. Der ist ja groß, der Melchior.» Julia atmete kurz durch. «Er kann sich wehren, aber er hat sich nicht getraut. Und er hat gesagt, dass der seine Mutter auch schlägt, jedenfalls glaubt er das. Gesehen hat er das nicht.» Sie legte die Hände vor die Augen. Die Tränen liefen durch sie hindurch. Dann atmete sie langsamer und ruhiger, setzte sich auf und stützte die Hände auf der Bettkante auf. «Was ist eigentlich passiert?»

Wenn sie das wüssten, dachte Otto, dann säße er ja nicht hier.

Was sollte und konnte er erzählen? Julia hatte ein Recht darauf, wenigstens ein bisschen zu erfahren. So viel konnte er erkennen. «Wir haben Melchior gefunden. Er hatte eine Wunde am Kopf.»

«Das war der.» Julia biss sich auf die Unterlippe.

«Wenn du willst, dass ich dir mehr erzähle, dann musst du mir auch was sagen.»

Julia reagierte nicht. «Hast du mich gehört?», fragte Otto.

«Hmhm.»

«Wann hast du Melchior zum letzten Mal gesehen?»

«Gestern.»

Otto wartete.

Julia brauchte ein paar Sekunden, um zu begreifen, dass

ihm die Antwort nicht ausreichte. «Morgens», sagte sie. «In der Kirche.»

Otto sagte nichts. Er ging davon aus, dass sie sich sammeln musste, um mehr zu erzählen.

Sie rieb sich wieder über die Augen. «Wir treffen uns am Sonntag immer … Ich musste meinen Eltern versprechen … Also, zum Gottesdienst zu gehen …»

«Langsam.» Otto fiel jetzt erst ein, dass er ein sauberes Taschentuch in der Jacke hatte. Er reichte es Julia. «Kannste behalten. In welcher Kirche wart ihr denn?»

«Schillerkirche», sagte Julia, nachdem sie das Taschentuch ausgiebig benutzt hatte. «Ich musste meinen Eltern versprechen, dass ich sonntags zur Kirche gehe. Wenn ich nicht bei Vaters Gottesdienst bin, dann bei einem anderen. Und deswegen gehe ich dann eben … also, in der Schillerkirche kenne ich nicht so viele Leute. Da kommt auch keiner von unseren Freunden hin. Deswegen haben Melchior und ich uns da getroffen. Weil wir danach allein waren. Da hat keiner auf uns gewartet.»

«Und gestern wart ihr da auch.»

Sie nickte sehr langsam. Otto konnte lesen, dass sie die letzten Bilder noch einmal abspielte. Die letzten Bilder von Melchior und ihr.

Wenn sie die Wahrheit sagte.

Ach, sie sagte die Wahrheit. Das wollte er glauben.

«Und dann?»

«Sind wir spazieren gegangen.»

«Das war mittags.»

«Mittags.»

«Und dann?»

Julia atmete zum ersten Mal gleichmäßig. Sie wusste nun, dass Melchior nicht wiederkommen würde. «Irgendwann haben wir … Haben wir uns verabschiedet.» Da kamen die Tränen wieder.

«Wo war das?»

Sie zeigte auf das Fenster. «Da hinten. Also ganz in der Nähe. Melchior bringt mich meistens nach Hause. Aber so, dass man ihn nicht sehen kann von hier.»

Otto wartete.

«Das müssen die Eltern ja nicht wissen.»

«Klar.»

«Dann habe ich Melchior nicht mehr gesehen.» Tief ein- und ausatmen. Taschentuch auf Augen und Nase.

«Wann war das?»

«Ich weiß nicht. Halb zwei. Zwei. Halb drei.»

«Kannst du das irgendwie eingrenzen?»

Kopfschütteln. Auch gut. «Du bist dann nach Hause gegangen. Was hatte Melchior vor?»

Julias Augen wurden größer. «Wo haben Sie den … Wo ist er denn gestorben?»

Geben und nehmen. Er war mit der Zeugin allein, also musste er sich nicht vor den Kollegen rechtfertigen. «In einem Lager, im Vorraum.»

Julia öffnete den Mund, ohne einen Ton zu sagen, schnappte nach Luft und sank weinend in sich zusammen.

13

«Papa», schrie Kathrin, die Älteste, als er die Wohnungstür öffnete, und lief ihm in die Arme.

«Pssst», hörte er Birgit aus dem Hintergrund. «Die anderen schlafen doch schon.»

Otto trug seine Tochter ins Wohnzimmer, wo Birgit saß

und in einer Zeitschrift las. Er konnte den Titel nicht erkennen, wunderte sich aber. Sie hatte so was nie mit nach Hause gebracht. Mit Kathrin noch an sich geklammert, bückte er sich und gab Birgit einen flüchtigen Kuss.

Noch bevor er sich wieder aufrichtete, sog er die Luft um seine Frau herum ein. Er hatte sich angewöhnt, ihren Geruch zu überprüfen.

«Was machst du da?», fragte Birgit.

«Wie bitte?», gab er zurück und setzte Kathrin auf dem Boden ab. Er hatte Seife wahrgenommen. Birgit hatte sich gewaschen.

«Hast du gerade an mir gerochen?»

«Nee, warum?»

Sie zuckte kurz mit den Schultern und stand auf. «Komm», sagte sie zu Kathrin und gab ihr einen leichten Stupser. «Zeit fürs Bett.»

Otto holte ein Bier aus dem Kühlschrank und setzte sich in den Sessel, in dem Birgit eben noch gelesen hatte. Durch die geöffnete Tür des Kinderzimmers konnte er Birgit hören, die Kathrin leise irgendetwas erzählte.

Marion fiel ihm ein. Er dachte an die Buchhändlerin, mit der er 1983 eine kurze und heftige Affäre gehabt hatte. Er hatte ganze Tage lang nur an Sex mit ihr gedacht. Aber es war natürlich immer ganz klar gewesen, dass die Ehe Vorrang hatte vor allem anderen. Mit Marion hatte er sich mehrere Monate getroffen, bis sie sich nichts mehr zu sagen gehabt hatten. Seit sie nicht mehr in dem Buchladen in Jena arbeitete, hatte er sie nicht mehr gesehen. Sie war nach Erfurt gegangen, hatte es geheißen. Seitdem er sie nicht mehr traf, hatte er auch nicht mehr dieses permanente Gefühl, verfolgt zu werden.

Otto wusste schon, so viel hatte er irgendwann begriffen, dass Marion auf ihn angesetzt gewesen war. Er war ja nicht blöd.

Was aber der Anlass gewesen war für diese Maßnahme, das hatte er sich nie zusammenreimen können. Auch dass Rolf so viele Geschichten über ihn kannte, war schließlich kein Zufall. Aber Rolf und Marion? Das passte nicht ganz zusammen für ihn.

Wie hatte er damals gerochen? Marion und er hatten ja eigentlich kaum etwas anderes gemacht, als miteinander zu schlafen. Hatte Birgit auch seinen Geruch überprüft? Gewaschen hatte er sich damals nicht, bevor er nach Hause gekommen war. Hatte sie je einen Verdacht gehabt?

Birgit kam wieder zurück ins Wohnzimmer und setzte sich auf den anderen Sessel. Die Zeitschrift in der Hand, betrachtete sie ihn wortlos.

«Wie war die Arbeit?», fragte Otto, weil ihm nichts Besseres einfiel. Birgit leitete die Tagschicht jetzt schon seit sechs Monaten wieder, nachdem sie für kurze Zeit eine in der Nacht gehabt hatte. Und genau seit dem erneuten Wechsel hatten sie nicht mehr viel miteinander geredet. Natürlich waren sie beide sehr beschäftigt. Er sowieso, und ihre Verantwortung als Leiter war auch nicht zu unterschätzen. Doch manchmal fragte sich Otto, wen sie in dieser Zeit kennengelernt haben mochte.

«Wie immer», sagte Birgit, ohne ihren Fokus zu verändern. «Mit der ganzen Technik kommt ja auch der Druck. Die ist so teuer, und das muss sich ja auch auszahlen. Und … nicht alle sehen das ein. Da muss man schon hinterher sein.» Dann widmete sie sich der Zeitschrift. Auf einem Foto erkannte Otto ein modellhaftes Wohnzimmer.

Er war so müde, und gerade als ihm der Kopf auf die Brust gefallen war, klingelte das Telefon. Kaum hatte er den Hörer am Ohr, vernahm er schon Heinz' Stimme. «Wir müssen morgen um sechs antreten», sagte der Leiter der MUK. «Der Nikoleit … Die Genossen haben den an der Grenze aufgegriffen. Der wollte mit einem W50 in den Westen.»

«Das ist doch sein Beruf», sagte Otto. «In den Westen zu fahren und dort Möbel zu verkaufen.»

«Ja, aber doch nicht in dieser Situation. Wir hatten ihn ja ermahnt, sich nicht zu weit von Jena zu entfernen. Jedenfalls haben wir den morgen früh bei uns. Das Gespräch zu Hause war ja nicht so ergiebig. Und die Sache mit der Verletzung werden wir uns da einmal sehr genau ansehen. Aber es gibt noch etwas. Während wir gerade reden, sammeln die Genossen von der Volkspolizei mit Hilfe des MfS eine Gruppierung ein, die sich in der Jungen Gemeinde trifft. Da treffen sich diese Punker und sicher auch andere, wenn ich das richtig verstanden habe. Jedenfalls haben wir die morgen früh auch im Polizeipräsidium in Jena. Da können wir die mal etwas genauer betrachten. Also, sechs Uhr», sagte Heinz noch einmal und legte auf.

14

«Komm», sagte Rolf, als Otto im Besprechungsraum des Jenaer Polizeipräsidiums ankam. Er legte seine Tasche auf einen der zusammengeschobenen Tische und folgte dem Kollegen. Auf der Armbanduhr sah er, dass es sieben Minuten vor sechs war.

Rolf lotste ihn in den Keller, ohne ein Wort zu sagen. Er marschierte vorbei an der Tür, die zu den Einzelzellen führte und hin zu dem Trakt, wo Gruppen nach der Zuführung auf die Dinge warteten, die zu geschehen hatten. In der größten dieser drei Zellen, die mit Gitterstäben voneinander abgetrennt waren, standen dicht aneinander Leute mit erhobenen Händen an der Wand. Zwei Schutzpolizisten warteten hinter ihnen, um für die nötige Disziplin zu sorgen.

«Haben die sich extra für mich da so platziert?», fragte Otto.

Rolf hieb ihm den Ellbogen in die Rippen. «Seit gestern Abend», sagte er. Dabei hatte er die Hände tief in den Taschen seiner Anzughose und lachte.

Otto zählte die Stehenden kurz durch und kam auf vierzehn Leute. Von hinten konnte er nur erkennen, dass da mehr Männer als Frauen standen. Drei von ihnen hatten lange Haare, obwohl sie Männer waren. Um vier von den Leuten herum lagen frisch geschorene Haare. Das mussten Punker sein. Die mit den langen Haaren hatten sie verschont – bisher jedenfalls. Und unter zwei von den Leuten war eine Pfütze zu sehen. Der Toilettengang war verschoben worden. Sie hatten den Urin nicht halten können.

Einer war deutlich größer als die anderen. Er trug einen hellgrünen Pulli und Nietenhose, und gerade als er sich umdrehte, trafen sich sein Blick und der Ottos. Ganz ruhig sah der Junge zu ihm rüber. Die langen Haare hingen zum Teil hinter dem Ohr, ein paar bildeten einen durchsichtigen Schleier. Am Kinn war ein dünner Bart zu sehen. Ganz kurz zuckte sein Mundwinkel, und Otto fragte sich, was der Gesichtsausdruck erzählen wollte, wenn nicht Spott.

Als ein Volkspolizist den Jungen passierte, gab er ihm einen festen Schlag auf den Kopf. «Ruhig stehen!», keifte er. Der Junge ließ sich eine ganze Sekunde und vielleicht noch ein kleines bisschen mehr Zeit und sah dann wieder zur Wand.

Otto zeigte auf die Gruppe und wandte sich Rolf zu. «Erzähl mir die Geschichte.»

«Ein Treffen gestern Abend. Das MfS hat natürlich Bescheid gewusst. Und als sie dann nach Hause gegangen sind, haben wir ein paar von denen eingesammelt. Die haben sich wohl getroffen, um über diesen toten Gammler zu reden …»

«Punker», verbesserte ihn Otto.

«Dieser Schmutzfink jedenfalls. In der Jungen Gemeinde, wo sie sich getroffen haben, mussten wir sie in Ruhe lassen, aber danach eben nicht mehr. Wir hätten uns auch mehr holen können, aber darum ging es nicht.»

«Und was machen wir jetzt mit denen?» Während er redete, bemerkte Otto eine Bewegung am Ende der großen Zelle. Die junge Frau kannte er. Jetzt sah er das Gesicht von Julia Frühauf im Profil. Sie hatte es also auch erwischt. Ihr Kopf war geschoren.

«Was ist?», fragte Rolf, der seine kurze Irritation bemerkt hatte.

«Nix. Was machen wir mit denen?»

«Wir teilen sie auf. Das MfS hat Interesse an zweien von denen, habe ich gehört.» Rolf machte eine Pause, um zu betonen, dass er wie immer mehr wusste als andere. «Wir schauen natürlich, ob da einer für uns dabei ist, also für unsere Ermittlung. Und den Rest nehmen sich die uniformierten Kollegen vor. Puuuh …» Er zog die Nase hoch. «Wie das stinkt. Da sollte man mal richtig sauber machen.»

Günter und Heinz erschienen im Keller. Günter betrachtete die Aufgereihten voller Mitleid, Heinz baute sich vor Otto und Rolf auf. «Nikoleit ist eben vorgeführt worden. Der wartet oben auf uns.»

15 | Julia Frühauf

«Ein Penis», sagte ich. Wir saßen auf dem Boden in dem kleinen Büro.

«Wie?», fragte Biber in seiner komischen Art, wie immer, wenn er demonstrieren wollte, dass er es besser wusste. Der eine Mundwinkel leicht hochgezogen. «Ein Penis?»

«Ja, ein Penis, was denkt ihr denn, was das bedeutet?»

«Was jetzt?» Melchior guckte mich verliebt an, als ob ich das Einzige wäre, was ihm zu Penis einfiel.

«Bist du sicher?» Sohle wenigstens nahm mich ernst.

«Ja, klar. Überlegt mal. *Sex Pistols*. So ein Name bedeutet doch was.»

«Hmm», sagte Biber. Da wäre er selbst auch gern drauf gekommen.

«Was soll das denn anderes sein?» Ich gab ihnen noch eine Sekunde, um zu kapieren. «Eine Sexpistole.»

Melchior kicherte irre. Er hatte auch ein Bier zu viel getrunken. «Sexpistole», sagte er leise und schüttelte den Kopf. Dann griff er zu seiner Flasche, die aber leer war.

«Das stimmt schon.» Sohle stand auf, um die beiden letzten Bierflaschen aus der Tasche zu holen. Er öffnete sie mit dem Schlüssel und stellte sie so zwischen uns, dass wir alle zugreifen konnten. «Die wollen provozieren. So sind die.»

«Sexpistolen», sagte Melchior noch einmal und nahm sich eine Flasche. Beim Trinken sah er mich wieder an. «Das fetzt.»

Ich streckte den Arm aus und übernahm die Flasche. «Was kennt ihr noch für Namen?»

«*The Damned*», sagte Sohle sofort.

«Die Verdammten.» Melchior. «Was für ein Name.»

Sekundenlanges Schweigen. So einen Namen suchten wir auch.

«*The Clash.*» Klar, Sohle kannte die Namen alle. Er hörte die Sendungen im Radio und nahm die Lieder auch oft auf Kassetten auf.

Kurzes Abwarten. Als niemand mit der Übersetzung rausrückte, fragte ich nach. Aber alle guckten ratlos.

«*The Stranglers.*» Wieder Sohle.

«Die Würger.» Biber guckte auf das Etikett der Bierflasche in seiner Hand, als stünde die Lösung da drauf. «Aber richtiger Punk ist das nicht. Ich habe im Radio gehört, im Westradio natürlich», er grinste, «oder auf irgendeiner Kassette, dass das Studenten sind, die das nur nachmachen.»

«Na und?», fragte ich.

«Ich finde auch, dass man das hört», sagte Melchior. «Da fehlt etwas. Also … Die wirken nicht wirklich verzweifelt.»

«Wieso verzweifelt?», fragte Sohle.

«Das ist Punk. Und Punk ist Verzweiflung. Weil es keine Zukunft gibt.» Melchior sah in die Runde. Er war toll. Er konnte Sachen sagen, die niemandem sonst einfielen.

«Und wer ist hier jetzt verzweifelt?» Biber leerte die eine der beiden Flaschen.

«Na, wir.» Melchior sah auf den Fußboden. «Weil wir in der DDR leben müssen.»

«Der Westen ist auch nicht besser», sagte Sohle.

«Ja», sagte Biber. «Aber das heißt ja nicht, dass wir nicht verzweifelt sein dürfen.»

«Aber meint ihr das ernst? Die Verzweifelten?» Ich guckte die anderen an. «‹Und als Nächstes auf der Bühne: Die Verzweifelten.› Nee, kommt. Das muss auch mehr mit uns zu tun haben.»

«Wie mehr?», fragte Sohle.

«Mehr mit uns. Vom Namen her.»

«Was mit Zone», sagte Biber, und alle lachten. «Ostzone zum Beispiel.»

«Oder Abschnitt.» Melchior.

«Oder was mit Ausreise.» Biber.

«Zu negativ.» Sohle.

«Aber Punk ist negativ.» Biber.

«Nicht so.» Sohle zischte das fast.

«Was denn dann?», fragte Melchior.

Ich hatte es. «Ich hab's», sagte ich. Und alle sahen mich an. «Staatssicherheit.»

Keiner von den anderen sagte ein Wort.

Sohle war der Erste, der sich meldete. «Das ist gut. Aber es geht nicht.»

«Hmhm», machten Biber und Melchior zur gleichen Zeit.

«Ich meinte ja nur …»

«Es soll lustig sein», sagte Sohle.

«Nein, listig eher.» Melchior.

«Freie Deutsche Jugend wäre listig», sagte ich.

«Versteht aber keiner.» Biber.

Wir einigten uns dann auf *Ernteeinsatz* als Bandnamen. Aber richtig zufrieden war keiner von uns damit.

16 | Otto Castorp

Heinz hatte die Klinke in der Hand. Sie standen alle gemeinsam vor der Tür zum Vernehmungszimmer. Heinz würde hineingehen, Rolf ebenso. Günter verabschiedete sich mit einem Winken, er war auf dem Weg zur Gerichtsmedizin für weitere Untersuchungen an dem toten Punker.

«Konnie», sagte Heinz. Er hatte die Klinke immer noch in der Hand. «Du bleibst erreichbar für die Genossen vom MfS. Es liegt ja in deren Verantwortung, was mit den Gestalten im Keller geschieht. Dieser eine Junge …» Er sah Otto an.

«Thomas Schuster», sagte Otto. Er hatte die Liste mit den Zugeführten gesehen. Das war auch einer derer, die mit dem Toten in einer Punkgruppe gespielt hatten.

«Den wollen wir haben. Wenn er schon mal hier ist.» Damit drehte er sich um und betrat den Raum, in dem Michael Nikoleit an einem kleinen Metalltisch saß. Rolf folgte ihm, und Otto schloss die Tür von innen. Er stellte sich an eine Seitenwand und konnte Nikoleit im Profil sehen. Die beiden Kollegen setzten sich dem Mann gegenüber.

Heinz musterte Nikoleit. Otto hatte schon einige Male gesehen, dass Verdächtige angefangen hatten zu reden, nur um dem Schweigen der Polizisten zu entkommen. Nicht so Nikoleit. Er faltete die Arme vor dem Leib und wartete.

Nach einer Weile wandte Heinz den Kopf und gab Rolf damit das Startzeichen. «Sie wollten die Deutsche Demokratische Republik verlassen.»

«Das war angemeldet», sagte Nikoleit ruhig. «Die Papiere liegen doch alle vor.»

«In dieser Situation sieht das doch nicht ganz richtig aus.» Rolf fuhr sich über das gescheitelte Haar. «Ihr Sohn ist ums Leben gekommen. Unter Umständen, die wir noch zu klären haben. Und Sie hatten Anweisung, sich nicht zu entfernen.»

Nikoleit entfaltete die Arme. Er zog die Hemdsärmel zurecht. «Was hätte ich denn machen sollen?»

«Sie hätten uns um Erlaubnis fragen müssen.» Heinz beugte sich vor und lehnte sich auf den Tisch.

«Die Sie nicht gekriegt hätten», sagte Rolf.

«Aber», Nikoleit öffnete die Arme erneut und schaute nacheinander Heinz und Rolf und dann Otto an. «Aber es gibt doch hier keine Geheimnisse.»

Damit hatte er nicht ganz unrecht. Den Behörden entging wenig. Aber auch in der DDR dauerte es mitunter, bis alle Papiere auf dem richtigen Schreibtisch gelandet waren.

«Wie lange hatten Sie denn vor, im westlichen Ausland zu bleiben?» Rolf zog am Ärmel seines Jacketts, während er redete. Otto sah, wie er den Rücken straffte. Er wusste, was gleich kommen würde. Er wusste auch, dass Rolf sich darauf freute.

«Drei Tage, wie mit dem Ministerium für Außenhandel vereinbart. So, wie es in den Papieren steht. So, wie wir das immer machen. Wir hatten eine Lieferung für Saarbrücken und eine für Bremen. Nicht einmal drei Tage eigentlich. Zwei Nächte …» Nikoleit wirkte so, als fühlte er sich im Recht. Aber er hatte auch andere Erfahrungen gemacht als viele Bürger der DDR. «Ich wäre natürlich zur Beerdigung meines Sohnes wieder hier gewesen.»

Rolf holte Luft. «Ziehen Sie sich aus», sagte er dann ganz ruhig.

«Was?» Damit hatte Nikoleit nicht gerechnet. Er schnappte mit dem Oberkörper nach vorn und blieb mit offenem Mund so sitzen. Die Hände hatte er auf den Tisch gestemmt.

«Wir wollen, dass Sie sich ausziehen.» Rolf erhob sich so langsam, wie er redete. Otto fand, dass es sehr bedrohlich wirkte.

Das kam auch bei Nikoleit an. «Warum?», fragte er und zog sich wieder vom Tisch zurück. Er kam mit dem Rücken nicht weiter als bis zur Stuhllehne.

Rolf stand schon neben ihm. «Beweissicherung. Machen Sie schon.»

Noch eine Sekunde, und Rolf würde ihm die Manschetten aufreißen.

Nikoleit stand auf und blickte sich um. Wo sollte er hin? «Was denn?», fragte er.

«Fangen Sie mit dem Hemd an.» Heinz war ebenfalls aufgestanden.

Rolf blieb überraschend ruhig. Er fasste Nikoleit nicht einmal an. Der öffnete die Knöpfe über der Brust, langsam, einen nach dem anderen. Als er das Hemd aus der Hose gezogen und die ganze Knopfleiste geöffnet hatte, zögerte er kurz. Rolf trat ein paar Zentimeter näher an ihn heran.

Also drehte Nikoleit den Manschettenknopf an der linken Seite und zog den Ärmel über die Hand. Dann machte er sich am anderen Arm zu schaffen. Als er im Unterhemd dastand, sahen alle den Verband am linken Unterarm.

Rolf zeigte auf Nikoleits Oberkörper.

Er zog das Unterhemd über den Kopf. Sie sahen die Schrammen auf der Brust und den blauen Fleck auf dem Brustbein.

Heinz zeigte mit dem Finger auf Nikoleit.

Rolf trat einen halben Schritt zurück. «Den Rest auch», sagte er und ging wieder zu seinem Stuhl.

Nikoleit zögerte kurz, sah sich erneut um, öffnete den Gürtel seiner Hose und setzte sich wieder hin. Er sah noch einmal hoch, zog dann an den Schnürsenkeln und streifte die Schuhe ab. Stand wieder auf und ließ die Hose herab. Die Oberschenkel waren voller blauer Flecken. Am rechten Unterschenkel trug er einen weiteren Verband.

«Na also», sagte Heinz. «Das war das.»

17

«Ich hab denen gesagt, dass wir noch was von dem wollen. Er hat was zu essen und zu trinken gekriegt. Der kann also nicht meckern.»

Otto und Heinz standen in einem Raum mit mehreren Schreibtischen. An zweien saßen Uniformierte und glotzten wortlos auf Akten. Die Tür zu einem Nebenraum war offen, ein Schutzpolizist war darin postiert. Otto sah kaum mehr als dessen Schulter und Uniformmütze. Er bewachte einen Jungen, der neben dem Schreibtisch auf einem Stuhl kauerte. Die schwarzen Haare guckten zum Teil nach oben, der Junge selbst auf den Boden.

«Den einen von dieser Punkgruppe haben wir gestern Abend noch nach Hause geschickt. Der Vater hat sich telefonisch bedankt, Major der NVA. Und mit dem Mädchen hast du gestern gesprochen.»

Otto zögerte. «Das sind vier in dieser Gruppe. Den, der gestern Abend nach Hause durfte, den müssen wir auch sprechen. Wenn Nikoleit weiterhin die Tat abstreitet, dann müssen wir ja den Tagesablauf des Sohnes rekonstruieren und uns mit denen befassen. Ich würde mir das Mädchen noch einmal vornehmen. Nach dem da.» Er blätterte eine dünne Akte durch.

«Untadelige Arbeiterfamilie», sagte Heinz. «Aber der Vater ist vor ein paar Jahren ums Leben gekommen. Unfall auf dem Bau. Und dann kann man ja nicht mehr alles kontrollieren.»

Otto war schon auf dem Weg in den Nebenraum, während Heinz noch sprach. Er schickte den Uniformierten hinaus und lehnte die Tür an. Ich will allein mit dir reden, aber ich werde dich nicht verprügeln.

«Thomas», sagte Otto und holte sich einen Stuhl von der anderen Seite des Schreibtischs. Er stellte ihn so auf, dass sie einander gegenübersaßen. Der Junge hatte die Hände auf den Oberschenkeln liegen und bewegte sich nicht. Kurz sah er auf und sah Otto an, vermied aber Augenkontakt. Der Kopf war geschoren, an einer Stelle war ein blutiger Fleck zu sehen.

«Du hast Frühstück gekriegt?»

Der Junge nickte schüchtern.

«War das gut?»

Jetzt zögerte er, nickte dann aber wieder.

«Du weißt, was wir untersuchen.»

Erneutes Nicken. Jetzt sollte er den Knaben aber auch mal dazu bringen, einen Ton zu sagen. «Wann hast du Melchior Nikoleit denn zuletzt gesehen?»

«Sonntag.» Lippen und Zähne kaum auseinander.

Immerhin ein Anfang. «Wann am Sonntag?»

Schulterzucken.

Das war nicht genug. «Guck mich an», sagte Otto.

Ganz langsam hob Thomas nicht nur die Augen, sondern den ganzen Kopf und blickte ihn an. Für kaum eine Sekunde nur, dann sah er zur Seite und kratzte sich an der blutigen Stelle.

«Wir müssen wissen, was Melchior am Sonntag gemacht hat. Du kannst uns dabei helfen. Also: Wann am Sonntag?»

«Am Nachmittag.»

Gut. «Du musst mir schon sagen, wann am Nachmittag. Und auch, wo.»

«In dem Lager. Nicht so spät.»

Otto war genervt. Der Junge trat sicher ganz anders auf, wenn er mit seinen Freunden unterwegs war. Und er wollte doch gar nichts Besonderes von ihm. «Welches Lager?», fragte er, obwohl er es wusste.

Thomas zögerte kurz. «Da, wo der Nikoleit seine Sachen hat.»

«Wo ist das Lager denn?»

«Da, wo Sie Melchior gefunden haben.»

«Und warum habt ihr euch da getroffen?»

Erneut das Schulterzucken. Thomas nahm die Hände von den Schenkeln und drehte sie kurz, so als wollte er etwas darin lesen. Dann verschränkte er die Finger ineinander und legte die Hände wieder ab. «Nur so.»

Vielleicht sollte er den Jungen doch verprügeln, dachte Otto. Manchmal half das.

War. Das. Mühselig.

«Ihr hattet euch nicht verabredet.»

Kopfschütteln.

Vielleicht sollte er pädagogischer an die Sache herangehen. «Schau mal, Thomas. Wenn wir hier fertig sind, dann kannst du nach Hause gehen. Du musst nur mit mir reden.»

Thomas sah ihm jetzt zum ersten Mal geradewegs in die Augen. Klappt doch.

«Wir treffen uns da eben manchmal. Und dann kommen die anderen auch.»

«Welche anderen?»

«Julia und Biber.»

«Julia ist auch in eurer Punkgruppe, ja? Die habe ich kennengelernt», sagte Otto. «Aber wer ist Biber?» Er meinte, eine ganz sachte Bewegung der Mundwinkel gesehen zu haben. Hatte er etwas Komisches gesagt?

«Der Frank Marder.»

Das war der Sohn des Majors.

«Und warum nennt ihr den Marder dann Biber?»

Schulterzucken.

Otto wartete.

«Weiß ich nicht», sagte Thomas. «Alle nennen den Biber. Immer schon.»

«Und sind Julia und Biber gekommen?»

Kopfschütteln.

Otto wartete.

«Nein, wir waren allein da.»

«Und niemand anderes?»

«Keiner.»

«Was habt ihr da gemacht?»

«Nicht viel.» Schulterzucken wieder. «Geredet. Rumgelungert.»

«Und dann?»

«Dann bin ich wieder gegangen.»

«Wann?»

«Ich weiß es nicht. Ich habe keine Uhr.» Er zeigte auf seinen linken Arm.

«War es schon dunkel?»

Kopfschütteln.

Otto wartete.

«Nein. War noch hell.»

«Wenn du schätzen müsstest, von wann bis wann du da warst …»

Thomas verzog den Mund. «Halb drei? Bis … fünf?»

«Und dann bist du gegangen.»

«Hmhm.»

«Und Melchior?»

«Der ist dageblieben.»

«Hat er auf jemanden gewartet?»

«Glaub nicht.»

«Hast du in der Nähe jemanden gesehen, den du kennst?»

Kopfschütteln.

Wieder Warten.

«Nein. Keinen.»

Otto betrachtete die Haare. Normal an den Seiten. Auf der Kopfmitte dann diese Spitzen, die jetzt mehr hingen als standen. Wie der das hinkriegte? So konnte man doch nicht einmal schlafen gehen. Das waren aber nicht seine Sorgen. «Du kannst nach Hause», sagte er.

Thomas sah überrascht aus. Hatte er ihm nicht geglaubt? Das hatte er doch eben ganz klar ausgedrückt. «Da raus?», fragte der Junge und zeigte auf die angelehnte Tür.

«Da raus.»

Thomas zögerte noch, als lauerten in dem großen Büro irgendwelche Gefahren.

«Weißt du was?», sagte Otto. «Ich bring dich raus. Komm.»

18 | Erich Marder

Es war zu warm, um zu frieren. Viel zu warm, sowieso war die Heizung ganz aufgedreht. Und es war auch noch zu früh, um schon aufzustehen. Erich Marder lag im Bett und rührte sich nicht. Durch den Spalt in den nicht ganz zugezogenen Vorhängen fiel schon ein wenig Licht des neuen Tages.

Wie lange hatte er das Foto nicht mehr betrachtet? Es musste Jahre her sein. Er musste es tatsächlich gar nicht mehr zur Hand nehmen, so gut kannte und erinnerte er es.

Paseberg, der ganz rechts stand, am Rand des Bildes. Den rechten Fuß hatte er auf den Leichnam des einen Engländers gestellt. Der Schuh war so auf dem Brustkorb platziert, dass die offene Bauchhöhle mit dem ganzen Blut zu sehen war. Das war derjenige der beiden, der häufiger getroffen worden war. Und Paseberg war der, der am meisten Freude gehabt hatte am Schießen. Wobei nicht ganz klar gewesen war, wer von ihnen genau auf wen von den beiden geschossen hatte. Sie waren zu viert und hatten alle ihre Waffen benutzt. Aber Paseberg hatte die meisten Schüsse abgegeben.

Neben ihm und dem einen toten Engländer stand Huber. Breitbeinig, lachend, sein Gewehr hatte er lässig auf dem Unterarm liegen. Seine leuchtenden Augen fielen zuerst auf, wenn man das Foto betrachtete. Alles andere trat dahinter zurück. Die karge Wiese mit den vereinzelten Büschen. Der Acker im

Hintergrund, abgeerntet. Die drei dürren Bäume gleich hinter Paseberg. Ganz fern, in der linken oberen Ecke des Fotos, war etwas von einem Zaun zu sehen. Und dann der Turm natürlich. Der Schlossturm.

Jetzt gerade war sich Marder gar nicht mehr so sicher, ob das mit dem Zaun tatsächlich stimmte. War da tatsächlich noch ein Pfahl aus Beton zu sehen?

Nun würde er das Foto doch gern zur Hand nehmen. Aber es war ja weg.

Hubers Augen jedenfalls waren es, was einem zuerst auffiel. Eigentlich war es gar kein Leuchten, mehr ein Brennen. Vor Begeisterung. Erregung. Huber war der Jüngste von ihnen. Wenn das eine Rolle gespielt hatte in diesen Zeiten. Jung waren sie alle gewesen, Paseberg noch der Älteste und Erfahrenste. Er war mit Mitte 20 auch der Einzige, der zu dem Zeitpunkt schon getötet hatte.

Möhlen war der, der auf dem anderen Engländer stand. Nüchterner Blick, ganz anders, als sie sich alle gefühlt hatten in dem Moment. Sie hatten zwei englische Flüchtlinge gestellt. Sie hatten sie gesehen, gejagt und erlegt. Erst später war ihnen klargeworden, dass sie die beiden eigentlich hätten zurückbringen müssen. Aber sie waren abgehauen, das war eben so gewesen. Und die Engländer hatten gewusst, worauf sie sich einließen, mitten im Feindesland. Letztlich hatte doch niemand danach gekräht, was mit den beiden geschehen war. Möhlen hatte auf dem Brustkorb des einen gestanden für ein paar Sekunden, mit beiden Füßen, auf jeden Fall in dem Augenblick, als das Foto gemacht worden war. Er war am Kopf erwischt worden, der andere Engländer. Das war auf dem Foto aber nicht zu sehen, weil Möhlen den Kopf komplett verdeckte.

Der Kopf des ersten Engländers war schon zu sehen. Auch dass er fast noch ein Junge war. Aber von heute aus gesehen waren die meisten Männer jung für ihn, dachte Marder. Wie alt mochte der Engländer gewesen sein? 25? 28? Immerhin ein Offizier. Sonst wäre er nicht in dem Oflag gewesen.

Neben ihm im Bett rührte sich seine Frau. Ein kurzes Atmen, das etwas lauter geraten war. Dann drehte sie sich ein wenig. Und Ruhe war wieder. Mehr Licht kam durch den Spalt im Vorhang. Er sollte gleich mit dem Tag beginnen. Auch wenn er heute nicht in die Kaserne musste.

Am anderen Rand des Fotos war er selbst zu sehen. Nicht ganz so aufgedreht wie Paseberg und Huber, oder wenn, dann anders. Und ein wenig zur Seite gewandt. Die Nase war gut zu erkennen. Wie immer. Wenn Leute ihn beschrieben, dann kam immer zuerst die Nase ins Spiel. Lang und steil war sie. Früher hatte er oft gehört, dass er eine Nase hatte wie Reinhard Heydrich.

Das war damals eine Art Kompliment gewesen. Später dann nicht mehr. Und heute war die Nase von Heydrich weitgehend vergessen. Zum Glück. Jedenfalls wurde sie nicht mehr als Vergleich herangezogen, wenn jemand über seine Nase redete.

Auf dem Foto war er also nicht ganz so gut zu erkennen wie die anderen. Dabei hatte er sich gar nicht bewusst zur Seite gedreht. Das war nur dieser Impuls gewesen. Die Erregung, die bei Huber so gut in den Augen zu erkennen war, die hatte er ganz anders in sich getragen an dem Tag.

Das Mädchen auf dem Bauernhof, das hatte er im Kopf gehabt. Und nicht nur im Kopf. Sie hatten nicht viel geredet. Sie hatten sich ja ohnehin nicht gekannt. Und sie hätten auch nicht richtig kommunizieren können. Er wusste bis heute nicht, wo sie eigentlich hergekommen war. Irgendwo aus dem Osten natürlich.

Es war sein erstes Mal gewesen, in dieser Scheune. Und er hatte gespürt, an diesem Tag, was das Leben eines Mannes ausmachte. Leben geben und Leben nehmen. Heute sah er das etwas differenzierter. Aber damals war er ja auch so jung gewesen. Und in dem winzigen Augenblick, in dem das Foto entstanden war, er wusste es wie heute, war dieser Gedanke erfüllend in ihm gewesen. Seine eigene Erregung war mindestens so stark wie die von Huber. In den Augen. Und auch woanders am Körper. Auf dem Schwarzweißfoto war das nicht so deutlich zu sehen.

«Bist du wach?», kam die Frage leise an sein Ohr. Erich Marder erschrak und dachte noch daran, dass die anderen drei auch je einen Abzug des Fotos bekommen hatten.

19 | Otto Castorp

Otto brachte Thomas Schuster noch bis vor die Tür des Polizeipräsidiums und fragte ihn nach dem Verhältnis Melchiors zu seinem Vater.

«Normal», sagte der Junge und schaute in die Ferne. Er konnte es nicht erwarten fortzukommen.

«Beschreib es einfach», sagte Otto.

Thomas blies die Luft laut hörbar durch die Nase. Das war nichts, was er der Polizei freiwillig erzählt hätte. «Normal halt», sagte er. «Wenn der Vater wütend war, dann hat er das an Melchior ausgelassen.»

Otto wartete wieder. Irgendetwas würde ihm der Junge noch geben.

«Passiert eben», sagte er.

«Was?»

«Haben Sie den Vater mal getroffen?»

«Zwei Mal schon.»

«Der Arm von dem zuckt ja manchmal schon, wenn er den Melchior … ich meine, jetzt ja nicht mehr. Kann ich jetzt gehen?»

Otto gab ihm noch eine Zigarette mit auf den Weg und machte sich dann auf in den kleinen Versammlungsraum, den man ihnen für die Dauer der Ermittlungen im Jenaer Polizeipräsidium zugewiesen hatte. Heinz und Günter saßen dort rauchend und schweigend. Es war noch eine Viertelstunde Zeit bis zur nächsten Besprechung. Otto wollte sie nutzen.

Bis auf zwei standen immer noch alle der jungen Leute an der Wand im Keller. Der eine war Thomas Schuster, der gerade auf dem Heimweg war. Der andere war dieser Große mit den langen Haaren und dem dünnen Bart.

Alle anderen hielten nach wie vor die erhobenen Hände an die Wand. Ein älterer Uniformierter widmete ihnen seine volle Aufmerksamkeit und patrouillierte hinter ihnen mit kleinen Schritten. Noch zwei hatten die Blase geleert, und es stank wie auf einem Kasernenklo.

Otto tippte Julia Frühauf auf die Schulter. Sie fuhr zusammen, ohne sich umzudrehen. «Julia», sagte er. «Komm mit.» Er führte sie in denselben Raum, in dem er eben mit Thomas geredet hatte. Er wies ihr denselben Stuhl zu und wollte gerade anfangen, sie zu befragen, als er die Tränen in ihren Augen sah.

«Was ist?»

«Ich muss aufs Klo.» Julia hielt ihren Ellbogen eng an den Körper gedrückt, als könne sie so ihre Körperfunktionen kontrollieren.

«Komm.» Otto hielt ihr die Tür auf. Er ging mit schnellen Schritten durch das große Büro, hielt ihr auch die Tür zum Gang auf, stellte sich vor die Herrentoilette, weil sie die nächste war, und schickte Julia dort rein. Als sie wieder herauskam, liefen ihr Tränen der Erleichterung über das Gesicht.

«Was zu essen?», fragte er. «Trinken?»

Julia verneinte.

«Dann komm.» Als sie einander gegenübersaßen, fragte er nach dem, was seit letztem Abend geschehen war.

«Wir haben da gestanden.»

«An der Wand?»

Sie wischte sich über die Augen.

«Und vorher?»

«Haben sie uns mitgenommen.»

«Wo warst du, als sie dich aufgegriffen haben?»

«Auf dem Heimweg.»

«Allein?»

«Ja.» Sie legte die Hände um den stoppeligen Schädel. Wenigstens hatte sie keine Wunde davongetragen.

Otto wartete.

«Dann kam ein Polizeiauto, und ich musste einsteigen.»

Sicher hatten sie Julia höflich gebeten, sich in den Funkstreifenwagen zu setzen. Er sah es direkt vor sich.

«Ich wollte dich noch etwas fragen», sagte er. «Danach kannst du nach Hause gehen.» Er würde sie wie den Jungen selbst bis zur Tür des Präsidiums bringen, um sicherzugehen. «Wie war es denn so zwischen Melchior und seinem Vater?»

Sie fuhr sich erneut über die Augen. Dann holte sie ein Taschentuch aus der Hose und putzte sich die Nase. Beim Schnäuzen blickte sie ein paar Mal kurz zu Otto.

Was will ich erzählen? Was kann ich hier erzählen? Er kannte das.

Otto tat, was er am besten konnte. Er wartete.

Julia knüllte das Taschentuch zusammen und steckte es wieder in die Hose. «Nicht so gut», sagte sie dann leise.

Otto öffnete die Hände. Erzähl mehr.

«Sie haben sich oft angeschrien.»

«Hast du das mitgekriegt?»

«Einmal.»

«Wann war das?»

«Als ich Melchior zu Hause abgeholt habe.»

«Was hast du denn da gehört?»

«Das Schreien.»

«Wer hat was geschrien?»

«Das war nicht zu verstehen.»

«Kein Wort?»

«Keins.»

«Und dann?»

«Dann ist Melchior rausgekommen.»

«Und das war es?»

Julia blickte auf irgendeinen Punkt hinter ihm.

Otto zündete sich eine Zigarette an. Hielt ihr die Packung hin. Sie nahm sich mit zitternden Fingern eine und steckte sie zwischen die Lippen. Otto gab ihr Feuer. Beim dritten Ziehen hatte sie die Zigarette zum Glühen gebracht.

Sie hielt den Rauch kaum in sich, hüstelte und sagte dann: «Als ich ihn umarmt habe, hat der richtig Schmerzen gehabt. Ich hab das sofort gespürt, weil er so zusammengefahren ist. Nicht wie sonst, wenn wir uns umarmt haben.»

«Und das war das einzige Mal, dass du so was gemerkt hast? Dass er Schmerzen hatte?»

Julia schüttelte hektisch den Kopf. «Nein», sagte sie langgezogen.

Dann versuchte sie sich noch einmal an der Zigarette und hielt den guten Rauch lange. Es fiel ihr schwer, aber sie war tapfer. Otto wettete, dass sie sonst nicht rauchte. Dann atmete sie noch einmal richtige Luft ein und sagte: «Der Melchior hatte Angst vor seinem Vater.»

20

«Er sagt, er war es nicht.» Rolf lehnte sich auf seinem Stuhl zurück und nahm die Brille von der Nase. Er hatte erst vor ein paar Tagen seine Hornbrille gegen eine schwarz gerandete ausgetauscht. Jetzt betrachtete er das neue Stück mit zusammengekniffenen Augen und putzte es. «Die Verletzungen hat er sich geholt, als ihnen eine Kommode von der Ladefläche des Transporters gerutscht ist. Ein Hanomag, mit dem er seine Westreisen macht. Er hat übrigens auch noch einen umgebauten W50-Pritschenwagen.»

«Wer ist noch dabei?», fragte Konnie. Sie hatten die Versammlung verspätet begonnen, es war schon zwanzig nach neun, als Otto von der Vernehmung Julias kam. Die anderen hatten geschwiegen, als er den Raum betreten hatte. Aber er hatte erfahren, was er wissen wollte.

«Der Angestellte von Nikoleit hat die Ladung mit ihm verstaut.» Rolf setzte die Brille wieder auf.

«Darf der mit rüber?», fragte Günter.

Rolf verneinte das. «Nikoleit fährt allein. Und bevor jemand fragt: Der Angestellte heißt Rudow und hat heute frei.»

«An einem Werktag?», fragte Konnie.

«Die haben keine geregelten Arbeitszeiten. Die sind ja auch mal am Wochenende unterwegs, um Möbel zu kaufen. Und da der Chef in den Westen wollte, hat dieser Konrad Rudow eben frei. Wir wissen nicht, wo er ist. Zu Hause haben wir ihn nicht angetroffen.»

«Passen die Verletzungen zu so einem Vorfall?» Otto sah den nackten Nikoleit vor sich. «Günter?»

Der Kriminaltechniker der Geraer Morduntersuchungskommission hockte wie zusammengerollt auf seinem Stuhl und richtete seinen langen Leib nicht auf, als er redete. «Er wird gerade von einem Arzt untersucht. Aber das ist nicht so leicht festzustellen. In dem kleinen Raum scheint es ja ganz schön zur Sache gegangen zu sein. Und da zu bestimmen, welche Verletzungen … Aber eins nach dem anderen. Wir werden das schon rausfinden.»

«Das ist doch Unsinn», sagte Rolf in Günters Worte hinein. «Wir wissen alle, dass wir unseren Mann haben.»

Konnie nickte, Günter drehte den Kopf, Otto spürte Heinz' Augen auf sich. Er rekapitulierte kurz, was die beiden jungen Leute über Nikoleit ausgesagt hatten. «Lassen sich denn an dem Wagen Spuren von diesem Zwischenfall erkennen?»

«Zu viele Kratzer und Dellen», sagte Günter. «Auch frische, aber die sind nicht zuzuordnen. Nikoleit sagt, sie hätten die Kommode im Lager gelassen. Das werden wir uns natürlich noch anschauen.»

«Dieser Rudow, der uns im Übrigen bekannt ist und auf gar keinen Fall ein zuverlässiger Zeuge, soll morgen wieder in dem großen Möbellager von Nikoleit anzutreffen sein. Das ist in Lobeda, Alt-Lobeda.» Heinz blickte auf einen Zettel vor sich. «Kein Schulabschluss. Selten eine feste Arbeit gehabt. Ist als schwerer Trinker bekannt und als solcher auch immer wieder aufgefallen und», er machte eine dramaturgische Pause, «und hat jetzt einen Ausreiseantrag laufen. Vielleicht ist es wünschenswert, dass der genehmigt wird. Sollen sie sich in der BRD mit dem beschäftigen. Viel Freude dabei.» Heinz steckte sich eine Zigarette an.

Alle anderen fingen auch an zu rauchen. Für einen Moment war es still im Raum. Otto stellte sich Nikoleit vor in einer Auseinandersetzung mit seinem Sohn. Der Mann war groß und sicher stark. Aber der Sohn war auch kein Schwächling gewesen. Ihm fiel das Sprichwort von den Elefanten ein, die sich streiten. Aber er hatte vergessen, was dann dabei kaputt gemacht wurde. Und wenn alles schiefging, was schiefgehen konnte, dann war am Ende so einer Auseinandersetzung jemand tot. So etwas passierte. Normalerweise war es vielleicht der Alte, der den Schlägen des Jüngeren unterlag. Nicht weil der Jüngere stärker oder skrupelloser war, sondern weil Unerfahrenheit eine Rolle spielte. Wenn der alte Nikoleit tatsächlich die Angewohnheit hatte, seinen Sohn regelmäßig körperlich zu züchtigen, dann hatte er auch Erfahrung darin, nicht so weit zu gehen, ihn totzuschlagen. Auf der anderen Seite konnte ja alles Mögliche geschehen, wenn das eskalierte.

«Und ihr wisst das mit dem zweiten Kind?», fragte Günter mit seiner tiefen Stimme und unterbrach damit Ottos Gedanken.

Heinz reagierte nicht. Die beiden hatten sicher schon darüber geredet. Heinz und Günter teilten immer alles, bevor sie es in die MUK brachten. Rolf drehte sich zur Seite, um Günter zu betrachten. Er wartete auf eine Antwort. Konnie schüttelte den Kopf. Der jüngste Kriminalist der Gruppe stand am Ende der Nahrungskette und hatte noch nichts davon gehört. Für Otto war die Information ebenfalls neu.

«Ja», sagte Günter. «Erwähnt hatten wir das schon. Bei einem Verkehrsunfall ums Leben gekommen. Das war 1980. Nikoleit ist mit einem Dacia verunglückt. Und die Tochter, Karin, die damals, Moment …» Günter drehte einen Zettel herum, der vor ihm auf dem Tisch lag. «Die ist 1968 geboren, war damals also zwölf Jahre alt. Ein Jahr jünger als Melchior Nikoleit. Die ist dabei gestorben. Kopf gegen Windschutzscheibe. Das gibt es heute nicht mehr so leicht wegen der Gurte. Damals hatten wir das noch nicht.»

«Und irgendetwas Auffälliges dabei?», fragte Otto.

«Die Kollegen haben nichts gefunden, was sie alarmiert hätte. Ein Tier ist über die Straße gelaufen, der Fahrer hat versucht auszuweichen, und dann ist der Wagen von der Straße abgekommen und gegen einen Baum geprallt. Viel mehr kriege ich aus der Akte nicht raus.»

Otto fragte sich, ob ein Mann, der ein Kind bei einem Unfall verloren hatte, das andere Kind umbringen konnte. Er sah an den Gesichtern der anderen, dass sie sich die gleiche Frage stellten.

21 | Julia Frühauf

Als wir uns für die erste Probe trafen, war uns wichtig, die Dinge beim Namen zu nennen. Es war unsere erste Probe überhaupt, für alle, denn in einer Band hatte noch keiner von uns gespielt. Und was Biber auf dem Schlagzeug konnte, hatte er irgendwann in der Schule gelernt. Das war lange her und etwas ganz anderes.

«Wir treffen uns für die erste Probe», hatte Melchior also demonstrativ gesagt, als wir ein paar Tage vorher zusammengesessen hatten. Und alle anderen hatten genickt oder irgendetwas gemurmelt. Die Instrumente hatten wir endlich beisammen, die standen jetzt in dem alten Büro. Melchior hatte gesagt, was sich niemand zu sagen getraut hatte. Wir hatten nämlich ganz schön Respekt davor, tatsächlich Musik zu machen. Oder es wenigstens zu versuchen. Wir hatten ja noch nicht mal ein Stück geschrieben. Ich wusste auch gar nicht, wie das ging. Und die anderen auch nicht.

«Die erste Probe.» Sohle stand schon an der Tür zum Schuppen, als ich ankam, und er musste es ebenso aussprechen, ganz laut, damit er es glaubte. Es war halbdunkel, aber ich konnte sehen, dass er sich die Schläfen rasiert hatte, genau wie ich, nur ein bisschen mehr.

Ich war gleich vom Badezimmer aus dem Haus gelaufen, damit meine Eltern mich nicht sehen konnten. Aber Sohle hatte auch noch die Haare oben auf dem Schädel zu einer kleinen Pyramide zusammengeklebt, ein paar jedenfalls, was nicht so toll aussah, wie er es sich vielleicht erhofft hatte. Und er trug eine schwarze Lederjacke, die ihm zwar zu eng war, aber trotzdem gut wirkte. Es war nicht so eine normale Lederjacke. Jedenfalls war es keine von dieser Früh-zur-Arbeit-gehen-Sorte. Sie war kurz und hatte ein paar ordentliche Schrammen, die aber schon älter aussahen, Sohle hatte sie der Jacke nicht selbst zugefügt.

«Wo ist die denn her?»

«Getauscht», sagte Sohle nur und verschloss die Lippen. Manchmal war klar, dass Sohle Dinge tat oder wusste, die er nicht mit uns teilen wollte.

Melchior kam mit dem Schlüssel, und erst als er seine Jacke auszog, konnte man im Licht des alten Büros sehen, dass er sich ein paar Löcher in seinen weißen Nicki geschnitten hatte.

Wir standen da und beguckten uns. Melchior fing an zu lachen. Er konnte sich kaum auf den Beinen halten. Währenddessen kam Biber als Letzter und glotzte uns an. Er sah als Einziger aus wie immer. Ich glaube, dass es ein Instinkt war, als er sich an den Kopf fasste, um zu überprüfen, ob sein Scheitel richtig saß.

Melchior fing dann schon wieder an zu lachen, als wir alle an unseren Instrumenten standen. Später hat er gesagt, dass es wegen der Klamotten war. Aber ich glaube, er war einfach unsicher. Er konnte ja ein bisschen auf dem Bass, jedenfalls mehr als Sohle auf der Gitarre und ganz sicher mehr als ich auf meinem neuen Instrument. Aber er war so. Manchmal hat er seine Unsicherheit durch Lachen ausgedrückt. Es war ein schönes Lachen, so ein schönes, trotz allem.

Ich konnte gar nichts auf dem Keyboard und war genauso unsicher. Also habe ich mitgelacht. Sohle hat ein paar kleine

Licks gespielt – ich weiß heute, dass es Licks heißt, damals kannte ich das Wort noch gar nicht – auf jeden Fall hatte Sohle schon ordentlich geübt. Und Biber hat irgendwie jazzmäßig getrommelt und uns angesehen.

Als Melchior endlich aufgehört hat zu lachen, habe ich versucht, ein paar Tonleitern zu spielen. Dann haben wir uns alle angesehen und schon wieder angefangen zu lachen. Und dann haben wir erst einmal Bier getrunken. So war unsere erste Probe.

22 | Otto Castorp

«Und wo sind wir da jetzt?», fragte Rolf

Günter neigte den Kopf nach vorn. Dann griff er in die Tasche seines Jacketts und holte einen kleinen Kamm hervor. Er fuhr sorgfältig über die wenigen Haare, die er über seinen kahlen Schädel gelegt hatte, und sah sich in dem kleinen Raum im Jenaer Präsidium um. Otto wich dem Blick aus, um nicht lachen zu müssen. Die Nummer mit dem Kamm hatte er noch nicht gesehen. Das waren doch nur noch acht Haare, mit denen Günter die beiden Enden des auch schon dünnen Kranzes verband, der sich von einem Ohr zum anderen zog. «Wir müssen das noch überprüfen, das mit den Verletzungen. Aber dieser Konrad …», er schaute vor sich auf einen Zettel, «dieser Konrad Rudow hat generell bestätigt, was Nikoleit gesagt hat. Heinz und ich haben gestern noch …» Günter blickte kurz auf den Leiter der MUK.

Heinz zog die Lippen zusammen und hob die Hände wie zum Schutz kurz an.

«Warum sagst du generell?», fragte Otto. «Was stimmt daran nicht?»

«Details. Nikoleit behauptet, er hat die Kommode schon sicher gehabt, bevor sie gerutscht ist. Und Rudow sagt, dass Nikoleit sie zu weit von der Ladefläche gezogen hat. Wobei er im Beschreiben nicht so gut ist. Oder eigentlich ist er sogar ganz schlecht darin. Es dauert, bis der einen Satz zu Ende gesprochen hat. Aber egal, wer wem die Schuld dafür gibt, dass das Stück heruntergerutscht ist … Es ist ganz offenbar von der Ladefläche gefallen, und die beiden haben Glück gehabt, dass sie nur Schrammen davongetragen haben. Rudow sagt, dass er die Kommode fast auf den Fuß bekommen hätte. Wenn das wirklich geschehen wäre, dann läge er jetzt im Krankenhaus.»

«Und die beiden haben sich nicht abgesprochen.» Konnie formulierte seine Frage ohne Fragezeichen.

«Die Kollegen haben ihn abgefangen, als er nach Hause gekommen ist, von seiner Mutter. Und die hat kein Telefon.» Günter hielt seinen Kamm immer noch in der Hand, betrachtete ihn noch einmal kurz und steckte ihn wieder weg. «Es ist nicht unmöglich, dass Nikoleit und Rudow telefoniert haben, sich abgesprochen haben, aber wir müssen zunächst einmal davon ausgehen, was offensichtlich erscheint: Die Verletzungen von Nikoleit sind entstanden, als die beiden versucht haben, diese Kommode zu verladen. Rudow ist ja auch verletzt worden. Und so langsam, wie der spricht, möchte ich mit dem nicht am Telefon reden.»

Otto spürte die Unruhe in der Gruppe. So ein Ausgang machte sie alle unzufrieden. Einen Schritt entfernt von der Lösung des Falles, und dann sprengt ein unzuverlässiges Mitglied der Gesellschaft die schöne Aussicht auf den nahen Ermittlungserfolg. «Können wir das noch einmal kurz festhalten?», fragte er. «Wann ist der Nikoleit wo gewesen?»

«Ich will es andersherum sagen.» Günter machte eine Kreisbewegung mit dem Zeigefinger. «Wenn der Todeszeitpunkt von dem jungen Nikoleit – das bestätigen wir später noch – gegen 18 Uhr liegt, dann ist der alte Nikoleit einfach zu weit weg vom Tatort gewesen. Dieses Möbellager, in dem er die Sachen aufbewahrt, ist mit dem Auto zwar nur zwanzig Minuten entfernt, aber wenn er mit seinem Helfer angefangen hat, als es hell war, und aufgehört, als es schon dunkel war – das sagt der Rudow so –, dann kann er das nicht gewesen sein. Dann war es schon nach sechs.»

«Also komme ich noch einmal zurück zu meiner Frage. Wo sind wir jetzt?» Rolf steckte sich eine Zigarette an.

«Wenn wir den Nikoleit als Verdächtigen ausschließen …», sagte Konnie und holte Luft für den Rest seines Gedankens.

Heinz unterbrach ihn. «Wir schließen ihn nicht aus. Wir suchen einen neuen Ermittlungsansatz. In dessen Zentrum Nikoleit durchaus stehen kann.»

Otto war überrascht von der Schärfe, mit der Heinz redete.

«Aber nicht muss», schob Heinz nach.

Da nun alle im Raum rauchten, griff auch Otto zu seiner Zigarettenpackung. «Welchen siehst du denn?», fragte er, um den jungen Kollegen aus Heinz' Visier zu nehmen.

Der Leiter der Morduntersuchungskommission blickte in die Runde und wartete.

«Diese Punker.» Rolf lehnte sich im Stuhl zurück. «Wir nehmen diese Szene auseinander. Da haben dann nicht nur wir was von.»

«Wie meinst du das?», fragte Otto.

«Wir schütteln kräftig an den Bäumen. Die Punker fallen runter. Und mehr noch. Da haben wir dann gleich auch diese Leute von der Jungen Gemeinde vor uns. Und dann schauen wir, was wir mit denen anfangen können. Wir kriegen da was, verlass dich darauf.»

Günter schaute in die Runde.

Konnie rührte sich nicht, der Anschiss eben hatte ihm gereicht fürs Erste.

Heinz wartete ab. Er hätte Rolf genauso in den Senkel stellen können, wie er es eben mit Konnie getan hatte. Was brachte es schon, die Ermittlung auf die Junge Gemeinde auszuweiten? Da trafen sich ja ziemlich viele Leute. In ein paar Tagen standen sie dann mit zahllosen Profilen da und wussten erst recht nicht mehr, in welche Richtung sie ermitteln sollten.

«Diese Punkergruppe, die ist aktenkundig», sagte Günter. «Die haben sogar eine Einstufung beantragt …»

«… und selbstverständlich keine bekommen.» Rolf. «Denen geht es nur um Anarchie.»

«Ja ja, selbstverständlich nicht.» Günter nickte Rolf kurz zu. «Wir nehmen uns die vor. Ich meine … Ihr habt das ja auch alle gelesen. Punk ist Englisch und bedeutet Dreck oder Abschaum. Ich habe das eben noch einmal nachgeschlagen. Und die bezeichnen sich selbst so. Mit denen muss ja etwas ganz fundamental in Unordnung sein.»

«Der Westen toleriert so etwas.» Erneut Rolf.

«Ja, aber was man so hört», sagte Heinz und zog an seiner Zigarette. «Was man so hört, kriegen die da auch kein Bein auf den Boden. Wer will solche schon?»

«Die kommen ja nicht einmal pünktlich zur Arbeit.» Rolf.

Das stimmte nicht ganz, dachte Otto. «Bei unserem Mordopfer gibt es keine Beschwerden darüber, dass er nicht pünktlich auf der Arbeit erschienen oder ganz weggeblieben ist, oder? Der machte doch eine Lehre als Automechaniker. Davon hätten wir doch zuallererst gehört.»

«Der hat ja auch noch eine andere Rolle gehabt», sagte Günter.

«Ja, darüber müssen wir dann wohl mehr wissen.» Heinz blätterte in einer Akte vor sich. «Melchior Nikoleit war der IM ‹Gosse›. Wenn auch noch nicht so lange.»

«Vielleicht ist das ja unser nächster Ermittlungsansatz», sagte Otto.

«Ich verstehe dich nicht», sagte Rolf und sah nacheinander in alle Gesichter der Runde.

«Na, was ist denn, wenn das der Grund dafür war, dass der Junge erschlagen wurde?»

«Dass er mit dem MfS zusammengearbeitet hat?», fragte Heinz. «Wieso soll das der Grund für den Mord gewesen sein? Oder den Totschlag, den Unterschied müssen wir natürlich im Blick behalten.»

«Genau.» Konnie meldete sich auch wieder. «Das ist doch ein Vorgang, der nur ihm bekannt war, und den Genossen natürlich, die ihn angeworben haben.»

«Und wenn nicht?» Alle Augen waren auf Otto gerichtet.

«Was willst du uns sagen?», fragte Günter.

«Ja …», sagte Heinz.

Rolf zog die Unterlippe nach oben und wartete.

Konnie runzelte die Stirn.

Aber es war doch offensichtlich, dachte Otto. «Wir suchen doch nach einem Motiv», sagte er. «Und wenn jemand gewusst hat, dass Melchior als … wie hieß der Vorgang noch mal? …, als ‹IM Gosse› unterwegs war, dann kann ihm das doch einer übelgenommen haben.»

Konnie betrachtete die älteren Genossen, ohne die Stirn zu entrunzeln.

Rolf rieb die Lippen gegeneinander.

Günter schüttelte den Kopf. «Aber …», sagte er. «So ein Vorgang wird ja eigentlich nicht öffentlich. Das erzählt man doch nicht herum. Darum geht es doch.»

«Das habe ich ja auch gar nicht gesagt.» Otto war erstaunt über die ablehnende Haltung, die sein Vorschlag auslöste. «Niemand wird eine Versammlung einberufen und sagen: ‹Hallo, ich bin eben vom Ministerium für Staatssicherheit eingeladen worden, ihnen ab und zu etwas über euch zu erzählen.›

So viel ist ja klar. Aber das heißt doch nicht, dass es nicht trotzdem jemand weiß. Genossen …» Otto zündete sich eine Zigarette an. «Da gibt es viele Möglichkeiten, das könnt ihr doch nicht abstreiten. Nicht alle halten dicht. Irgendwer erzählt es seinem besten Freund. Irgendwer wird am falschen Ort gesehen …»

«Unsinn», rief Rolf dazwischen. «Dafür sind die doch zu vorsichtig!»

«… obwohl er es nicht so geplant hat …»

«… die Genossen …»

«… und dann weiß es schon mal einer. Oder dieser Melchior stellt einfach mal eine falsche Frage am falschen Ort zum falschen Zeitpunkt. Mensch, das können wir doch nicht ausschließen. Bei einem Mordfall schon mal gar nicht.»

Statt ihm zuzustimmen, blätterte Heinz in einem Stapel Papiere herum. Er holte ein Blatt heraus und flog darüber.

«Also», sagte Günter. «Was hat man ihm als Aufgabe mitgegeben?»

«Eine ganze Palette. Er sollte seine Familie im Auge behalten, aus naheliegenden Gründen», sagte Heinz langsam und fuhr mit den Augen weiter das Blatt ab. «Und diese Punker sollte er beobachten. Und dann …» Er tippte mit dem Finger auf eine Stelle auf dem Blatt, «dann sollte er sich auch ansehen, wer in der so-ge-nann-ten offenen Jugendarbeit eigentlich diese Leute unterstützt, diese Punker.»

Rolf pfiff kurz. «Das ist eine große Aufgabe für so einen. Da haben ihm die Genossen viel Arbeit aufgehalst.»

«Und was ist bislang dabei herausgekommen?», fragte Günter.

«Der ist noch gar nicht so lange angeworben. Da müssen wir jemanden beim MfS fragen, der sich mit dem Fall beschäftigt hat.»

Die Breite der Aufgabe erschien Otto zu wenig spezifisch. Dabei konnte doch gar nichts rauskommen. Die Genossen vom MfS hatten sich den Jungen vorgenommen, um ein Druckmittel auf den Vater in der Hand zu haben. So viel begriff er. Der Rest war doch nur Beifang. «Da kommen also jede Menge Leute in Frage, die wir uns ansehen wollen», sagte er.

«Wir werden mit diesen Punkern beginnen.» Heinz legte das Blatt zur Seite. «Das scheint mir am vielversprechendsten zu sein.»

«Ein paar von denen hatten wir gestern hier», sagte Rolf. «Habt ihr das übrigens mitgekriegt?»

Er wartete einen Moment ab. «Habt ihr nicht. Einer von denen hat sich gestern umgebracht.»

«Von den jungen Leuten?» Otto hatte kein Wort über einen Zwischenfall gehört.

«In Gera», sagte Rolf.

Heinz schloss die Augen. Er wusste Bescheid. Die anderen beiden hörten zu.

«Die Genossen vom MfS haben einen von denen mitgenommen, für den sie sich besonders interessiert haben. Vielleicht habt ihr den gesehen. So ein Großer. Mit langen», Rolf machte eine Pause, «und ungepflegten Haaren. Und so einem komischen Bart.» Er zog sich symbolisch an den Haaren, die ihm gar nicht am Kinn wuchsen. «Der hat mit den anderen da im Keller gestanden.»

Otto erinnerte sich. Er hatte dem Jungen doch noch kurz in die Augen gesehen. Er erinnerte sich auch an das verschmitzte Lächeln auf dessen Gesicht. Es war wenig angemessen gewesen für die Situation, in der er sich befunden hatte. Immerhin hatte er eine ganze Nacht lang mit erhobenen Händen an einer Gefängniswand gestanden und war trotzdem noch bester Laune gewesen. «Und der hat sich umgebracht?», fragte er.

«Aufgehängt», sagte Rolf. «Man hat ihn am frühen Morgen gefunden. Da sieht man auch, dass man diese Leute vor sich selbst schützen muss.»

Niemand widersprach Rolf.

Einige Sekunden lang sagte niemand etwas. Otto erinnerte sich an den hochaufgeschossenen Jungen. Wie ruhig er gewesen war, als er sich umgedreht hatte, als sich ihre Blicke getroffen hatten, als er seinem Blick standgehalten hatte. Da war Spott und vielleicht auch etwas Überheblichkeit gewesen in seinen Augen. Selbst als ein Uniformierter ihm kurz die Faust an den Kopf geschlagen hatte, war diese Überheblichkeit nicht gewichen.

Brachte sich so jemand um?

Otto blendete sich wieder bei Heinz ein. «… und der Genosse Castorp damit recht haben sollte, wie gehen wir dann vor?»

«Wir nehmen uns die Mitglieder dieser Gruppe einzeln vor.» Rolf.

«Gewiss.» Heinz zeigte mit dem Finger auf Otto. «Du wirst dich darum kümmern.» Er blickte zwischen den Mitgliedern der Morduntersuchungskommission hin und her und zeigte dann auf Rolf. «Und du. Ihr beide werdet euch mit diesen Leuten befassen.» Otto wusste, was das bedeutete. Rolf stand für den robusten Ansatz. Fasst sie ruhig etwas fester an, drückte der Leiter damit aus.

«Was wir brauchen», fuhr Heinz fort, «ist ein Bild davon, ob das tatsächlich durchgedrungen sein könnte. Dass Melchior Nikoleit sich verpflichtet hat. Und eventuell natürlich, ob das zu diesen Konsequenzen geführt hat, die wir hier zu bearbeiten haben. Eine Sackgasse wird das sein, ich sage es euch. Aber lasst es uns eben ausschließen.»

Heinz drückte sich normalerweise nicht so geschwollen aus.

Was war los mit ihm? Wenn sie Pech hatten, dann mussten sie die Mordermittlung mit den Genossen des MfS diskutieren, so viel war klar. Doch das war ja nicht das erste Mal.

«Das wird aber nicht die einzige Richtung bleiben, in der wir ermitteln», sagte Heinz weiter. Otto sah den jungen Mann wieder vor sich. In der Zentrale der Staatssicherheit in Gera wurde schon mal ein rauerer Ton gepflegt. Aber … mit einem Ohr hörte er den anderen zu.

«… den Vater Nikoleit nicht vernachlässigen …»

«… seine Frau und der Helfer, die das bestätigen …»

«… genau nachhalten …»

«… in der Jungen Gemeinde sind die Leute, die …»

«… alle negativ …»

«… viel zu nachsichtig …»

«… andere Kontakte über das MfS …»

«Otto?»

Er hörte seinen Namen, aber war noch nicht gleich in der Lage zu reagieren.

«Otto?» Das war Heinz.

«Ja?»

Der Leiter der Morduntersuchungskommission hatte das Kinn auf die Hände gestützt, mit den Ellbogen auf dem Tisch sah er aus wie ein nachsichtiger Lehrer.

«Ob der Genosse Castorp wohl den kurzen Dienstweg zu beschreiten empfähle, haben wir uns gefragt?»

«Der war vollständig weg», sagte Günter.

«Entschuldigt bitte.» Otto atmete tief ein und holte eine Zigarette hervor. «Ich habe gerade …»

«Der kurze Dienstweg», sagte Heinz. «Ist es hilfreich, mit deinem Bruder zu reden?»

«Über …» Otto hatte tatsächlich nicht mitgekriegt, dass es um seinen Bruder gegangen war. «Ihr meint, ob wir Bodo wegen der Informationen über diese Punkergruppe ansprechen sollten?»

Zustimmung in der Runde.

«Das meinten wir», sagte Heinz.

«Wir reden nicht so viel über unsere Arbeit, wenn wir uns treffen.» Er hatte Bodo zuletzt auf Vaters Beerdigung gesehen. Und er wusste nie so genau, was Bodos Arbeit beim Ministerium für Staatssicherheit eigentlich alles umfasste. Wenn er ihn einmal darauf ansprach, dann im Privaten, wenn es niemand mitkriegte und wenn es ihm persönlich nutzte. Wie damals, als der mosambikanische Vertragsarbeiter ermordet und die Ermittlungen von heute auf morgen eingestellt worden waren. Otto hatte genau gewusst, wer dahintergesteckt hatte. Und da hatte Bodo ihm mit ein paar Informationen ausgeholfen.

Aber auch nur, als er ihn gedrängt hatte.

Bodo war loyal. Und verschwiegen.

«Nicht so viel heißt aber doch, dass es etwas Spielraum gibt.» Günter richtete sich auf. «Wir wollen nur einen Eindruck gewinnen, ob da für uns etwas zu holen ist.»

Otto inhalierte tief, um Zeit zu gewinnen. Er musste Bodo ohnehin treffen. Es war so viel zu besprechen wegen Mutter. Da konnte er auch mal einen Vorstoß wagen, um an Informationen zu gelangen, die das MfS vielleicht gern für sich behielt. «Gut», sagte er, «ich kümmere mich darum.»

Dann dachte er nach, während ihn die anderen noch ansahen. Bodos Büro war einen Spaziergang von diesem Raum entfernt, und frische Luft würde ihm guttun. «Vielleicht ist es eine gute Idee, da gleich mal vorbeizuschauen. Je eher ich das angehe, desto früher wissen wir Bescheid.»

Als niemand widersprach, stand er auf und verließ den Raum.

23

Frau Steffens las im klein gefalteten ND, als er die Tür öffnete. Die Sekretärin seines Bruders hob den Finger und schüttelte ihn kurz, dann legte sie die Hand für einen Moment an ihre braune Dauerwelle und beschäftigte sich wieder mit der Zeitung. Otto setzte sich auf einen der beiden Stühle an der Wand dem Schreibtisch gegenüber. Fingerwackeln bedeutete, dass Bodo Besuch hatte und nicht zu stören war. Es dauerte nur wenige Minuten, dann kam ein Mittvierziger in grauem Anzug aus dem Büro seines Bruders. Er winkte Frau Steffens kurz zu und ignorierte Otto, bevor er auf dem Gang verschwand und die Tür geräuschvoll zuwarf.

Otto klopfte symbolisch und öffnete die Tür, ohne zu warten. Bodo blickte überrascht auf und lehnte sich in seinem Stuhl zurück. Er sah gut aus, dachte Otto, keine Spur mehr von dem fürchterlichen Besäufnis, dem er sich hingegeben hatte. Es war doch erst drei Tage her, dass er halbtot neben Mutter gesessen hatte.

«Ich war gestern kurz bei Mutter», sagte Bodo, ohne auf eine Frage zu warten. «Ihr habt ja diesen Fall.» Sein Bruder wusste meist Bescheid.

«Und?» Otto stellte die Hände auf die Schreibtischplatte.

«Sie sagt nicht viel.»

«Sie hat nie viel gesagt.»

«Stimmt auch wieder.» Im Vergleich zu ihm hatte Bodo noch volles Haar. Dunkler als seins. Sie hatten nie wie Brüder ausgesehen. «Sie wird schon zurechtkommen. Das hat sie immer getan.»

Otto setzte sich hin.

«Über Mutter wolltest du aber nicht reden, oder?»

«Wer war das eben?», fragte er und zeigte hinter sich.

«Berlin.» Bodo stand auf, ging um den Schreibtisch herum zur Tür und öffnete sie. «Frau Steffens, zwei Kaffee bitte», sagte er leise und kam wieder zurück.

«Kein Kaffee», sagte Otto und zeigte auf das Fenster.

Bodo drehte sich wieder um, öffnete die Tür erneut und sagte genauso leise: «Doch kein Kaffee. Entschuldigung.»

Auf das Fenster zu zeigen war eine vertraute Geste und meinte, dass es Dinge gab, die besser nicht im Büro besprochen wurden. Man wusste nie, wer mithörte.

«Da ist dieser Fall in Gera, das hast du mitgekriegt», sagte Bodo, als er das Jackett seines blauen Anzugs vom Garderobenständer nahm. Er blieb unter der Garderobe stehen. «Unvorteilhaft ist das. Natürlich zuerst für den Jungen. Warum macht der auch so was? Aber da muss man sich absprechen. Bevor was passiert.»

«Was soll denn passieren?», fragte Otto und stand auf.

«Das weiß man ja nicht im Voraus. Hier in Jena kann es durchaus zu …», Bodo öffnete die Hände, «Demonstrationen kommen. Sogar in Berlin. Diese jungen Leute sind leicht zu beeinflussen. Und so was …»

«Ich hab den gesehen.»

«Wen?»

«Diesen … Wie heißt der eigentlich?»

«Der Junge? Warum willst du das wissen?» Bodo ging zum Schreibtisch zurück und nahm einen Zettel auf. «Martin Dieterle. Warum? Den hast du gesehen?»

«Gestern Morgen. Im Präsidium. Der bringt sich doch nicht einfach um.»

«Und worauf beziehst du das?» Bodo stand schon an der Tür.

«Ich hab ihn gesehen. Der war so … der war absurd gut gelaunt und eher gelassen.»

«Aber was willst du damit sagen?»

Otto zuckte mit den Schultern. «Wir gehen spazieren», sagte Bodo zu Frau Steffens, als sie deren Büro durchquerten. Und: «Wer weiß, was die gegen den in der Hand hatten.»

Otto achtete darauf, dass die Tür zu Frau Steffens' Büro wieder geschlossen war, bevor er redete. «Ich glaub es einfach nicht.»

«Was glaubst du denn? Und was willst du überhaupt damit sagen?» Bodo wartete, bis sie das Gebäude verlassen hatten und auf dem Weg zum Platz der Kosmonauten waren, als er erneut fragte: «Was willst du damit sagen, schlauer kleiner Bruder? Hä? Mein manchmal viel zu schlauer kleiner Bruder.»

«Gar nichts.»

«Gar nichts.» Bodo wurde schneller und ging zwei Schritte voraus. «Deswegen bist du aber nicht zu mir gekommen, oder? Und wehe, der Westen kriegt das mit. Das ist in Berlin die größte Angst. Was die dann wieder daraus machen. Als ob so was bei denen nicht geschieht.» Er spuckte auf den Gehweg. «Aber deswegen bist du ja nicht zu mir gekommen.»

«Und was hast du mit der Sache zu tun?»

«Was ich damit zu tun habe? Was weiß ich denn? Ich werde irgendwelche Maßnahmen einleiten müssen. Warum fragst du?»

Noch bevor Otto etwas entgegnen konnte, redete Bodo weiter: «Ach ja, du weißt ja nie, was dein großer Bruder alles so treibt. Wie oft hast du das betont.» Sie waren mitten auf dem Platz der Kosmonauten angekommen und blieben stehen. Bodo drehte sich einmal um die eigene Achse und wurde leiser. «Du hast ja sogar mal gedacht, dass ich dich überwachen lasse.»

«Und? Hast du?», fragte Otto.

«In meiner Verantwortung ist das nicht geschehen. Das

kann man manchmal gar nicht so genau rekonstruieren, wer das eingefädelt hat. Hast du diese Marion übrigens noch einmal gesehen?»

«Seitdem nicht mehr.» Bilder von den Nachmittagen mit der Buchhändlerin schossen Otto durch den Kopf. Sie hatten sich in erster Linie zum Sex getroffen. Wie naiv war er gewesen.

«Ich glaube, sie ist jetzt in Berlin», sagte Bodo.

«Und was macht sie da? Ich dachte, die ist in Erfurt.»

«Soll ich raten? Als Buchhändlerin?»

«Nee, lass mal.»

Bodo blickte zu Boden. «Und ja, Erfurt, da war sie kurz einmal. So, schlauer und viel zu neugieriger kleiner Bruder. Was willst du wirklich? Ich hab heute noch viel zu tun.»

«Der Fall, an dem wir gerade arbeiten.»

«Nikoleit. Der Sohn.»

«Du weißt.»

«Ich weiß.»

«Die erste Spur, die wir verfolgt haben, löst sich gerade auf.» Otto sah Bodo nicken, als wisse er auch darüber Bescheid. «Wenn wir uns jetzt dafür interessieren, mit wem der junge Nikoleit zu tun hatte, dann haben wir es nicht nur mit so einer Punkergruppe zu tun, sondern auch mit der Jungen Gemeinde Stadtmitte.»

«Ein Wespennest», sagte Bodo tonlos.

«Da gibt es doch sicher Leute, die ihr …»

«Sicher.»

Otto wartete.

«Du willst dir den langen Dienstweg ersparen. Nein …» Bodo schlug sich an die Stirn. «Es geht dir gar nicht um die Länge des Dienstwegs.»

«Gar nicht.»

«Du willst nicht, ich verbessere mich: Ihr wollt nicht, dass sie euch den Fall wegnehmen. Es ist nie schön, wenn einem deutlich gemacht wird, welchen Platz in der Hierarchie man wirklich hat.»

«Wenn wir eine Vorstellung davon haben, wie viele und vielleicht auch wer in der Jungen Gemeinde auf wen angesetzt ist …»

«Ich muss darüber nachdenken.»

«Du bist damit nicht befasst?»

«Nein.» Bodo war schon unterwegs, als er sich noch einmal umdrehte. «Bin ich nicht. Aber ich melde mich.»

Als Otto seinem Bruder hinterhersah, hörte er den Ruf eines Spechts. Das Kü-Kü-Kü war recht klar zu vernehmen. Otto suchte nach dem Tier. Der Vogel musste auf einem der Bäume sitzen, die rund um den Platz standen. Ein Grauspecht sicher, die lebten südlich von Jena irgendwo in den Wäldern. Er konnte das Tier aber nicht entdecken. Die Blätter sprossen früh in diesem Jahr und verdeckten den Blick. Der Specht hatte sich sicher verirrt. Er fand nicht so oft den Weg in die Stadt.

24 | Julia Frühauf

Es war nach unserer dritten oder vierten Probe. Das war zu einer Zeit, wo wir ziemlich froh waren, dass wir uns in dem alten Büro treffen konnten. Zuerst waren wir enttäuscht, weil wir uns vorgestellt hatten, mit voller Lautstärke zu proben. Das ging dort natürlich nicht wegen der Leute, die rund um den Hof wohnten. Wir haben also zuerst die Türritzen mit Papier abgedichtet, was aber nicht so viel gebracht hat.

Irgendwann haben wir begriffen, dass es für uns kaum einen besseren Ort gab, weil wir immer da reinkonnten. Melchior hatte ja den Schlüssel. Wir mussten nur aufpassen mit dem Krach. Mein Keyboard war an den Strom angeschlossen. Melchior und Sohle haben ohne Verstärker gespielt. Und um Bibers Stöcke waren Socken gewickelt.

Sohle hatte gesagt, er habe ein paar Lieder geschrieben, aber das war auf jeden Fall eine Übertreibung. Und an mich und das Keyboard hatte er dabei schon mal gar nicht gedacht, er hat eher gezeigt, was er alles zu Hause geübt hatte. Trotzdem machte das viel Spaß. Und zusammen entwickelten wir im Lauf der Zeit ein paar Stücke.

Nach dieser Probe, der dritten oder vierten, wollte Biber dann schnell weg. Irgendwas mit seinen Eltern oder seinem Vater. Manchmal mussten die als Familie irgendwo auftauchen. Und so waren Sohle, Melchior und ich ohne ihn zu Fuß unterwegs. Sohle hat uns die Sicherheitsnadeln gezeigt, die er in der Hosentasche hatte. Er wusste noch nicht, was er damit tun sollte. Das war die Zeit, wo wir angefangen haben, uns umzublicken. Vor allem Melchior. Vielleicht hat er damals schon Angst gehabt, dass uns die Polizei aufhält. Wegen Sohles Frisur. Obwohl die gar nicht so sehr auffiel und er in der Schule nie so auftauchte.

Ich weiß nicht mehr so genau, wer von uns diese Idee hatte. Der Betrieb lag gar nicht so direkt auf unserem Heimweg. Wir haben ihn gesehen und nicht viel geredet. Es gab wirklich keinen Plan.

Aber an der Seite, wo die Kantine war, sind wir stehen geblieben. Die Fenster zur Straße waren dunkel, dort wurde wohl nur tagsüber gearbeitet. Neben der Fensterfront war der Parkplatz mit der Tür zur Küche. Wobei ich mich frage, ob ich das damals auch gewusst habe, also dass es da zur Küche geht. Und als wir noch an der Straße gestanden und gesucht haben, kann es schon sein, dass wir alle den gleichen Gedanken hatten. Aber als wir das Motorengeräusch gehört haben, sind wir erst einmal weitergegangen.

Es war ein Wartburg der Volkspolizei, und ich hatte auf einmal Schiss, dass sie anhalten und uns kontrollieren. Oder dass sie Schlimmeres tun. Aber sie sind einfach an uns vorbeigefahren. Sohle fing an zu lachen, als sie außer Sicht waren. Und dann drehte er sich um und lief zur Treppe unter der Tür. Ich habe noch gesehen, dass er fast in die Küche gefallen wäre, weil er nie im Leben damit gerechnet hat, dass die Tür nicht abgeschlossen war. Aber genau so war es. Melchior und ich sind dann auch gerannt. Wir haben die Tür hinter uns zugemacht und erst mal gar nichts gesagt.

Es dauerte ein bisschen, bis wir alle aufgehört haben, laut hörbar zu atmen. Wir waren ja gelaufen, und vor allem waren wir aufgeregt. Ich weiß nicht, wie es den anderen beiden erging, aber als ich ganz ruhig war, da habe ich ein Glück gespürt wie noch nie in meinem Leben. Es hatte mit dem Ort zu tun, aber nicht mit dem speziellen Ort, nicht mit der Küche an sich. Das Gefühl, hier drin zu sein und gleichzeitig auch draußen zu sein aus dem anderen, das war es einfach. Wir waren draußen, obwohl wir drinnen waren. Das habe ich damals verstanden. So habe ich das, glaube ich, nie jemandem erzählt. Als ich mich umdrehte, habe ich ganz stark gespürt, dass es Melchior und Sohle genauso ging. Oder wenigstens sehr ähnlich.

Und dann standen wir da. Einfach so. Und es hat uns genügt.

Bis Sohle sagte: «Wo eine Küche ist, da ist auch ein Kühlschrank.» Er hat das ganz schön laut gesagt, und obwohl wir ja allein waren in der Küche und uns niemand hören konnte, war mir das zu laut. Melchior hatte da schon den ersten Kühlschrank aufgemacht. Es gab nämlich mehr als nur einen, da waren gleich vier große nebeneinander. Im ersten waren riesige Fleischpackungen und zwei Flaschen Watzdorfer Pils, auf die Melchior zeigte.

«Das fetzt», sagte Sohle, griff um Melchior herum und reichte die eine nach hinten zu mir, während er die andere selbst nahm und mit den Zähnen den Kronkorken entfernte.

«Meinst du wirklich?» Melchior guckte auf die offene Flasche in Sohles Hand, dann auf mich und dann auf Sohle, der schon angefangen hatte zu trinken.

Ich öffnete die Flasche mit meinem Schlüssel. Nach dem ersten Schluck habe ich eine kleine Pause gemacht, dann noch zwei genommen und gespürt, wie das Bier in mir zu wirken anfing.

Melchior brauchte ein bisschen, um sich anzuschließen. Aber dann hat er auch getrunken. Und dann hat er gelacht. So, wie ich es mochte. Ein Stück Unterlippe zwischen die Zähne genommen, kurz etwas Luft durch die Nase geschickt und dabei mit den Augen geleuchtet. Deshalb hatte ich mich ja in ihn verliebt, glaube ich. Wegen seiner Art zu lachen.

Sohle hatte die eine Flasche schon leer und guckte sich um. Dann öffnete er den zweiten Kühlschrank und betrachtete das Gemüse, das dort drin lag. Er stellte die Flasche in die Tür und wartete, bis ich die andere ausgetrunken hatte.

Der Speisesaal hinter der Küche war kühl und zugig. Das lag vielleicht daran, dass eine der Flügeltüren am anderen Ende offen war. Sicher hatte es auch mit den undichten Fenstern zu tun. Als wir uns auf die offene Tür zubewegten, produzierte Melchior einen leisen Pfeifton zwischen den Lippen. Er zeigte auf einen Tisch am anderen Ende des Saals. Dort standen zwei Bierflaschen von derselben Sorte, wie wir sie gerade getrunken hatten, Watzdorfer.

Melchior hob kurz die Schultern und wies auf die offene Tür. Es war zu dunkel, um seine Miene zu sehen, und ich kannte ihn auch noch nicht so lange, seine Körpersprache war mir nicht wirklich vertraut. Als Sohle auf die Tür zuging und als Melchior ihm dann folgte, bin ich den beiden hinterhergegangen.

Sohle verharrte kurz im Treppenhaus und ging dann weiter. Er ignorierte die Treppen, die in den Keller und hinauf zum ersten Stock führten und machte erst vor einer weiteren Flügeltür halt. Einen Spalt nur war der eine Flügel geöffnet, aber ein leises Flackern war irgendwo dahinter zu sehen.

Ein eiskalter Zug kam durch den Spalt. Da musste die Produktionshalle sein. Es war auch ein leises Raunen zu hören. War das die Stimme einer Frau?

Sohle legte die Hand auf den offenen Flügel, und ich betete, dass sie kein Quietschen verursachte. Er musste einen ganz ähnlichen Gedanken gehabt haben, denn er zögerte für eine Sekunde. Dann schob er die Tür vorsichtig auf. Es gab ein ganz kurzes Kratzen am Boden, eine Unebenheit im Zement, nicht mehr. Wir schlüpften hindurch und kamen auf einer Balustrade raus. Unter uns lag die Halle. In der Mitte war der Gang, der die beiden Hälften der Halle trennte. Nicht weit unter uns stand ein Schreibtisch. Die Kerze, die auf seinem Rand stand, war die Ursache für das Flackern, das wir eben gesehen hatten.

Das mit den zwei Flaschen Bier auf dem Tisch hätte uns zu denken geben müssen.

Die Frau saß auf der Kante des Schreibtisches. Im Zwielicht von Kerze und irgendetwas diffus Hellem, das durch das Oberlicht fiel, konnte ich sie gut erkennen. Braunes Haar, schulterlang, die gelbe Bluse offen, ein roter Rock dazu. Der Mann stand vor ihr, wir sahen beide im Profil. Gerade stellte er einen Fuß der Frau mitleidlos auf den Schreibtisch, sodass ihr Bein angewinkelt war. Er wiederholte die Prozedur mit dem anderen Bein. Dann öffnete er seine Hose und holte sein Ding heraus. Ich hab es genau gesehen. Er griff mit einem Arm um die Frau herum, mit dem anderen, den wir nicht sehen konnten, fummelte er unten rum. Die Frau legte währenddessen die Arme um seinen Hals.

Dann stieß er zu. Mir wurde ganz kalt, als sich der Schreibtisch mit einem hohen Zerrton über den Boden bewegte. Und dann noch einmal. Dazu schnaufte er laut und deutlich. Von der Frau kam zuerst ein «Ah» und dann ein «Eh».

Wir sagten keinen Ton. Natürlich nicht.

Der Mann stieß den Schreibtisch weiter zur Seite. Mit jeder Bewegung gab es diesen reißenden Ton. Das hörte sich nicht schön an. Und es sah auch nicht gut aus.

Es dauerte nicht lange, bis sich der Atem des Mannes veränderte. Zum Schnaufen kam ein lauter werdendes Räuspern. Er beschleunigte seine Bewegungen und hustete dann kurz. Dann lehnte er sich auf die Frau.

Was auch immer die beiden gemacht hatten, bevor wir durch die Tür getreten waren, jetzt war der Akt zu Ende. Und so faszinierend es auch war, die beiden zu beobachten, so deutlich spürte ich einen schmerzenden Knoten im Bauch. Ich griff hinter mich und tastete nach Melchiors Hand, fand sie aber nicht. Stattdessen ertastete ich etwas anderes und fand so heraus, dass ihn das angemacht hatte. Er trat einen Schritt zurück und machte dabei ein leises Scharren.

Mir wurde ganz kalt. Aber der Mann und die Frau hielten sich weiter umschlungen. Sie hatten es gar nicht gehört. Ich drehte mich und bewegte mich um Melchior herum. Erst in der Küche habe ich mich noch einmal umgesehen. Und ich war mir nicht ganz sicher. Aber ich glaube, dass Sohle und Melchior beide so einen lüsternen Ausdruck auf dem Gesicht hatten.

25 | Otto Castorp

Als er abends nach Hause kam, fand Otto die Wohnung leer vor. Er überprüfte die Uhr. Es war nach sechs. Zu dieser Zeit bereitete Birgit normalerweise das Abendbrot vor. Er sah in jedes Zimmer, bevor er den Zettel auf dem Esstisch bemerkte.

Betriebsversammlung. Habe Kinder zu deiner Mutter gebracht.

Otto setzte sich an den Tisch und versuchte nachzudenken. Dann stand er auf, holte eine Flasche Wodka aus dem Wohnzimmerschrank und ein Wasserglas aus der Küche. Er schüttete sich drei Fingerbreit ein und roch an dem Getränk. Bevor er trank, zündete er sich eine Zigarette an und ließ den Rauch langsam in die Lunge hinein, atmete spät aus und nahm schließlich einen Schluck aus dem Glas. Er mochte es, wenn der Alkohol auf der Zunge brannte und die Zigarette so konterte. Eine unschlagbare Mischung. Eigentlich wollte er ja weniger trinken.

Einen Schluck nahm er noch, bevor er Mutter anrief. Aber ihr Anschluss war besetzt. Also nahm er wieder Platz. Alles an der Wohnung wirkte wie immer, nur so leer. Birgit hatte die Kinder noch nie ohne Ankündigung zu den Großeltern gebracht. Oder jetzt eben zu Mutter. Vater war ja nicht mehr.

Noch ein Zug, noch ein Schluck. Dass Birgit Betriebsversammlung hatte und die Kinder wegbrachte, war im Grunde nicht ungewöhnlich. Aber sonst wusste er immer davon. Warum war das heute nicht der Fall?

Oder hatte Birgit es erzählt, und er hatte es überhört? Er konnte sich nicht erinnern. Sicher nicht.

War die Betriebsversammlung unerwartet einberufen worden? Dann hätte sie ihn immer noch benachrichtigen können. Er war bei der Polizei und immer irgendwie zu erreichen.

Noch einmal bei Mutter anrufen. Immer noch besetzt.

Was, dachte er, als er den nächsten Schluck Wodka auf der Zunge kreisen ließ, wenn es gar keine Betriebsversammlung gab?

Dann dachte er eine ganze Weile nicht mehr. Oder vielleicht auch einfach nur nichts anderes. Er trank das Glas leer und füllte es erneut. Rauchte weitere Zigaretten.

Vielleicht sollte er mal mit Birgit reden. Das hatten sie lange nicht mehr getan. Nicht mehr richtig getan.

Weil er sich nicht vorstellen wollte, dass sich Birgit mit jemand anderem traf, dachte er an den Fall Nikoleit. Wäre es nicht schön einfach gewesen, den Vater dafür haftbar zu machen? Keine tolle Geschichte für die Gesellschaft, wenn sich so etwas innerhalb einer Familie abspielte. Und sowieso war die Idee, dass ein Vater den eigenen Sohn tötete, natürlich ungewöhnlich. Umgekehrt hatte man das öfter. Und gerade wenn der Sohn sich mit solchen Leuten eingelassen hatte wie diesen Punkern. Es gab immer mehr von solchen jungen Leuten hier in Jena, die sich keinen Gefallen taten damit, so herumzulaufen wie die. Das mussten die doch irgendwann einsehen.

Notwehr, dachte Otto.

Es wäre Notwehr gewesen.

Aber der Antiquitätenhändler hatte ja dargelegt, dass diese Verletzungen beim Transport der Möbel entstanden waren.

Und jetzt hatte er zwei tote Kinder. Darauf noch einen Schluck. Das gönnte man auch so einem nicht. Nikoleit trat auf wie jemand, der die DDR nicht mochte. Und nicht mochte, wie sie hier lebten. Aber wenn er unschuldig war, dann war er eben unschuldig.

Wenn sie Pech hatten, mussten sie sich für die Mordermittlung diese ganzen jungen Leute vornehmen, die sich um die Junge Gemeinde Stadtmitte herum versammelten. Vielleicht konnte Bodo ja helfen und ein paar Erkenntnisse liefern. Dafür machte er diese Arbeit doch.

Als Otto das Glas erneut ansetzte, fiel ihm der tote Junge ein, Martin Dieterle. Warum musste er auch so etwas tun? Der Blick, das war erst gestern Morgen gewesen, der Blick, dachte Otto noch einmal, das war nicht der von einem, der sich ein paar Stunden später am Gitter vor dem Zellenfenster aufhängte. Mit der eigenen Hose. Andererseits – wer sah schon in so einen Menschen hinein? Und in dem Alter waren sie ja noch labil. Der war wahrscheinlich noch nicht einmal beim Militär gewesen.

Er rief Mutter noch einmal an.

«Castorp», meldete sie sich laut. Otto war irritiert. Mutter hatte immer nur ein leises «Hallo» in den Hörer gehaucht, wenn jemand angerufen hatte. Vater war es gewesen, der den Familiennamen so kraftvoll und prägnant ausgesprochen hatte.

«Castorp», sagte Mutter noch einmal. «Wer ist denn da?»

«Ich bin's, Mutter», sagte Otto. Und dachte dabei daran, wie sich Menschen änderten. Eben nicht nur schleichend und langsam. Sondern auch, wenn etwas Einschneidendes geschah.

«Die Kinder schlafen schon», sagte Mutter.

«Das ist gut.» Otto wusste gar nicht, was er noch zu erzählen hatte. «Sonst alles in Ordnung?», fragte er also.

«Was sonst?», fragte Mutter zurück.

Vielleicht sollte er sich nach Birgit erkundigen. Und nach den Umständen, unter denen sie die Kinder abgeliefert hatte.

«Das macht Birgit ja sonst nicht so», sagte Mutter, «dass sie hier vorbeikommt mit den Kindern. Das wissen wir ja sonst immer im Voraus.»

Wir, dachte Otto. Natürlich sagt sie noch «Wir». Und Birgit hatte natürlich nichts davon erzählt, dass sie heute Betriebsversammlung hatte. Und natürlich hätte er sich das gemerkt.

Sie verabschiedeten sich. Und Otto dachte, dass er sich erkundigen sollte, ob es wirklich eine Betriebsversammlung gab.

Oder doch nicht? Wen immer er auch danach fragte, das war doch einfach eine blöde Situation.

26 | Melchior Nikoleit

«Eine noch?» Melchior hielt Biber die Filterlosen hin. Die beiden saßen auf einer alten Couch in einem winzigen Bungalow mitten in einem kleinen Garten.

Als Biber zögerte, sagte er noch: «Die merken sowieso, dass hier einer drin war.» Dabei zeigte er auf das eingedrückte Fenster der Laube. «Ob wir rauchen oder nicht.»

Biber nahm sich eine aus der Packung, Melchior klopfte mit einem Fingerschnippen eine für sich heraus und zündete ein Streichholz an. Als beide schweigend den ersten Zug der Zigarette inhaliert und wieder ausgeatmet hatten, stand Biber auf und öffnete die obere Tür eines Küchenschranks.

«Die haben doch nicht viel.» Melchior erhob sich und drehte sich einmal um die eigene Achse. Dann breitete er die Arme aus. Dabei konnte er beinah beide Wände berühren.

«Ich will nur mal gucken.» Biber schloss die Tür wieder und bückte sich hinab zum Unterteil des Schranks. «Was meinst du, was passiert, wenn die das merken?»

«Sie werden zur Polizei gehen.»

«Und dann?»

«Dann … nichts. Ist ja nichts weggekommen. Was meinst du, was passiert, wenn die sagen, dass alles da ist? Dann kommt die Polizei natürlich hierher und guckt sich um. Aber mehr nicht. Oder?»

Biber kniete am Boden, untersuchte das Schrankfach mit Töpfen und Tellern und antwortete nicht.

«Was ist?», fragte Melchior.

«Weißt du, wo ich reinwill?»

Melchior wusste es nicht. Also wartete er.

Biber schwang sich hoch und starrte ihn an. Was Melchior mehr spürte als sah, dafür war es einfach zu dunkel. Dann zog Biber an seiner Zigarette, und Melchior erkannte, dass Biber mehr an ihm vorbeisah, als ihn zu fixieren. «Sag schon.»

«Wir sind nicht weit von unserem Haus weg.»

«Das Wochenendhaus?»

Biber drückte die Zigarette im Aschenbecher auf dem Tisch aus. Melchior sah ihn nicken. «Und?», fragte er.

«Sollen wir da reingehen?»

«Da kannst du immer rein.»

«Aber nicht so.»

«Klar nicht so. Sonst hast du ja einen Schlüssel.»

Biber setzte sich auf die Couch.

«Ich kapier es nicht», sagte Melchior.

«Mein Vater hat da etwas … das wollte ich immer schon mal sehen.»

«Was denn?» Wenn Melchior an Bibers Vater dachte, dann sah er diesen strengen, dünnen Mann. Egal, was Biber sagte oder anstellte, sein Vater sah ihn immer mit diesen dunklen Augen an, die ausdrückten, dass dieser Sohn ihm nicht genügte. Na ja, er war selbst mit einem Vater gestraft, der sich einen anderen Sohn wünschte. Und das nur dadurch auszudrücken vermochte, dass er seine großen Pranken sprechen ließ.

Biber holte Luft. «Der versteckt da was.»

«Was denn?»

«Ich weiß es nicht.»

«Und warum ist es interessant?»

«Ich weiß es nicht. Außer … dass er nicht will, dass wir es sehen.»

«Und da kannst du dir nicht mal den Schlüssel besorgen?»

«Den hat er immer am Bund.»

Es dauerte mehr als eine halbe Stunde, bis sie das Wochenendhaus erreicht hatten. Einmal hatten sie sich kurz in eine Einfahrt gestellt, um einen Wagen der Volkspolizei passieren zu lassen. Das Haus lag am Berg und hatte einen guten Blick über Jena. Eigentlich sah es aus wie ein richtiges Haus, nur dass es klein war.

«Und jetzt?» Melchior war einmal um das Haus herumgegangen. Hier war alles solider als bei der Gartenlaube, in die sie eben eingebrochen waren.

Biber antwortete nicht. Er stand vor der Tür und zitterte, als ob ihm kalt wäre.

Melchior ging noch einmal auf dem Rasen um das Haus herum und blieb am Hintereingang stehen. Der Fensterrahmen neben der Tür war solide und reagierte nicht auf einfachen Druck. Das war ein richtiges Haus und kein Bungalow. Also trat er ein paar Schritte zurück und sah sich um. Das nächste Haus war sicher mehr als fünfzig Meter weit weg, so viel ahnte er im Dunkeln. Und wenn es ähnlich genutzt wurde wie dieses hier, dann war es gerade leer. Was sollte also geschehen?

Er stellte sich seitlich zum Fenster und hieb mit dem Ellbogen dagegen. Es barst mit einem leisen Krächzen, die Glassplitter fielen ins Haus hinein.

Biber kam heftig schnaufend angerannt. «Was machst du da?»

«Du wolltest da rein. Also gehen wir jetzt rein.» Melchior griff nach innen und öffnete das Fenster. «Komm.» Er wischte die Scherben vom Fensterbrett und kletterte über die Brüstung. Ohne auf Biber zu warten, robbte er ins Innere des Hauses.

Vom engen Flur aus sah er eine Küche und zwei Schlafzimmer, bevor er das Wohnzimmer erreichte und sich umdrehte. Über dem Esstisch hing ein Gemälde. Er ging näher heran, während er Biber durch die Scherben tapsen hörte. Auf dem Bild war tatsächlich ein Hirsch zu sehen, der einen Wald anröhrte. Sein Vater hätte das Ding nicht einmal mit Handschuhen angefasst.

«Wir müssen in die Küche», sagte Biber, als er hinter Melchior auftauchte. «Ach ja», er zeigte kurz auf das Bild, «das ist spießig. Ich weiß.» Er ging weiter.

In der Küche wartete Biber schon und zeigte auf eine schmale Tür. «Da rein», sagte er. Melchior legte die flache Hand auf die Holztür, aber es bewegte sich nichts. Kein Spiel. Kein Millimeter.

Kurz darauf kniete er mit einem Schraubenzieher, den er in der Küche gefunden hatte, vor dem Schloss und fing an, das Schließblech zu lösen. «Was ist denn dahinter?», fragte er.

«Die Kammer.»

«Lebensmittel?»

«Lebensmittel.»

«Und wer hat den Schlüssel?»

«Vater.»

«Und wenn deine Mutter was zum Kochen braucht?»

«Muss sie ihn fragen.»

«Klar.» Melchior hatte Mühe, die letzte der vier Schrauben zu lösen.

«Mach es nicht kaputt. Wenn mein Vater das merkt …»

«Passiert nicht.» Die letzte Schraube war schon lose, und mit einer kleinen Zange öffnete er das Schloss. Das mit dem Fenster würde Herr Marder ohnehin sehen.

«Und wir kriegen das gleich wieder …»

«Das merkt keiner.» Melchior zeigte in die Kammer, aus der

ihnen ein leicht modriger Duft entgegenwehte. Im Dunkeln sah er Weckgläser und Konserven auf Regalen. Die Holzkiste an der Wand könnte voller Äpfel sein, dachte er und sog noch einmal den Geruch ein. Biber war schon drinnen verschwunden, knipste eine Glühbirne an, die an einem Kabel von der Decke hing, und stellte sich auf die Zehenspitzen. Er tastete auf dem obersten Regal herum und bewegte sich zentimeterweise zur Seite. Dann blieb er stehen, entließ ein leises Knurren und ging auf die Knie. Er krabbelte in die andere Richtung und stellte sich dann wieder auf die Beine. Das Knurren wurde lauter und hielt für ein paar Sekunden an. «Es muss hier irgendwo sein», sagte er.

Melchior hatte bis jetzt nicht nachgefragt, was Biber eigentlich zu finden hoffte. Er ließ ihn in Ruhe. Wenn Biber fand, was er suchte, würde er es erfahren. Und wenn nicht, dann würden sie eben darüber reden. Neugierig war er schon. Bei so viel Wind, wie Biber gemacht hatte.

Der blickte sich jetzt um. Drehte sich zur einen, dann zur anderen Seite. Schließlich ging er auf eine kleine Pyramide zu, die aus Weckgläsern mit Pflaumen gebildet worden war. Er griff dahinter und brummte kurz. Vorsichtig zog er einen kleinen Karton hervor und kam damit in die Küche. Auch dort knipste er das Licht an.

«Sieht das keiner?», fragte Melchior, als er sich neben Biber an den kleinen Küchentisch setzte.

«Nach da …», Biber zeigte aus dem Küchenfenster, «ist eigentlich nur Wald. Sollte mit dem Teufel zugehen.»

Über den wollte Melchior lieber nicht nachdenken. Stattdessen beobachtete er Biber, der den Deckel des Kartons anhob und hineinsah. Obenauf lag ein Foto. Drei Jungs waren darauf zu sehen, alle in kurzen Hosen, das Foto war ziemlich alt. Das Erstaunen auf Bibers Gesicht sagte Melchior, dass er keinen Schimmer gehabt hatte, was ihn erwartete. Er wollte einfach nur wissen, was in diesem Karton war.

Biber nahm das Foto heraus, betrachtete es kurz und zeigte dann auf den Jungen in der Mitte. «Mein Vater», sagte er. Der Junge war vielleicht zehn, schaute aus seinem Hemd mit einem Rest an Neugierde, aber auch so misstrauisch, als hätte er regelmäßig eine Tracht Prügel bezogen. Immer wachsam bleiben, sagten die Augen.

Schicht für Schicht nahm Biber aus dem Karton. Ein altes Dokument, dann ein Foto, dann ein Buch mit welken Seiten, in dem Biber nur kurz herumblätterte, bevor er es auf den Stapel auf dem Tisch legte. Melchior nahm es und betrachtete den Einband. *Taifun* war der Titel des Taschenbuchs, Joseph Conrad der Autor. Vorsichtig blätterte er es auf und sah eine Widmung auf der dritten Seite: *Für meinen Offizier, M.* stand da in sorgfältiger Schrift mit hübschen Bögen an den Buchstaben. Lag das Buch wegen der Widmung in dem Karton? Oder war es in der DDR verboten? Aber wer sollte Bibers Vater da blöde kommen? Er war ein ranghoher Militär. Wegen einem Buch?

Biber war halb durch mit dem Inhalt des Kartons. Gerade legte er ein weiteres altes Schwarzweißfoto auf den wachsenden Stapel. Soldaten waren darauf zu sehen. Vier junge Männer, die mit ihren Waffen posierten. Zwei Tote lagen vor ihnen. Und unter ihnen. Einer fiel Melchior zuerst auf, weil er so breitbeinig da stand, als wäre er der Chef von den anderen. Und dann betrachtete er einen am Rande, der sich abgewandt hatte.

Das war nicht gestellt. Im Hintergrund war ein Stück von einem Zaun zu sehen, dahinter der Turm einer Burg, die Szene selbst auf einer Weide. Melchior betrachtete die Uniformen. Die waren nicht aus der DDR. Die Szene war sowieso älter.

Und die Uniformen der Leichen waren andere als die der vier Soldaten.

Melchior hielt das Foto ins Licht und versuchte, die Mienen der Soldaten zu lesen. Er sah Jugendlichkeit und Unerfahrenheit, obwohl die Männer älter waren als er selbst. Er legte das Foto zurück auf den Stapel.

Biber hatte ein vergilbtes Dokument in der Hand und wollte es gerade auf das Foto legen. Er schaute drauf, ohne es zu betrachten. Dann stellte er den Karton auf den Boden und ließ das Dokument hineinsegeln. Er nahm das Foto in die Hand. Melchior stellte sich hinter ihn.

Das Gesicht ganz links, am Bildrand. Melchior war sich sicher, dass der Mann Bibers Vater war.

27 | Otto Castorp

«Wir werden sie gegeneinander ausspielen», sagte Rolf auf dem Flur des Jenaer Polizeipräsidiums. Er blies das Feuerzeug aus, mit dem er gerade seine Zigarette angesteckt hatte.

Otto betrachtete den Genossen. Rolf freute sich ganz offensichtlich auf den Tag.

Julia Frühauf, Thomas Schuster und Frank Marder waren am frühen Morgen zur Befragung abgeholt worden. Die Frühaufs hatten darauf verzichtet, ihre Tochter zu begleiten. Jetzt saßen sie ungewaschen in drei verschiedenen Räumen und wussten nicht, dass die anderen beiden ebenfalls auf ihn und Rolf warteten.

Natürlich warteten sie nicht direkt auf ihn und Rolf. Aber sie warteten. Und dass je ein Uniformierter in diesem kleinen Raum direkt neben ihnen platziert war und sie nicht aus den Augen ließ, machte es ihnen noch ein wenig ungemütlicher. Das war die Aufgabe der jungen Uniformierten: sie anzustarren. Sie hatten da ihre kleinen Tricks bei der Polizei.

«Ich schlage vor, dass du mich erst einmal machen lässt», sagte Rolf. «Wir gehen gemeinsam rein, aber ich rede.»

Kurz darauf betraten sie das Verhörzimmer, in dem Julia Frühauf mit dem Rücken zur Tür an einem kleinen Tisch saß. Sie drehte sich nicht um, als die Tür geöffnet, der junge Polizist, der sie bewachte, hinausgeschickt und die Tür dann wieder geschlossen wurde. Rolf hob seine Hand, um Otto zu zeigen, dass er hinter der Zeugin stehen bleiben solle, und fing an zu reden.

«Julia», sagte er, ohne seinen Namen zu nennen, er stellte die Arme auf den Tisch vor ihr, «wir müssen jetzt genau wissen, was du an dem Tag getan hast, als Melchior Nikoleit gestorben ist. Du hast meinem Kollegen gesagt, dass du am Sonntagnachmittag zu Hause gewesen bist und das Haus nicht mehr verlassen hast. Das haben deine Eltern bestätigt, aber sie haben auch gesagt, dass sie dich nicht die ganze Zeit über gesehen haben.»

Das stimmte nicht ganz. Julia, so hatte die Mutter bestätigt, war auf ihrem Zimmer gewesen. Was sie gesagt hatte, war, dass sie nicht wusste, ob ihre Tochter das Haus noch einmal verlassen hatte. Aber man konnte es ja mal versuchen.

«Durchaus möglich also, dass du doch noch einmal unterwegs warst.» Rolfs Stimme wurde lauter und zugleich tiefer. Er versprach sich davon Autorität. Otto hatte das schon oft erlebt.

Julia schüttelte den Kopf, sagte aber nichts. Sie trug Jeans und einen beigen Pullover. Die Pudelmütze lag vor ihr auf dem Tisch. Ihre Hände hielt sie so, dass sie vor Rolf verborgen waren.

Otto konnte die Finger zittern sehen. Und das lag nicht an der Raumtemperatur.

«Wir kennen nur deine Version von Sonntag.» Rolf setzte sich Julia gegenüber hin. «Vielleicht habt ihr euch gestritten.»

Julia schüttelte erneut den Kopf. Otto hörte sie schniefen und sah, wie sie sich auf ihre Hände setzte. Fast hätte er gelächelt darüber. Das wiederum war einer der kleinen Tricks der Kollegen vom MfS. Sie zwangen die Leute oft, sich auf ihre Hände zu setzen. Es war Rolf gewesen, der ihm das erzählt hatte. Er hatte auch gesagt, dass die Genossen in Verhörsituationen mitunter die Schrauben ein wenig lockerten, die die Sitzfläche des Stuhls am Gestell befestigten. Das hinterließ schmerzhafte Spuren an den Händen. Und er hatte nicht zurückgehalten, dass ihm diese Vorstellung gefiel. Otto fragte sich, was Rolf jetzt dachte angesichts der jungen Frau.

«Und eine Person, auf die deine Beschreibung passt», fuhr Rolf fort, «ist am Sonntagnachmittag in der Nähe des Ortes gesehen worden, an dem Melchior getötet wurde.»

Julia fing an zu weinen.

Rolf blickte über sie hinweg. Suchte Bestätigung in Ottos Augen.

Otto gab ihm nicht, was er haben wollte. Das mit der Personenbeschreibung war frei erfunden.

«Ich war zu Hause», sagte Julia.

«Das werden wir sehen.» Rolf stand auf, während er noch redete, und ging schon auf die Tür zu.

«Dass du in der Nähe gesehen worden bist, aber nicht direkt vor dem Schuppen, heißt ja nicht, dass du nicht da warst.» Rolf öffnete die Tür. Otto folgte ihm.

Frank Marder im nächsten Verhörzimmer war ganz ruhig und saß zurückgelehnt auf dem Stuhl. «Es war so, wie ich gesagt habe. Wir hatten auch nicht verabredet, uns zu treffen.» Er sah Rolf in die Augen, der sich ihm gegenüber hingesetzt hatte. Kurz drehte er den Kopf auch zu Otto, der neben dem Tisch an der Wand stand. «Es war eine Möglichkeit. Sich zu treffen. Nicht mehr.» Jede Silbe sauber und deutlich ausgesprochen.

Der Junge fuhr mit einem Finger den Scheitel entlang. Die Hose strich er auf den Oberschenkeln glatt und bewegte die Schultern, die in einem etwas zu engen karierten Hemd steckten. «Das war immer so», fuhr er fort. «Wenn es gerade nichts Besonderes gab, dann sagten wir, dass wir uns vielleicht im Schuppen treffen. Und dann ist es manchmal geschehen und manchmal nicht.»

Sie hatten nur selten einen Zeugen hier, noch dazu einen so jungen, der so ruhig und beherrscht antwortete. Otto beobachtete Rolf. Er rieb die Fingerspitzen gegeneinander, so als sei er sich unsicher, was er mit den Händen tun sollte. Er würde gar nichts tun. Marder war der Sohn eines hochrangigen Offiziers der NVA. Und der Junge war sich dessen bewusst.

«Du bist in der Nähe gesehen worden», sagte Rolf so leise, dass sich Frank nach vorn beugte, um ihn zu verstehen.

«Ich war ja auch in der Nähe. Aber ich war nicht da.»

Rolf sprang auf und lief auf die Tür zu.

Otto hatte Mühe, ihm zu folgen. Auf dem Flur holte er Rolf ein, weil der Genosse stehen blieb, um sich eine Zigarette anzuzünden. «Glaubst du, wir sind auf einer Spur?», fragte er, als dieser einen Zug genommen hatte.

«Glaube ich nicht.»

«Warum machen wir das dann so?» Otto holte auch eine Zigarette hervor.

«Wir trampeln auf den Boden und schauen, was von der Decke fällt. Hast du eine bessere Idee?»

Bevor Otto antworten konnte, redete Rolf weiter. «Und wir haben ja noch gar nicht richtig angefangen. Dir ist schon klar, dass wir hier Feinden unseres Systems gegenüberstehen.»

«Das sind junge Leute. Zwei von denen sind noch in der Schule, in der EOS, wenn ich dich darauf hinweisen darf, und da sind sie nicht reingekommen, weil sie Staatsfeinde sind, und der Dritte macht eine Berufsausbildung.»

«Du findest ihr Verhalten nicht auffällig und dekadent?»

«Auffällig ja, dekadent vielleicht auch, andere sagen dazu negativ. Aber dafür gibt es ja unsere Institutionen. Die kümmern sich schon.»

«Aber du hast den doch gerade gesehen. Der lässt sich von uns gar nicht beeindrucken.»

Eine Minute später schlug Rolf die Tür zum dritten Verhörzimmer mit lautem Knall zu. Thomas Schuster fuhr zusammen und drehte sich um. Sein Gesicht war verheult, der Kopf tief zwischen die Schultern gezogen.

«Was immer ihr da in dieser Musikgruppe getrieben habt, jetzt siehst du ja, wo das hingeführt hat.» Rolf hob den Stuhl auf, der auf seiner Seite des Tisches stand, und stellte ihn scheppernd wieder auf den Boden. Breitbeinig setzte er sich darauf, die Lehne vor der Brust, und wartete.

Thomas Schuster folgte der Einladung zum Reden nicht. Er riss sich aber zusammen und setzte sich aufrecht hin. Kurz blickte er an sich herab, zog an seinem Pullover, wischte sich übers Gesicht und stierte dann geradeaus. Otto stellte sich so neben den Tisch, dass er beide von der Seite sehen konnte.

«Wir behandeln dich jetzt als Hauptverdächtigen», sagte Rolf laut. Er legte eine Faust auf den Tisch.

«Ws?» Der Junge verschluckte den Vokal komplett. Er beugte sich gleichzeitig nach vorn und schüttelte den Kopf, öffnete die Hände und schloss sie auch wieder. Für einen kurzen Moment rührte er sich überhaupt nicht, dann fing er an, den Oberkörper vor- und zurückzubewegen.

«Du warst doch da.» Rolf laut.

«Ich bin wieder gegangen.» Der Junge ganz leise.

«Niemand hat das gesehen. Und du warst vielleicht eifersüchtig.» Rolf faltete die Hände im Schritt und verzog die Lippen zu einer Art Lächeln. «Eifersüchtig auf Melchior Nikoleit, weil er und diese Julia …» Er beendete den Satz nicht.

Thomas Schuster zog die Nase hoch und wackelte hektisch mit dem Kopf.

Wieder im ersten Verhörzimmer lehnte sich Rolf nach vorn. «Wie stehst du eigentlich zur Deutschen Demokratischen Republik?»

Julia guckte ihn ein paar Sekunden lang ausdruckslos an. Sie legte den Kopf zur Seite und öffnete den Mund, brachte aber keinen Ton hervor.

«Es ist ja nicht so, dass wir euch nur wegen diesem Mord ...» Rolf machte eine Pause.

Julias Augen wurden größer. Sie verstand, was er sagte. Aber ihr fiel offensichtlich nicht ein, wie sie darauf reagieren sollte. Stattdessen kratzte sie sich ausgiebig am Hinterkopf. Die Stoppeln.

Frank Marder stellte Rolf dieselbe Frage.

«Den Sozialismus, den wollen wir ja alle», sagte er und nickte kurz, um sich zu vergewissern, dass er meinte, was er sagte. Dann dachte er eine Sekunde lang nach. Als Rolf schon vernehmlich einatmete, um sich zu äußern, war Frank Marder wieder da. «Der Kommunismus ist natürlich ein erstrebenswertes Ziel, das ...»

Otto schaltete ab und sah kommen, wie Rolf dem anderen Jungen dieselbe Frage stellen würde. Er würde dessen Unsicherheit ausnutzen.

Als sie die Tür geschlossen hatten und wieder mit Thomas Schuster allein waren, stellte sich Rolf vor den Tisch, beide Hände aufgestützt, und ließ sich etwas Zeit. Er fletschte die Zähne, als er anfing zu reden. «Und wie stehst du zur Deutschen Demokratischen Republik?»

Der Junge öffnete den Mund, atmete schnell, formte ab und zu die Lippen, um einen Ton zu sagen, und sprach dann trotzdem kein Wort. Als er in Tränen ausbrach, verließen sie den Raum wieder.

«Warum machst du das?», fragte Otto auf dem Flur. Er hielt dem älteren Kollegen das Feuerzeug hin, bevor er sich selbst eine Zigarette anzündete. «Zur Sache kommt da nichts raus.»

«Erstens weiß man das nicht.» Rolf ging langsam weiter. Er

wollte wieder zurück in den ersten Verhörraum. «Und zweitens schadet es ja auch nicht. Und drittens haben wir im Moment keinen echten Anhaltspunkt. Und viertens …»

Sie waren an der Tür des Raumes angekommen, in dem Julia Frühauf saß. Otto wartete, dass Rolf fortfuhr.

«Viertens habe ich vergessen», sagte Rolf, als er die Tür öffnete. «Aber manchmal muss man einfach tun, wonach einem ist.»

Das tat er dann auch. Er hieb die Hand auf den Tisch, bevor er sich Julia gegenüber hinsetzte. «Wir müssen jetzt mal weiterkommen», sagte er als es an der Tür klopfte. Konnie zeigte mit dem Finger auf Otto und winkte ihn aus dem Raum.

Otto blickte Rolf fragend an und verließ das Verhörzimmer.

«Bodo Castorp», sagte Konnie.

«Mein Bruder.»

«Der hat angerufen. Eine dringende Angelegenheit …»

Otto dachte an Mutter. Vielleicht war ihr etwas zugestoßen.

Konnie bemerkte Ottos Miene und die Sorge, die sie spiegelte. «Beruflich, soll ich sagen. Rein beruflich. Aber er will dich sofort sehen.» Dann steckte er Otto einen Zettel mit einer Adresse zu.

28 | Erich Marder

Manchmal war es nichts als Furcht, die ihn ausfüllte. Aufschrecken in der Nacht. Hastiges Aufsetzen. Schon wieder versuchen, sich an Bilder des letzten Traums zu erinnern.

Und dann langsamer atmen, wieder hinlegen, noch einmal vergeblich versuchen, den Grund für die Panik zu verstehen. Dabei gibt es doch nichts zu verstehen. Er hat nichts verbrochen. Gar nichts.

Die Frau schläft. Oder sie gibt vor zu schlafen. Er ist ja auch froh, dass sie sich nicht mehr beunruhigen lässt durch ihn. Was sollte er auch erzählen?

Die Hand auf der Brust, spürte er das Herz zur Ruhe kommen. Und hatte trotzdem schon wieder das Foto vor Augen.

Es waren nur zwei Zufälle, die zu diesem Foto geführt hatten. Das muss man sich klarmachen, und er versichert sich dessen wieder. Jetzt in der Nacht wie schon so oft zuvor.

Wenn Möhlen nicht diesen Fotografen erkannt hätte. Einer aus der Mannschaft, Marder hatte das nicht gewusst, aber Möhlen schon. Möhlen hatte ein Auge für die Qualitäten anderer. Wenn Möhlen also nicht diesen Fotografen erkannt hätte, dann hätten sie nicht posiert mit den toten Engländern. Der Fotograf war begeistert gewesen und hatte seine Kamera aus der Unterkunft geholt. Es hatte nur ein paar Minuten gedauert, bevor er zurückkehrte.

Huber hatte unterdessen Regie geführt und ihnen allen gesagt, wie sie sich zu platzieren hatten. Als der Fotograf bei ihnen ankam, hatte Möhlen schon ausprobiert, ob er sich auf den Brustkorb des einen Engländers stellen konnte, ohne dass der zusammenbrach. Huber war zufrieden, als das klar war.

Dann positionierte er Paseberg, wie es auf dem Foto später zu sehen war. «Bleib so», sagte er, als der den einen Fuß auf dem Engländer hatte. «Wie wir den getroffen haben, muss man sehen können.» Er zeigte auf den von Kugeln aufgerissenen Bauch des jungen Offiziers. Paseberg blieb dann so stehen, ganz steif, bis das Foto gemacht worden war.

Paseberg, das Arschloch. Nur wegen ihm war das alles geschehen. Wenn er nicht stehen geblieben wäre, als er irgendein Geräusch gehört hatte. Die Hände flach vor sich, beide, hatte er sie zu Wachsamkeit gemahnt. Und dann hatten sie es alle gehört. Wenn Paseberg nicht so verdammt aufmerksam gewesen wäre, dann hätten sie ihren Weg einfach fortgesetzt. Und es gäbe folglich auch kein Foto.

Natürlich konnte man die ganze Begegnung als Zufall ansehen. Wenn die beiden Engländer sich nicht in dem Moment gerührt hätten, als sie da vorbeigekommen waren, dann hätten sie sie nicht bemerkt. Wenn sie Möhlens Vorschlag, die Patrouille weniger ernst zu nehmen, eine Minute länger besprochen hätten, bevor sie aufgebrochen waren, dann wären die Engländer auf und davon gewesen. Und wenn Huber nicht nach seiner Waffe gegriffen hätte, als er erkannt hatte, dass die beiden flüchtig und aus dem Lager entkommen waren … Obwohl das eigentlich kein Zufall war. Huber hatte den Finger immer am Abzug. Einmal hatte er Glück, oder vielmehr hatten die beiden kleinen Kinder Glück, die vom Hof ganz in der Nähe, dass seine Kugeln sie nicht beim Spielen erwischt hatten. Und dieses Mal hatte ihn Paseberg übertroffen.

Huber war auch ein Arschloch gewesen. Und was für eines. Ihn selbst hatte Huber auch für das Foto aufgestellt. «Du siehst dir alles von der Seite an», hatte er gesagt und ihn so hingestellt, dass er die anderen drei und die beiden Engländer im Blick hatte. Woher er diese Idee nur gehabt hatte? Marder hatte nie so genau begriffen, was ihn selbst in der letzten Sekunde bewogen hatte, sich noch abzudrehen. Das war nicht überdacht gewesen. In keiner Weise.

Ein paar Tage später hatte der Fotograf die Abzüge verteilt. Marder war allein, als er es zum ersten Mal betrachtet hatte. Er konnte sich genau erinnern an den Moment. Die Enttäuschung, als er begriff, dass er nicht so gut getroffen war wie die anderen. Vor allem Huber im Zentrum des Fotos, mit all seiner Freude und Begeisterung, die sein Körper ausdrückte. Und er selbst da am Rand, wie unbedeutend er wirkte gegen dessen Präsenz. Enttäuschung und, ja, auch Neid, das hatte er sich selbst bald zugestanden, dass er neidisch war auf den anderen. Wenigstens so ernsthaft aussehen wie Möhlen oder so überdreht wie Paseberg. Aber er musste sich ja am Rand aufhalten und dann auch noch abdrehen im entscheidenden Augenblick, sodass er nur zu erkennen war, wenn man genauer hinsah.

Später war er natürlich froh über den Umstand, dass er auf dem Foto nur im Profil zu sehen war. Und sowieso war es eine Zeit des Zweifels gewesen, als sie das Foto bekommen hatten. Die Russen waren damals schon weit nach Westen vorgedrungen, und das Ende war abzusehen. So hatte sich die Enttäuschung, die er empfunden hatte beim ersten Anblick des Fotos, vermischt mit Gefühlen, die er damals noch nicht ausdrücken konnte. Dass der Krieg nämlich verloren war.

Huber hatte damit nichts am Hut gehabt. «Ihr müsst glauben», hatte er einige Male gesagt. Und er hatte mit Herablassung auf ihn gesehen, als er das Foto herumzeigte. «Der Marder hat das nicht verstanden, dass man da in die Kamera sehen muss», hatte er gesagt. «So macht man keine Geschichte.»

In dem Moment hatte er sich schon sehr geärgert über den Huber. Aber der hatte eben Schneid gehabt.

Nicht mehr lange natürlich. Das Kriegsende hatte Huber nicht mehr erlebt. Er hatte, so viel wusste Marder noch, irgendeinen Jugendsturm organisiert, der die Rote Armee östlich von Berlin aufhalten sollte. Er hatte wirklich geglaubt. Und er war für seinen Glauben gestorben.

Was aus Hubers Foto geworden war, wusste Erich Marder nicht. Im besten Fall war es irgendwo verbrannt, bevor der Krieg zu Ende war. Und der Fotograf hatte den Krieg ebenfalls nicht überlebt.

Das Herz schlug wieder normal. Er sollte versuchen, noch etwas zu schlafen.

29 | Julia Frühauf

«Der spielt ja nur zwei Töne», sagte Sohle. «Und immer wieder.» Er wurde ganz blass, als wir dieses Stück hörten. Auf der Kassette war noch ein Rest von der Ansage drauf, wo der Name des Stücks und der der Band zu hören waren. Bei dem Stück waren wir uns einig, dass es «Boredom» hieß, aber bei der Band nicht ganz, die letzte Silbe hörte sich an wie Kocks, und damit konnte niemand von uns etwas anfangen.

«Noch mal», sagte Biber, der die Kassette mitgebracht hatte. Er spulte zurück und traf genau den Anfang. Und da gab es schon die Andeutung der beiden Töne auf der Gitarre. Sohle zeigte konzentriert auf den Kassettenrekorder. Von dem Gesang verstand keiner von uns auch nur ein Wort, glaube ich. Nur den Refrain eben, wenn man das einen Refrain nennen kann. Sie sangen ein paar Mal «Boredom», einmal sang nur einer, dann die Band im Chor.

«Das trifft es eigentlich doch ganz gut für uns», sagte Melchior leise. Aber alle warteten nur auf das Gitarrensolo. Da …

Als es zu Ende war, redeten alle auf einmal.

«Das ist kein klassisches Solo.»

«Die können aber spielen.»

«Ist das noch Punk?»

«Es ist schmutzig.»

«Das fetzt.»

«Klar ist das Punk», sagte Biber und holte mit beiden Armen weit aus, um zu erklären. «Es ist kurz und laut und hat totale Energie. Also ist es Punk.» Er hatte die Stoptaste gedrückt. «Noch eins?»

Nur Sohle sagte nichts. Das mit dem Solo mit zwei Tönen hatte ihn mitgenommen. Wir hatten *Sex Pistols* und *The Ramones* und *The Damned* und *Sham 69* gehört, von denen Biber sagte, sie seien nicht richtig Punk, weil er das irgendwo gehört hatte.

«Kommt noch was?», fragte Melchior.

«Das letzte.» Biber hatte den Finger auf der Taste und guckte nacheinander alle an. Sohle klatschte zweimal in die Hände, vielleicht um seine Entgeisterung über das Gitarrensolo loszuwerden, das nur zwei Töne hatte. Dann fing das nächste Stück an. Oder eigentlich zuerst mal ein Rest von der Ansage. «… mit Richard Hell.»

Als die erste Gitarre mit dem Rhythmus anfing, habe ich vieles auf einmal gedacht. Der Name war sowieso phantastisch, Richard Hell, denn das mit der Hölle, das stimmte einfach. Ich hatte ganz kurz Vater vor Augen, auf der Kanzel, dann am Tisch mit uns allen und dann mit mir allein in irgendeinem Zimmer, wie er mich zurechtweist. Dann kam der Bass zur Gitarre und dann noch eine Gitarre und das Schlagzeug. Die zweite Gitarre spielte einzelne Töne, aber keine Melodie, und dann ist mir etwas passiert, was es sonst nicht so oft gab. Ich verstand einen englischen Satz so deutlich und klar wie nie zuvor.

I was sayin let me out of here before I was even born. Wenn das Richard Hell war, dann wusste er genau, wovon er sang. Rauswollen, noch bevor man geboren worden war. Ich hab kurz die anderen angeguckt, aber die waren zu sehr mit sich selbst beschäftigt oder vielleicht mit demselben Satz wie ich.

Aber ich wusste, dass es das ist – und das war ja nur der Anfang.

Biber zeigte auf den Kassettenrekorder, ganz so, als würden wir nicht alle gebannt zuhören. «Da, versteht ihr das?», fragte er leise.

Das war der Refrain. Ich kapierte, dass er über eine Generation sang, wahrscheinlich über seine eigene. Das kam noch einmal mit der Generation, dann gab es eine Attacke von der zweiten Gitarre, ganz kurz, und dann ging es weiter, aber ich verstand kein einziges Wort mehr, bis der Refrain wieder zu hören war.

Dann gab es noch einen richtigen Überfall von der Gitarre, aggressiv war das, aber auch melodiös, und er konnte auch spielen, der Typ. Ich hab Sohle angeguckt, der das genauso wie ich merkte. Nach der Gitarre war da ein Huuh-Huuh von der ganzen Band, dann ging es weiter im Text, es kam noch ein Refrain, dann noch einmal eher im Sprechgesang. Ich verstand jetzt, dass die Stimme «blank generation» sagte.

Ganz zum Schluss war da noch ein Wi-Huuh vom Chor, spielerisch eigentlich und leiser werdend, die Gitarre war noch einmal kurz zu hören, dann war es vorbei.

«Noch mal», sagte Melchior. Biber spulte zurück, und wir hörten es erneut. «Blank Generation», sagte Biber für alle, die es noch nicht mitgekriegt hatten. Und «Leere Generation» schob er noch nach über den ersten Gitarrentönen.

Das Wi-Huuh wieder. Der letzte Ton der Gitarre.

«Noch mal», sagte jetzt Sohle. Und Biber startete das Stück wieder. Jetzt konnte ich ein bisschen besser erkennen, dass die auch spielen konnten und dass sie ihre Instrumente wirklich beherrschten. Anders als wir. Anders als ich auf jeden Fall. Dabei war das ja auch ein Punkt gewesen, der uns so angezogen hatte, dass man beim Punk nicht unbedingt spielen können muss. Da war wieder die Gitarre nach dem zweiten Refrain. Was da für eine Kraft drin war. Und für eine Aggression.

Am Ende war ich es dann, die sagte: «Noch mal.»

Biber hatte schon ausgestellt, aber die anderen wollten auch noch einmal. Als wir das Stück dann zum vierten Mal gehört hatten, stellte Biber den Kassettenrekorder demonstrativ zur Seite. «Habt ihr begriffen, was die meinen?»

Wir waren alle noch zu beeindruckt, um zu reden, deshalb machte er weiter. «Ich hab das nachgeguckt bei meinem Vater im Büro. Der hat ein Englischwörterbuch. ‹Blank› bedeutet ‹leer›. Also auch noch ein paar andere Sachen, aber was die hier sagen, ist, dass sie eine leere Generation sind. Ist das nicht stark?»

«Wie wir», sagte Sohle.

Melchior nickte.

«Und habt ihr den ganz phantastischen Trick bemerkt?», fragte Biber.

Wir sahen sicher ratlos aus.

«Im Refrain», sagte er.

Immer noch Ratlosigkeit.

«Also», sagte Biber. «Im Refrain singt er zweimal ‹I belong to the blank generation›, ja?»

«Joo», sagte Sohle. Melchior sagte nichts. Ich glaube, ich habe nichts gesagt.

«Falsch», sagte Biber und zeigte mit einem Finger in die Höhe. «Beim zweiten Mal, also in der zweiten Zeile, wenn er das wiederholt, dann lässt er da ein Wort aus, der macht da eine richtige Pause.» Dann machte er es nach. «So», sagte er. «‹I belong to the blank generation›, das ist das erste Mal. Und dann …», er machte eine lange Pause und stierte uns irre an. «Dann so: ‹I belong to the …›» Biber atmete tief ein, ohne ein

Wort zu sagen, «‹generation›», machte er weiter. «Das ist so genial. Habt ihr das verstanden?»

Klar hatten wir. Aber er erklärte es trotzdem. «Der lässt da, wo es leer ist, ja, blank, extra noch mal eine Pause, um die Leere auch auszudrücken, also … bildlich sozusagen.»

Auch wenn Biber das nicht noch hätte sagen müssen, waren wir ihm nicht böse. Irgendwer musste es eben ausdrücken. Und wir fühlten uns total angesprochen. So als wenn der Mann, der die Hölle im Namen trug, nur mit uns geredet hätte.

30 | Otto Castorp

Es war Mittagszeit, und Otto war hungrig, als er den Motor des Wagens ausmachte. Bodo stieg aus seinem Lada aus, der vor dem Mehrfamilienhaus in Lichtenhain abgestellt war.

«Du wolltest, dass ich mich für dich umhöre», sagte er, noch bevor Otto ausgestiegen war. Das Mehrfamilienhaus war staubig braun, und der Garten zwischen der Außenmauer des Grundstücks und der Haustür seit langem nicht bearbeitet worden. «Was du machst, ist Folgendes: Du klingelst oben rechts, dir wird aufgedrückt, und in der Wohnung unter dem Dach wartet jemand auf dich.»

«Wer?»

«Du klingelst ganz oben. Der Schüler, den du triffst, ist am Rande Teil eines Vorgangs … ach, du wolltest doch etwas wissen über die Junge Gemeinde. Und darüber, wie diese Punker da eingebunden sind. Sag ihm einfach die Namen, über die du etwas wissen willst, und schau, was dabei herauskommt.»

«Ich bin überhaupt nicht vorbereitet.»

«Du bist immer vorbereitet, kleiner Bruder. Wenn irgendwer irgendwo die Treppe hinabgestoßen wird, dann bittest du ja auch nicht um eine Stunde zur Sammlung. Du fährst zum Tatort und tust deine Arbeit. Hör also auf zu jammern. Und dieses Gespräch hat nie stattgefunden. Klar? Der da», Bodo zeigte zum Haus, «schuldet mir einfach noch etwas.»

Er klopfte auf das Dach von Ottos Wagen und drehte sich ab. «Wir sehen uns am Sonntag bei Mutter», sagte er noch, stieg in den Lada und fuhr davon.

Otto klingelte, und die Tür wurde sofort aufgedrückt. Ein junger Mann stand in der zweiten Etage in der Wohnungstür und drehte sich um, als er Otto die Treppe erklimmen sah.

Er saß auf einem Bett aus Paletten und Matratzen und hatte die Füße ausgestreckt auf den Bastmatten, die den spärlichen freien Boden des Zimmers abdeckten. Ein Küchentisch, der zum Schreibtisch umfunktioniert worden war, zweitüriger Kleiderschrank, Weinkisten mit Schallplatten, obenauf lag BAP, von denen hatte Otto schon einmal gehört, Westrock aus Düsseldorf oder so. An der Wand war ein Poster von einem älteren Mann. Otto hatte Mühe, die Schrift darauf zu entziffern. Alexis Korner stand darauf. Den Namen kannte er nicht.

Ein einfacher Stuhl stand mitten im Raum. Otto setzte sich und blickte in ein bärtiges Gesicht, das er meinte, schon einmal gesehen zu haben.

Der blonde Bartwuchs war dicht, das Gesicht aber jung. Die Augen hinter den Gläsern der Nickelbrille waren grün und guckten misstrauisch. Otto wusste nicht, was Bodo hier angeleiert hatte, und fühlte sich unwohl. Was ihn beruhigte, war, dass es seinem Gegenüber noch viel schlechter ging.

«Du weißt, warum ich hier bin?» Mal sehen, dachte Otto, wie man hier ein Gespräch beginnen kann.

Der Bärtige legte den Kopf leicht auf die eine, dann auf die andere Seite. Er nickte kaum sichtbar. Also wusste er es nicht.

«Ich bin Polizist, und ich bearbeite gerade einen Mordfall in Jena. Hast du davon gehört?»

Dieses Mal war das Nicken etwas ernsthafter. Klar wusste er davon. So etwas sprach sich natürlich herum. Der junge Mann vor ihm sah nicht aus wie einer dieser Punker, aber in der Jungen Gemeinde trafen sich ja alle möglichen Individuen. Was immer die auch verband.

Die grünen Augen bewegten sich ohne Pause. Hoch und runter, zur einen Seite und zur anderen. Er zog die Knie an und legte die Arme darauf.

Aber die Augen standen nicht still. Angst.

Der Große fiel Otto ein. Der sich in Gera in der Zelle erhängt hatte. Den kannte sein Mann hier doch sicher auch.

«Hast du irgendetwas über den Mord gehört?», fragte Otto.

«Hmhm.»

«Was denn?»

«Na, dass sie den gefunden haben.» Breites Thüringisch. Immerhin redete er. Aber das hier würde nicht einfach werden. Was hatte sich Bodo nur dabei gedacht?

«Sonst noch was?»

Kopfschütteln.

Eigentlich wollte er mit dem Typen ja gar nicht über Melchior Nikoleit reden. Er hatte von Bodo wissen wollen, wie viele Leute die Genossen vom MfS auf die Junge Gemeinde Stadtmitte angesetzt hatten und was die so hörten nach dem Mord. Oder was sie vorher mitgekriegt hatten. Aber wenn er ehrlich war, dann gab es da noch etwas ganz anderes, was ihn umtrieb. Nur fiel ihm nicht ein, wie er das hier ansprechen sollte.

Die Augen waren mittlerweile auf den Boden gerichtet.

Am besten vielleicht geradeheraus.

«Du fragst dich sicher, was ich von dir will.»

Kein Aufgucken, aber immerhin ein Nicken.

«Als du dich verpflichtet hast, für die Genossen vom MfS zu arbeiten …» Otto konnte sehen, wie sich der Körper ihm gegenüber zusammenzog. «Als du dich verpflichtet hast, da bist du ja nicht zu deinen Freunden gegangen und hast allen erzählt, was du gerade unterschrieben hast.»

Der Körper vor ihm wurde noch kleiner. Der wusste einfach nicht, in welche Richtung Otto das Gespräch lenken wollte. Aber er war ja auch selbst gerade erst dabei, das zu entwickeln.

«Oder?»

Kopfschütteln.

«Komm, red mit mir. Gleich bin ich wieder weg, und wenn alles gut geht, dann haben wir nie wieder miteinander zu tun.»

Noch ein Kopfschütteln.

«Du willst nicht reden?»

«Nein», sagte er. «Ich meine, ich habe das nicht erzählt.»

«Gar niemandem?»

Ganz langsames Kopfschütteln zuerst. Dann setzte er sich ein paar Zentimeter auf, ganz wenig nur, und rieb die Hände gegeneinander.

«Fast niemandem?»

«Einem … einem Kumpel.» Er atmete lange aus. «Aber nur dem.»

«Und wie hat der reagiert?»

Die Augen waren auf einen fernen Punkt an der Decke gerichtet. Was erzähle ich dem jetzt? Egal. Otto wusste endlich, worauf er hinauswollte.

Tiefes Einatmen. «Er hat gesagt, dass er das total schätzt, dass ich so offen bin. Und dass ich es aber wirklich niemandem anders sagen soll. Und ich könnte immer, aber auch wirklich immer, zu ihm kommen.»

Was, wenn der Kumpel auch ein Inoffizieller Mitarbeiter war?, fragte sich Otto. Fast hätte er lachen müssen. Treffen sich zwei Inoffizielle Mitarbeiter.

«Und hat dir jemals irgendwer erzählt, dass er sich verpflichtet hat als Inoffizieller Mitarbeiter?»

Kopfschütteln. «Nein», schob er noch nach.

«Und hast du mal was gehört? Also dass jemand irgendwen für einen IM gehalten hat?»

Er zog die Lippen zusammen und sah wieder über Otto hinweg an die Decke. «Das passiert schon mal.»

«Was?»

«Dass sich Leute fragen, ob jemand so was macht.»

So was. Langsam entspannte er sich etwas. Möglicherweise, weil es nicht mehr direkt um ihn selbst ging.

«Und dass man sich sicher ist?»

«Kann man ja nicht.»

Stimmte auch wieder.

«Und dass es mal mehr gab als nur ein Gerücht?»

«Einmal vielleicht.»

«Wann war das?»

«Noch nicht so lange her.»

«Und um wen ging es da?»

Er machte den Mund auf und schloss ihn wieder. Der Blick wanderte kreuz und quer durch den Raum.

Otto wartete.

«Um den Melchior», sagte er dann leise.

Na also, dachte Otto. Da hat das Rumdrucksen doch etwas zutage gefördert. «Was hast du denn gehört?»

«Dass die ihn …» Er presste die Hände ineinander. «Dass Sie ihn angesprochen haben.»

«Ich bin Polizei.»

«Ja. Also … Die.»

«Die Genossen vom MfS.»

Nicken.

«Und wie hast du davon gehört?»

«Mein Kumpel hat davon gehört.»

«Von wem?»

Er wartete. Oder überlegte. Oder wägte ab.

Otto wartete auch.

«Ich weiß nicht, von wem.»

Natürlich wollte er es nicht sagen.

«Aber irgendwie muss er ja davon erfahren haben. Irgendwer muss ja irgendetwas zu irgendwem gesagt haben.»

«Er hat das halt gehört.»

«Dass Melchior Nikoleit sich verpflichtet hat?»

Nicken. «Oder dass ihn jemand angesprochen hat.»

«Aber das hat dein Kumpel nicht selbst von Melchior gehört?»

«Nein.» Ganz sicher und geradeaus gesagt.

«Aber wenn du es von deinem Kumpel gehört hast, und der hat es von jemand anderem gehört, und der hat es dann auch von jemand anderem gehört …»

Jetzt sahen ihn die grünen Augen zum ersten Mal offen an.

«Dann haben das schon ein paar Leute gewusst», sagte Otto. «Oder?»

31

«Man kennt ja seine Pappenheimer», sagte der Mann etwas atemlos, obwohl er schon seit einigen Minuten im Kreis der Mordermittler saß. Er war älter als Otto, aber noch lange nicht so alt wie Heinz und Günter. Vierzig vielleicht. So alt wie Rolf ungefähr. Jetzt wartete er darauf, dass er ein Zeichen kriegte, um weiterzureden. Er strich sich über den dünnen braunen Schnurrbart. Heinz nickte ihm kurz zu. «Also … Und dass sich da Elemente treffen, die …»

Der Mann war einfach aufgeregt. «Ich habe den Abschnittsbevollmächtigten gleich mal mitgebracht», hatte Rolf gesagt, als er auf ihrer morgendlichen Sitzung im Jenaer Polizeipräsidium erschienen war. «Der Genosse hat nämlich einige interessante Dinge zu unserer Ermittlung beizutragen.»

Hinter ihm hatte Hartmut Tröger gestanden, der für den Abschnitt verantwortlich war, in dem Melchior Nikoleit tot aufgefunden worden war. Er klammerte sich an seine Umhängetasche, als könne sie ihm Halt geben.

«… und den Jungen hätte ich ja fast nicht erkannt, weil es so dunkel war.» Er machte eine Pause. «Der hatte irgendetwas Komisches mit seinen Haaren gemacht. Wenn das meiner wäre, dann hätte ich die ihm ja persönlich abgeschnitten. Ihr wisst, was ich meine.»

«Genosse», Günter hatte die langen Arme auf die Knie gestützt und hob einen Finger. «Sagst du uns noch, warum du da unterwegs warst?»

«Ja, natürlich.» Der ABV führte die Zeigefinger kurz zu den Enden des Schnurrbartes und legte die Hände dann auf seiner Umhängetasche ab. Er rauchte offenbar nicht, dachte Otto und zündete sich eine Zigarette an. «Man ist ja nie wirklich außer Dienst.» Tröger machte eine Pause, um auf Zustimmung zu warten, die aber nicht kam. «Und da …» Er wirkte deutlich enttäuscht. «Und da gehe ich auch ohne die Uniform schon mal einen Umweg, um mich umzusehen. Wachsamkeit. Ihr wisst, was ich meine.»

Otto schien, dass selbst Rolf peinlich berührt war von der Kriecherei. Er starrte auf den Boden in der Mitte des Raumes.

«Deswegen komme ich dann manchmal zu spät.» Der Abschnittsbevollmächtigte hatte seine Atemlosigkeit jetzt im Griff. «Aber fürs zweite Bier reicht es dann immer. Also … Die anderen sind dann schon beim zweiten Bier. Für mich ist es dann das erste.»

«Sagst du uns, wen du gesehen hast?»

Der ABV blickte auf. «Natürlich, natürlich. Der Junge hat da in einem Hauseingang gestanden. Das waren ja nur … Lasst mich nicht lügen, fünfzig Meter von der Einfahrt entfernt. Und der hat gedacht, dass ich ihn nicht bemerke. Es war dunkel. Aber ich habe ihn natürlich doch gesehen. Und kurz habe ich gedacht, dass ich ihn vielleicht kontrolliere. Man ist ja … Ach, das mit dem Dienst habe ich ja schon gesagt. Der war in einem Hauseingang, und ich bin einfach vorbeigegangen. Ich habe mich nicht einmal umgedreht. Deswegen hat der bestimmt gedacht, dass ich ihn nicht gesehen habe.»

«Aber du kennst ja deine Pappenheimer.» Heinz trommelte lautlos auf der Tischplatte. «Und du erkennst sie auch.»

«Ja. Ich habe diese Halle da im Blick. Und ich weiß natürlich auch, dass die Genossen vom MfS ein Auge auf diesen Nikoleit geworfen haben. Der hat aber auch ein Gehabe. Um mich macht der einen Bogen. Aber das war die Mutter von einer Kollegin meiner Frau, der gegenüber hat der einen Witz gemacht … Ich sage euch.»

«Der, den du da gesehen hast.» Heinz redete tonlos.

Der ABV räusperte sich. «Die treffen sich da. Den einen kenne ich mit Namen. Das ist der Sohn vom Nikoleit, den sie da tot gefunden haben. Die anderen, die kenne ich, weil sie so auffallen. Da ist auch ein Mädchen dabei. Und der …»

«Was hat dich dazu gebracht, zu uns zu kommen?», fragte Günter.

«Ich dachte eben gleich, dass der verdächtig ist. Und wo ich den doch an dem Abend gesehen habe, wo da der Mord geschehen ist.»

«Gut», sagte Heinz und griff nach der Akte, die ungeöffnet

auf seinem Tisch lag. Er blätterte darin herum und holte ein Blatt heraus. Ein Foto war oben am Rand befestigt. Er reichte es dem ABV.

Tröger nahm es, während er die Augen zusammenkniff, um es zu betrachten. «Ohne die Haare halt.»

«Aber das ist er», sagte Heinz.

«Das ist er.»

«Danke, Genosse.» Heinz sprach die beiden Worte demonstrativ in Trögers Richtung. Dann drehte er den Kopf und sprach ebenso demonstrativ nur zu den Mitgliedern der Morduntersuchungskommission: «Dann hat uns Thomas Schuster belogen, als er uns von seinem Aufenthaltsort am Sonntagabend berichtet hat. Wir werden ihn unverzüglich zuführen lassen. Otto, du hast ihn schon verhört. Rolf, du bist auch dabei. Wenn wir Glück haben, dann ist der Fall gleich aufgeklärt.»

32 | Julia Frühauf

Einmal ging alles richtig schief. Und ich hätte beinah gesagt, dass ich nicht mehr dabei bin. Also bei diesen Sachen, die wir abends manchmal gemacht haben. Die Band hätte ich damit nicht gemeint, aber wer weiß, wie sich das entwickelt hätte. Dinge hängen ja zusammen.

Und dieses eine Mal war wirklich fürchterlich. Wir waren zu dritt unterwegs. Melchior war nicht dabei, damals wusste ich noch nicht, warum. Er hatte sich an dem Abend das erste Mal richtig mit seinem Vater geprügelt und hatte eine Wunde am Auge. So wollte er sich nicht bei uns sehen lassen. Deshalb hatten wir auch ohne ihn geprobt. Aber das hat er mir erst ein paar Tage später gesagt.

Wir waren also zu dritt unterwegs, und ich war ein bisschen traurig wegen Melchior. Ich glaube, das war irgendwo in den Straßen unterhalb vom Landgrafen in der Nähe der Universität. Als wir an dieser Ruine vorbeigekommen sind, meinte Sohle, dass er ein paar Tage vorher gesehen hatte, dass da einer mit einem Bier in der Hand reingegangen ist.

«Vielleicht ist da was drin», sagte Sohle noch.

«Quatsch», hat Biber gesagt. «Was soll da zu holen sein? Das ist doch total kaputt.»

«Wollt ihr, oder wollt ihr nicht?», hat Sohle gefragt und auf die kleine Toreinfahrt gezeigt. «Wir sehen einfach nach.»

Ich habe gesagt, dass es gefährlich sein könnte, in eine Ruine einzusteigen. Weil einem da irgendwas auf den Kopf fallen könnte. Im ersten Stock waren die Fenster alle rausgerissen, da waren nicht mal mehr die Rahmen drin, so viel konnte man von draußen sogar im Dunkeln sehen. Und an der einen Seite war das Dach eingestürzt.

Aber Sohle war schon in der Durchfahrt verschwunden und kletterte über einen Haufen Bauschutt. Biber war ihm auf den Fersen. Also bin ich den beiden nach. Ich weiß, dass ich mich noch einmal umgeguckt habe, als ich in die Einfahrt ging, und dass ich in einem offenen Fenster auf der gegenüberliegenden Straßenseite eine Gardine gesehen habe, die sich bewegte. Der Wind, dachte ich.

Direkt hinter dem Bauschutt war eine Tür im Durchgang. Da hing ein kleines Vorhängeschloss und hielt das Holz gerade so eben im Rahmen. Das war alles kaum zu erkennen, weil es so dunkel war. Man kam sowieso kaum ran wegen all dem Zeug, das davorlag. Also sind wir weiter, um nach dem Hintereingang zu sehen, den Sohle erwähnt hatte. Aber der war richtig zu, das war eine solide Tür, und die war abgeschlossen.

Also zurück zu dem Vorhängeschloss. Biber kletterte über den Schutt und drückte gegen die Tür. Der Bügel sprang sofort ab. Da drehte er sich um und stand mit ausgebreiteten Armen in der Tür.

Das Haus sah von innen so aus, wie wir es erwartet hatten. Gleich die zweite Stufe auf der Holztreppe fehlte. Auf dem Absatz lag ein Balken, und wir haben alle nach oben geschaut, ob der von da gekommen ist und vielleicht gerade noch ein weiterer auf uns herabfällt. Aber es war viel zu dunkel, um das zu erkennen. Im ersten Stock standen die Türen am Flur alle offen, und wir sind in jede Wohnung kurz reingegangen, um zu gucken. Da war es etwas heller, weil ein bisschen Licht von draußen kam. Aber mehr als Schutt, komische Tapeten und teilweise rausgerissene Linoleumböden waren nicht zu sehen.

Biber stand mit einem Fuß schon auf der Treppe in die zweite Etage. «Sollen wir?», fragte er. Ich war schon an ihm vorbeigegangen und konnte oben die erste Tür sehen, die direkt an der Treppe lag. Ich habe gegen die Tür gedrückt, aber sie war zu.

«Die ist ja neu», sagte Sohle und wurde bei jeder Silbe leiser. «Ich hab's doch gesagt. Hier ist was.»

«Aber die Tür ist zu», habe ich gesagt und noch mal dagegengedrückt. Sohle hat das auch probiert, mit der Schulter. Dann kam Biber. «Geht mal ein Stück zurück», sagte er. Er nahm etwas Anlauf und trat gegen das Schloss.

Mann, war das laut. Die Tür ist ein Stück weit aus dem Rahmen gefallen, aber nur ein Stück. Der Rahmen hatte sich auch gleich mit bewegt. Und Biber lehnte sich noch einmal mit der Schulter gegen die Tür und drückte sie weiter auf. Gerade so weit, dass wir reinkonnten.

Die beiden waren auch schon drinnen, das weiß ich noch ganz genau, und ich glaube, ich habe sie gefragt, ob wir nicht besser verschwinden würden, weil wir so viel Lärm gemacht hatten. Aber da hat Sohle schon «Huuuh» gerufen. «Hab ich es euch doch gesagt.»

Ich bin also auch rein in die Wohnung. Da standen Sohle und Biber und glotzten in das Zimmer, in dem ein Schreibtisch und ein paar Stühle und ein paar Holzkisten standen.

«Hab ich es euch doch gesagt», meinte Sohle noch einmal. Biber, hinter dem ich stand, zog die Schultern hoch. Erst dann ist Sohle auf die Kisten zugegangen und hat eine leere Bierflasche herausgeholt. «Irgendwas ist hier ...»

In dem Moment haben wir den Motor gehört. Ganz klar ein

Wartburg. Das Geräusch kam näher und stoppte erst direkt vor dem Haus. Der Motor ging aus, und gleich darauf wurden zwei Autotüren zugeschlagen.

Alles ging ganz schnell. Wir hörten, dass ein Schlüssel in der Hintertür gedreht wurde, dann kamen die Schritte auch schon die Treppe herauf. Biber und ich waren instinktiv auf dem Weg in den dritten Stock. Auf halbem Weg blieben wir auf der Treppe einfach liegen. Die Schritte waren schon zu nah. Wer immer da auch war, hätte uns hören können. Nur war Sohle nicht bei uns.

Der war in der Wohnung geblieben.

«Wer soll denn hier reinkommen?», fragte eine Stimme mit starkem thüringischem Einschlag ganz nah. Die Schritte waren fast auf der zweiten Etage angekommen. Älterer Mann, dem Klang nach.

«Die Frau war sich ganz sicher.» Kein regionaler Einfluss in der Sprache. Jünger.

«So eine Scheiße!», rief der Thüringer.

Biber tippte mich an und zeigte auf irgendetwas. Ich hätte mich bewegen müssen, um da hinzuschauen, wo er hinzeigte, also habe ich mich nicht gerührt, um kein Geräusch zu machen.

«Davon hat sie nichts gesagt.» Das war der ohne Dialekt. «Das hört man doch draußen. Oder? Die haben die Tür einfach eingetreten. Unglaublich.»

Der Dreck knirschte unter den Schuhen, es waren schwere Schuhe, als die beiden in die Wohnung gingen. Der Thüringer war nur noch gedämpft zu hören. «Das verstehe ich nicht», sagte er.

«Wenn die das mal waren, die die Alte eben gesehen hat», sagte der andere. «Das kann ja auch früher passiert sein.»

«Wann warst du denn das letzte Mal hier?»

«Vor zwei Tagen», sagte der Jüngere. «Da war alles in Ordnung.»

Schritte durch die Wohnung. Sie redeten, ohne dass sie zu verstehen waren. Gleich würden sie Sohle entdecken.

«Guck mal», sagte der Thüringer kaum hörbar.

«Ha», sagte der andere. Händeklatschen war zu hören. Und mir blieb das Herz stehen.

Eine Sekunde später hörten wir erstaunlich lautes Flügelschlagen. Sie hatten Tauben vertrieben.

Dann kamen die beiden wieder zurück auf den Flur. Ein paar Sekunden lang standen sie herum, ganz nah, aber ich konnte sie nicht mehr hören. Ich lag halb auf Biber und atmete nicht einmal.

«Und wenn die doch noch im Haus sind?» Das war die Stimme von dem Thüringer. Zwei Schritte kamen näher.

«Hoch geh ich nicht», sagt der andere. «Das hier fällt fast in sich zusammen. Wir brauchen sowieso bald einen neuen Ort.»

«Was machen wir denn jetzt mit der Tür?»

«Ich kümmere mich darum», sagte der Jüngere. «Morgen früh.»

Einer von den beiden versuchte noch, die Tür zuzuziehen, was aber offenbar nicht ganz klappte.

«Lass», sagte der Jüngere. Schritte die Treppe hinab. Schritte dann unten. In Thüringisch ein Fluch, sie hatten das kaputte Schloss entdeckt. Noch mehr Rumgehen. Tür auf, Tür zu. Schlüsseldrehen. Biber bewegte sich nicht. Ich war auch ganz still, obwohl ich an Sohle dachte und mich fragte, wo er sich versteckt hatte, und eigentlich aufstehen und nachsehen wollte. Dann begann der Motor wieder zu laufen, und Biber fing an, sich zu rühren.

«Warte», hab ich so leise wie möglich gesagt.

«Was?»

«Einer von denen ist vielleicht noch im Haus und wartet darauf, dass wir uns bewegen.»

Biber überlegte wohl noch, ob da was dran war, als wir aus der Wohnung schon Sohles Schritte hörten. Er kam auf den Flur. «Kinder, Kinder», sagte er. «Jetzt haben wir uns aber wirklich ein Bier verdient.»

33 | Otto Castorp

Otto fühlte sich selbst beobachtet, als er Thomas Schuster betrachtete, der mit weit aufgerissenen Augen vor ihm saß. Warum musste sich Rolf auch hinter ihn stellen? Er hatte sich überreden lassen, selbst das Verhör zu führen und dass Rolf von Zeit zu Zeit eingreifen würde, um den Druck auf den Jungen zu erhöhen. Jetzt war es zu spät für strategische Planungen. Die konnten sie ja nicht vor dem Zeugen führen.

Thomas Schuster war ein Zeuge. Jedenfalls im Moment noch. Die blutige Wunde am Kopf war mittlerweile verschorft.

«Wir wollen die Ereignisse vom Sonntag noch einmal durchgehen», begann Otto. Thomas nickte hektisch, die Augen ganz kurz auf ihn gerichtet.

«Sieh mal, wir wissen immer noch nicht, was an dem Nachmittag genau abgelaufen ist. Sag uns einfach noch mal, was du gemacht hast und wo du warst.»

Thomas schluckte. «Zu Hause. Also zuerst.»

Otto bereute, dass er den Jungen bei seinem ersten Verhör nicht ordentlich in die Mangel genommen hatte. Wenn er sich vor Rolf nicht blamieren wollte, musste er heute die Zügel anziehen. «Wann war das?», fragte er etwas lauter.

«Nach dem Mittagessen.» Thomas wurde im gleichen Maß leiser.

«Uhrzeit.»

«Bis zwei», sagte Thomas noch leiser und hob kurz die Schultern. «Vielleicht.»

«Du musst so laut reden, dass der Genosse hinter mir dich auch noch versteht.»

«Bis zwei ungefähr.» Das war noch nicht viel lauter. Aber Otto hatte sich symbolisch durchgesetzt.

«Und dann.»

«Dann bin ich raus. Mama hat sich ja um die Kleinen gekümmert.»

«Was hast du dann gemacht.»

«Ich bin zuerst einfach nur unterwegs gewesen. Zu Fuß.»

«Wohin.»

«Einfach so», sagte der Junge tonlos.

«Einfach so.»

Nicken.

«Aber auch wenn du einfach so unterwegs warst, bist du ja irgendwo gewesen.»

«Ich weiß es nicht mehr. Jedenfalls nicht so genau.»

Rolf räusperte sich vernehmlich. Otto erwartete, dass er jetzt eingreifen würde. Aber es kam nichts.

«Und dann.»

«Das habe ich Ihnen ja schon gesagt. Ich war bei Melchior.»

«In dem Möbellager.»

Nicken.

«Wann war das. Wer war noch da. Wie lange bist du geblieben.»

«Um drei. Oder um vier. Sonst war keiner da.»

Otto wartete. Rolf räusperte sich erneut.

«Irgendwann bin ich wieder gegangen.»

«Wann.»

«Ich weiß es nicht.»

«Mein Gott», rief Rolf aus dem Hintergrund. «Jetzt red doch. Wann war das ungefähr?»

«Fünf?» Das war mehr eine Frage als eine Antwort.

«Du bist also um fünf raus aus dem Möbellager?» Rolf kam um den Tisch herum und stellte sich neben Otto.

«Oder vielleicht etwas später.»

«Was hast du dann gemacht?» Rolf beugte sich weit nach vorn. «Sieh mich an.»

Thomas musste den Hals recken, um hochzusehen.

«Ich bin wieder … herumgegangen.» Die Augen erneut auf den Tisch gerichtet.

Rolf zog sich wieder zurück.

Otto sagte kein Wort.

«Beim Abendbrot war ich wieder zu Hause.»

«Zum Abendbrot», sagte Otto.

«Hmhm.»

«Wann.»

«Um sieben. Ich weiß es nicht so genau.»

Otto drehte sich zu Rolf und wartete erneut. Sie sagten beide kein Wort.

Thomas Schuster zog die Nase hoch.

Otto konnte dessen Atem hören und drehte sich wieder zu dem Jungen. Er ließ sich Zeit, bevor er den nächsten Satz sagte. «Du bist zwischen sieben und halb acht nur ein paar Häuser von dem Lager entfernt gesehen worden.»

Thomas holte einmal kräftig Luft und musste husten. «Aber das war der Vater von Melchior.» Er zog die Nase wieder hoch, Tränen in den Augen.

«Was war der Vater von …» Rolf machte eine lange Pause. «Dem Melchior?»

«Der hat den jeden Tag verprügelt. Jeden Tag.» Thomas brachte die Worte nur noch einzeln heraus.

«Aber du bist dort gesehen worden.» Otto bemühte sich, Blickkontakt zu dem Jungen aufzunehmen.

Thomas Schuster guckte weiterhin auf den Tisch und hatte einen Vorhang aus Tränen in den Augen. «Das war der Vater», sagte er. Der Rotz lief ihm aus der Nase. «Wer denn sonst?»

Otto wandte sich wieder zu Rolf. Der hatte die Hände tief in der Hose vergraben und die Schultern nach vorn gebeugt. Er wirkte beinah mitfühlend.

Wieder zu dem Jungen gewandt, sagte Otto: «Du bist gesehen worden. Das ist nicht so weit entfernt vom Auffindungsort von Melchiors Leiche.»

«Der Vater war das.» Thomas hörte auf zu weinen und wischte sich den Rotz ab. Er sah Otto zum ersten Mal offen an.

«Thomas», sagte Otto, «du bist da gesehen worden. Wir haben eine absolut zuverlässige Aussage.»

«Aber das war der Vater.»

«Was hast du dort in der Gegend gemacht?»

Thomas biss sich auf die Unterlippe und fuhr sich erneut über die Augen. Er richtete sich auf und fixierte mit den Augen einen Punkt auf Ottos Hemd. «Das war der Vater. Ich war das nicht.»

«Hast du Herrn Nikoleit denn an dem Abend gesehen?»

«Nein.»

«Was hast du denn da getan?»

Thomas Schuster holte tief Luft. «Das kann ich nicht sagen.»

34

«Mike», rief Otto. «Komm endlich rein.» Er stand im Eingang des Hauses, in dem seine Eltern lebten.

Falsch.

Es ist nicht mehr deren Wohnung, hatte er sich in den letzten Tagen immer wieder in Erinnerung gerufen, und auch gerade, als sie mit dem Wartburg durch Jena gefahren waren. Es ist jetzt Mutters Wohnung. Es ist nur noch Mutters Wohnung, formulierte er still und nur für sich.

«Warum fahren wir zu Oma?» Kathrin war als Älteste diejenige, die die schlauen Fragen stellte.

«Oma ist krank.»

Die Antwort war richtig und brachte Kathrin zum Schweigen. Aber sie hatte den Finger in die Wunde gelegt.

«Warum bringst du die Kinder mit?», fragte dann auch Bodo, als sie endlich alle in der Wohnung angekommen waren. Er fragte so leise, dass ihn die Kinder nicht hören konnten. Aber auch so leise, dass man den Eindruck haben konnte, er würde über etwas reden, das peinlich war.

Und eigentlich war es das ja auch.

«Birgit kommt später», sagte Otto und wollte es dabei belassen. Dann konnte er es aber nicht bei sich behalten. «Schon wieder», sagte er noch. Auch so leise, dass ihn die Kinder nicht hören konnten. Kathrin lag schon lesend auf dem Boden unter dem Wohnzimmerfenster. Mike und Ruth bewarfen sich mit Spielzeug aus der Kiste, die die Eltern für die Enkel aufgestellt hatten. Otto konnte vorhersagen, dass das nicht lange gut gehen würde.

«Was heißt das denn?» Bodo zog ihn zur Schlafzimmertür.

«Es passiert einfach immer öfter.» Otto hielt seinen Bruder davon ab, die Tür zu öffnen.

«Und die Kinder?»

Otto zeigte durch den Flur hindurch auf das Wohnzimmer und zuckte mit den Schultern.

«Hat sie so viel zu tun?» Bodo hatte die Hand auf der Türklinke.

Als Otto nicht antwortete, ließ er die Klinke wieder los. «Oder ist da was mit einem anderen?»

«Ist das so offensichtlich?»

«Quatsch. Ich frage dich nur.»

Als Otto erneut schwieg, öffnete Bodo die Tür und ging ins Schlafzimmer, in dem nur eine Nachttischlampe brannte. Der blaue Schirm war so dunkel, dass man kaum etwas sehen konnte. Er kniete sich neben das Bett und strich Mutter über die Stirn. «Alles in Ordnung?», fragte er.

Otto stellte sich hinter Bodo und lächelte Mutter an, die gerade die Augen öffnete. Sie sah älter aus als die sechzig Jahre, die sie war. Bodo nahm die Hand, die sie ausstreckte, und drückte sie.

«Ich bin nur etwas erschöpft.» Mutter schloss die Augen wieder.

«Was hat der Betriebsarzt denn gesagt?», fragte Otto.

«Nur eine Erkältung», sagte Mutter und drehte den Kopf zur Seite. «Lasst mich schlafen», sagte sie noch. Bodo legte ihre Hand vorsichtig auf die Bettdecke und stand auf.

«Müssen wir uns Sorgen machen?», fragte Otto, als sie wieder im Flur standen. Mike und Ruth waren erheblich lauter als eben noch. Gleich würde es Geschrei geben.

«Ich bin kein Arzt.» Bodo zog ihn ins Wohnzimmer. Er öffnete die Schranktür und zog eine Flasche mit kubanischem Rum hervor. Otto hatte so eine schon lange nicht mehr gesehen. Er überließ die Verantwortung Bodo, zündete sich eine Zigarette an und beugte sich zu den beiden Kleinen hinab. Er wusste nicht, was er sagen sollte. Also strich er ihnen über die Köpfe.

Als er sich zu Bodo an den Tisch setzte, fingen die Kinder wieder an zu streiten. Das war vielleicht auch gut. So konnten sie nicht hören, was die Erwachsenen zu besprechen hatten.

«Vater wusste, wo man die guten Sachen kriegt.» Bodo hob das Wasserglas, das zur Hälfte mit goldbraunem Rum gefüllt war. Otto prostete ihm stumm zu und ließ den ersten Schluck über die Zunge laufen.

Warm. Weich. Fast süß. Was für ein Aroma.

Dann zog er an der Zigarette, behielt den Rauch lange in sich, entließ ihn wieder und ließ einen weiteren Schluck über die Zunge kreisen.

Bodo sah ihm dabei zu. «Sie hat viel mitgemacht», sagte er. «Überleg mal. Die Beerdigung ist erst ein paar Tage her. Ich komme morgen früh noch einmal her. Wenn es nicht besser ist, dann …» Er machte eine Pause. «Mal ehrlich. Was ist mit Birgit?» Er sprach den Namen fast tonlos aus, um die Kinder nicht zu irritieren.

«Wüsste ich auch gern.»

«Ist da was?»

«Ich kann sie ja schlecht fragen.»

«Warum nicht?»

«Komm. Wie denn? Hast du etwa einen …»

Bodo verzog die Lippen zu etwas, das kein Grinsen war. Mehr Spott.

«Was?», fragte Otto.

«… der werfe den ersten Stein.» Bodo goss Rum nach.

Bodos Gequatsche bezog sich schon wieder auf Marion. Otto war sich mittlerweile sicher, dass sie es gewesen war, die immer wieder Sachen weitergegeben hatte, die vor zwei Jahren geschehen waren. Trotzdem vermisste er sie. Auf jeden Fall vermisste er, mit ihr zu schlafen. Er hatte auch andere, kleinere Affären gehabt, von denen Bodo aber nichts wusste. Jedenfalls ging Otto davon aus. Bei Bodo konnte man sich nie wirklich sicher sein. Man konnte sich ja sowieso nie ganz sicher sein.

«Ja, ja …» Er nahm einen Schluck Rum und schloss die

Augen. «Hast du irgendetwas mitgekriegt von Carl Zeiss am Wochenende?»

«Gewonnen bei Chemie Leipzig», sagte Bodo. «Eins zu null.»

«Das weiß ich doch auch.»

«Mehr hab ich nicht mitgekriegt.»

Otto merkte, dass er die beiden Kleinen eine Weile nicht mehr gehört hatte. Er drehte sich zu ihnen um und sah, dass Ruth zusammengerollt auf dem Boden lag und schlief. Mike hatte einen Spielzeugpanzer in der Hand, den er mit Hingabe betrachtete. Kathrin war das Buch aus der Hand gefallen. Ihre Augen waren geschlossen. Sie sollten bald nach Hause fahren. «Und der Neue in Moskau?», fragte er.

«Gorbatschow?» Bodo zog konzentriert an seiner Zigarette und sah hoch zur Decke. «Zu jung», sagte er. «Sicher keiner für die Geschichtsbücher. Sie werden ihn bald absägen und jemanden mit Erfahrung dahin setzen.»

35 | Thomas Schuster

Das war das Härteste, dachte Sohle, einfach das Härteste. Er lag im Bett, drehte sich hin und her und konnte nicht einschlafen.

Sie waren noch zu Anke gegangen, und die hatte noch Bier. Julia wollte nach dem zweiten nicht mehr, aber eins musste noch.

Aber wirklich hart waren die beiden Typen, die sie fast erwischt hätten im Haus. Auch der, der keine Uniform getragen hatte, war ein Polizist gewesen. Das hatte er gespürt. So wie die geredet hatten.

«Hier gibt's doch gar nichts zu holen.»

«Aber hier war einer drin.»

«Hast du hier mal irgendetwas aufbewahrt?»

«Nach allen Treffen hab ich immer alles mitgenommen.»

«Die Frau kann sich geirrt haben. Die hat doch nicht einmal ein Telefon.»

«Und was, wenn sie sich nicht vertan hat? Das Telefon hat der Nachbar.»

«Was hat sie schon gesehen. Da waren Leute in der Einfahrt, die da sonst nicht waren.»

«Aber die Tür ist eingetreten worden.»

Sohle hatte in dem Raum mit dem Schutt unter den modrigen Decken gelegen. Er hatte unter der Kante der einen Decke hindurchgucken können und gesehen, dass der eine von den beiden ein Polizist war, der eine Uniform trug. Und sie hatten beide genau die gleichen Schuhe an. Das musste doch was bedeuten. Oder?

Was er für eine Angst gehabt hatte. Aber es war nicht nur Angst gewesen, was er gefühlt hatte. Das war so … so … er konnte es gar nicht ausdrücken. Auch jetzt noch nicht. Er hatte so gezittert. Klar war das die Furcht, entdeckt zu werden.

Was die mit ihm gemacht hätten. Sie hätten ihn durchgeprügelt. Zuerst. Und dann wären sie mit ihm irgendwohin gefahren. Und dann hätten sie ihn noch mal durchgeprügelt. Und dann wär es auf die Wache gegangen. Und da wär das noch mal geschehen. Da hätten dann auch andere Polizisten mitgemacht.

Gleichzeitig war es auch einfach irre aufregend gewesen. So was hatten sie doch alle noch nicht erlebt.

Dann fiel es ihm ein. Die Tür war verriegelt gewesen, das musste etwas bedeuten. Was mochten die hier sonst veranstalten? Hätten sie ihn wirklich nur verprügelt, wenn sie ihn gefunden hätten? Sohle wurde schlagartig ganz kalt.

Er hatte den Moment verpasst, Biber und Julia zu folgen, als sie durch die Tür verschwunden waren. Diese eine Sekunde, in der er sich noch einmal umgesehen hatte, war es gewesen. Als er an der kaputten Tür ankam, waren die Schritte auf der Treppe schon so nah, dass er in die Wohnung hineingelaufen war und sich in diesem Raum hinter dem Bauschutt verborgen hatte. Zum Glück waren diese stinkenden Decken da gewesen. Sonst hätten sie ihn sicher entdeckt.

36 | Otto Castorp

«Schmecken tut mir das gar nicht», sagte Heinz. Die fünf Männer der Geraer Morduntersuchungskommission saßen im Polizeipräsidium in Jena, ihrem Ausweichquartier. Der Raum, der ihnen zugewiesen worden war, hätte auch eine größere Gruppe aufnehmen können. So saß Otto nahe der Tür allein an einer Längsseite des Rechtecks von Tischen. Konnie hatte sich einen Platz an einer der Ecken gesucht, die am weitesten von Heinz entfernt lag. Rolf saß Otto gegenüber und rieb sich mit einer Hand die Augen, in der anderen hielt er seine Brille. Nur Günter hockte auf einem Stuhl an jener Ecke, die am nächsten lag zum Leiter der MUK.

«Das ist eine ordentliche Proletarierfamilie.» Heinz drückte die Zigarette im Aschenbecher aus, der vor ihm stand, und schob ihn dann in Günters Richtung, der es ihm nachmachte.

«Wenn es der Nikoleit gewesen wäre, dann hätte das einfach gepasst.» Günter steckte sich schon die nächste Zigarette an.

«Ja.» Rolf setzte sich die Brille wieder auf und reckte den Kopf nach rechts und links. «Das wäre für alle Beteiligten die beste Lösung gewesen. Auch wenn es nicht sehr wahrscheinlich ist, dass ein Vater sein Kind tötet. Aber es hätte trotzdem gepasst.»

«Dass der kleine Schuster es gewesen ist, sehe ich aber noch nicht so klar.» Konnie lehnte sich nach vorn, um die Distanz auszugleichen, die zwischen ihm und dem Rest der Gruppe bestand. «Bis jetzt wissen ja nicht mehr, als dass er gelogen hat. Er war später als erklärt in der Nähe des Auffindungs- und Tatortes. Das ist erst einmal alles.»

Weil er noch nichts gesagt hatte, atmete Otto demonstrativ ein, sodass ihn alle ansahen. «Was mich wundert, ist ja, dass er nicht sagen will, was er da gemacht hat. Er bestreitet es nicht mehr, aber er verschweigt den Grund dafür, dass er da herumgelungert hat.»

So weit war das alles klar. Otto musste jetzt aus dem Stegreif reden. Dabei spürte er, dass er sich in den letzten Tagen nicht häufig genug mit dem Fall beschäftigt hatte. Er war mit seinem Kopf bei allem Möglichen gewesen. Bei Mutter und der neuen Situation, in die seine Familie durch Vaters Tod geraten war. Bei Birgit und seinem Misstrauen ihr gegenüber. Hatte sie tatsächlich einen Liebhaber? Warum nur? Und auch die Geschichte mit Rolf und Silber ging ihm nicht aus dem Kopf. Er hätte Bodo gestern darauf ansprechen sollen.

«Aber daran stimmt ja irgendetwas nicht», sagte er. «Warum erklärt er uns nicht, was er da angestellt hat? Damit befreit er sich vom Verdacht, einen Mord begangen zu haben. Was kann dagegen schon so wichtig sein, dass er es nicht offenbaren will?»

Klar war den Kollegen das auch schon aufgefallen. «Ich würde sagen, dass sich der Junge zwar dämlich anstellt, wenn er uns nicht erzählt, was er da zu der Zeit gemacht hat. Aber, das will ich mal zu bedenken geben, vielleicht ist es ja gerade das, was ihn entlastet. Der wird selbst nicht so um die Ecke denken, der will einfach nicht raus mit der Sprache und hofft, damit durchzukommen.»

Rolf verdrehte die Augen. Hinter den Gläsern seiner neuen Brille sahen die Pupillen bedrohlich groß aus.

«Ich will nur sagen, dass wir uns nicht allein auf ihn konzentrieren dürfen.» Otto sah die anderen drei an. Heinz hielt Zigarette und Feuerzeug bereit, hörte ihm aber zu. Günter schüttelte den Kopf. Konnie mahlte mit den Zähnen. «Ich glaube nicht, dass er es war.»

«Aber du willst nicht, dass wir ihn laufen lassen.» Rolf redete mit ihm, blickte aber zu Heinz hinüber.

«Natürlich nicht. Wir müssen wissen, was er gemacht hat. Es interessiert mich jetzt sowieso.»

«Vielleicht ...», sagte Konnie, «vielleicht hofft er einfach, dass wir bald eine bessere Spur haben als ihn und dass er die Sache so lange eben aussitzen muss.»

«Schön blöd wäre er.» Günter richtete sich auf. «So verdächtig, wie er sich gemacht hat. Den kriegen wir schon klein.»

«Wir müssen dem Jungen zusetzen.» Heinz hatte genug gehört. Sie alle kannten die Situation. Eine Weile ließ er die Leute reden, dann übernahm er das Kommando. Wofür war er der Leiter? Seine Zigarette brannte mittlerweile. «Wir werden die Mutter hören müssen. Rolf. Otto.» Heinz zog lange an der Zigarette. «Und ihr werdet euch in der Gegend umsehen, in der Schuster von dem ABV gesehen worden ist. Bislang haben wir die ja nur in Bezug auf den Tatort versucht zu verstehen. Seht sie euch mit anderen Augen an. Vielleicht ist da noch mehr passiert.»

Schon wieder mit Rolf. Otto hatte den Kollegen stets gemieden, wenn es eben möglich war. Sie hatten keine rechte Basis, miteinander zu arbeiten. Rolf war ein guter Kriminalist. Aber er war aufbrausend und ging zu oft unnötig brutal vor. Otto hatte schon manches Mal gesehen, wie er einem Verdächtigen ohne große Not auf die Backen gab. Aber wenn Heinz es anordnete, dann musste es sein. Und dann war da ja auch noch Rolfs Wissen um ihn und Silber.

«Konnie», sagte der Leiter. «Du hörst dich an der Schule um. Irgendwer wird irgendetwas wissen. Was immer dieser Schuster verschweigt, da werden andere mit drinhängen. Günter und ich», Heinz sah zu seinem Freund hinüber, «wir werden uns noch einmal mit Major Marder beschäftigen. Der sollte uns gegenüber doch nichts zu verbergen haben.» Er machte eine Atempause. «Wenn uns die Genossen von der NVA lassen. Und dann werden wir diesen Pfarrer vorladen. Der ist uns bislang immer entwischt mit irgendwelchen dubiosen Begründungen. Beerdigung hier, Seelsorge dort. Ich will das nicht mehr hören.»

Den Vater von Julia Frühauf hätte Otto gern selbst verhört. Vielleicht machte er es sich zu einfach, wenn er dachte, dass die junge Frau unter den Männern dieser Punkergruppe der Schlüssel war zum Fall. Aber er wollte gern wissen, was der Pfarrer für einer war. Sicher würde sich noch eine Gelegenheit ergeben.

37

«Ja», sagte Helga Schuster nur, bevor sie an einer Zigarette zog. Sie stand am Fenster des Frühstücksraums im VEB Schlachtbetrieb Jena. Die anderen Frauen saßen an den Tischen und hörten auf zu kauen. Frau Schuster senkte den Kopf und blies den Rauch nach unten.

Rolf hatte sie gefragt, ob sie ein paar Fragen beantworten könne, und hatte gesagt, dass es ihm leidtue, dass sie ihren Sohn eingesperrt hatten, wobei eingesperrt nicht das Wort war, das er benutzt hatte, sondern etwas anderes, dann hatte er noch von Verständnis geredet, wenn sie sich außerstande sehe, jetzt etwas zu der Sache mit Thomas und der Familie und dem Mord an Nikoleit beizutragen. So höflich hatte Otto den Kollegen noch nie erlebt. Allein deshalb war er Heinz dankbar dafür, dass er ihn mit Rolf zusammen geschickt hatte.

«Ja», sagte Helga Schuster also, als sie Rolf zu Ende angehört hatte.

«Sollen wir nach draußen gehen?», fragte Rolf. Er zeigte auf die anderen Frauen. «Die wollen ja in Ruhe Pause machen.»

Die anderen Frauen hätten es bestimmt gern gehabt, wenn die Befragung in ihrer Gegenwart durchgeführt worden wäre. Sie machten große Augen. Eine mit hellgrauer Dauerwelle und einem Leberfleck direkt neben der Nase, die Älteste im Raum, bekam ihren Mund gar nicht mehr zu vor Neugierde.

Draußen blieben sie direkt vor dem Haupteingang stehen. Helga Schuster trat die Zigarette aus und zündete sich gleich eine neue an. Otto betrachtete sie genauer. Das glatte, blonde Haar war durchsetzt mit grauen Strähnen und seit ein paar Tagen nicht gewaschen worden. Am Kittel fehlte ein Knopf über der Brust. Durch die Öffnung war ein roter Pulli zu sehen. Um den Mund herum, der gerade intensiv an der Zigarette zog, verliefen viele kleine Fältchen. Er hatte bemerkt, dass die Frau 43 Jahre alt war, aber sie sah aus, als sei sie fast 60. Sie wartete auf die Fragen und schaute zwischen ihm und Rolf hindurch.

Rolf machte da weiter, wo er im Frühstücksraum aufgehört hatte. «Vielleicht können Sie uns ja kurz etwas zu Ihrer Familie sagen. Ihr Mann ist bei einem Unfall ums Leben gekommen?»

«Vor fünf Jahren», sagte Helga Schuster. «Vom Baugerüst gefallen.» Sie betonte keine einzige Silbe.

«Seitdem bringen Sie die Kinder allein durch?»

«Ganz allein», sagte sie. Die Zigarette war schon wieder am Ende. Rolf holte seine Packung hervor. Frau Schuster und Otto nahmen sich. Otto hielt sein Feuerzeug in die Runde.

«Ist nicht einfach, oder?», fragte Rolf.

«Ist nicht einfach, wirklich nicht. Und der Junge hilft mir, wo er kann. Ohne ihn komme ich nicht zurecht.»

Rolf senkte den Blick, als sei es ganz allein seine Schuld, dass ihr Junge seine Zeit gerade im Polizeipräsidium verbrachte. «Der Junge …», sagte er.

«Er ist nicht böse», sagte Frau Schuster. «Aber es ist auch für ihn nicht immer leicht gewesen.» Sie sah immer noch zwischen ihnen hindurch. «Und was auch immer Sie glauben, er hat das ganz bestimmt nicht getan. Und dass er mit diesen Leuten … dass er sich mit diesen anderen jungen Leuten trifft … Wenn die erst einmal arbeiten gehen, dann ist das doch alles vorbei.»

«Zurzeit ist er ja noch in der Schule», sagte Rolf.

Otto dachte an seine eigenen Kinder, während Frau Schuster nickte und vielleicht überlegte, ob sie Rolf etwas entgegnen sollte. Irgendwann verlor man sie halt. Irgendwann, wenn sie älter wurden und anfingen, ihre eigenen Ideen zu haben. Eine Punkergruppe zu gründen etwa. Vielleicht sollten sie Kathrin doch in dieses Schwimminternat geben.

«Er will ja so werden wie der Vater», sagte Frau Schuster. «Ich hab ihm gesagt, dass er diese Schule bis zum Abitur durchhalten muss. Ich will doch nur das Beste für ihn. Dann hat er das, was der Vater gehabt hat und vielleicht noch etwas mehr. Dann kann er auf dem Bau irgendeine leitende Position haben. Oder sogar Architektur studieren.» Sie zog ein letztes Mal an der Zigarette und ließ den Stummel einfach fallen. Sie trat ihn nicht einmal aus. Kurz rieb sie die Hände aneinander, um sie dann ineinanderzufalten.

«Wissen Sie denn, was der Thomas am Sonntagabend gemacht hat?» Rolf hatte seine Stimme eine Oktave tiefer gestellt. Das hätte er selbst jetzt nicht so gemacht, dachte Otto.

Frau Schuster sah auf.

Rolf wartete.

«Man weiß ja nicht, was die machen, wenn sie aus dem Haus gehen.» Ihre Finger waren so fest ineinandergepresst, dass sie ganz weiß wurden. Manche Leute wurden sehr nervös, wenn sie mit der Polizei zu tun hatten.

«Trifft sich Thomas denn auch mit anderen Leute als diesen Punkern?»

Sie löste die Hände, bevor sie anfing zu reden. «Er sagt mir nichts, wenn er irgendwohin geht. Das tun die in dem Alter ja alle nicht. Was meinen Sie, was wir uns manchmal für Sorgen machen.» Sie wies kurz mit dem Kopf nach hinten. Sie, das mussten die anderen Frauen im Frühstücksraum sein. Andere Mütter, gleiche Sorgen.

«Da fällt Ihnen also niemand ein.» Rolf hatte das Autoritäre wieder aus dem Ton herausgenommen. Er hatte offenbar wenig Hoffnung auf eine Antwort, die sie weiterbrachte.

Frau Schuster presste die Lippen zusammen.

38 | Erich Marder

Wie er den Westen hasste.

Alles an ihm.

Vor allem die Verlogenheit. Ja, die Verlogenheit, die war es, die ihn am meisten abstieß.

Er war ruhiger jetzt. Für ein paar Sekunden hatte er gar nicht gewusst, wo er war, nach dem ersten Schrecken. Bärbel hatte schnaufend neben ihm gelegen und wie immer nichts mitbekommen. Früher war er manchmal erbost darüber gewesen, dass sie einfach weiterschlief, während er die Nacht durchlitt. Irgendwann einmal war ihm aber aufgegangen, dass es das Beste für sie beide war, wenn er seine Sorge nicht teilen musste.

Sorge. Ach, das war doch nicht der richtige Begriff.

Eher Angst.

Wenn er nur genauer beschreiben könnte, wovor.

Was er ganz genau wusste, war, dass er diesen Hass auf den Westen empfand. Erich Marder stand am Küchenfenster und schaute hinaus in die Dunkelheit. Er hatte sich ein Glas Milch eingeschüttet und sich ans Fenster gestellt. In der Nachbarschaft gab es nichts zu sehen. Alle schliefen. Die Straßenlaterne hinter dem düsteren Haus, auf das er starrte, warf ein paar dünne Strahlen ins Bild. Der Himmel erschien ihm grau und unklar, es mussten Wolken sein, die über ihnen vorbeizogen. Morgen würde es sicher regnen. Wie am vorigen Abend auch schon.

Was er am Westen am allermeisten hasste, war die Heuchelei. Alles, das Ganze, dieses politische Konstrukt, diese Illusion von Freiheit und Konsum. Aber die Heuchelei war das Schlimmste. Sie war das Wesen der BRD.

Was sie nicht alles taten, um sich als überlegen darzustellen. Sie produzierten mehr, und sie verfraßen mehr. Geschenkt. Sie hatten die besseren Waffen und würden den Krieg, zu dem es nicht kommen würde, gewinnen. Ha, wenn er das im Kreis der Genossen so sagen würde, dann hätte seine letzte Stunde geschlagen. Sie würden ihm heimlich in die Stirn schießen und irgendwo am Rand der Kaserne verscharren. Aber es stimmte doch.

Natürlich stimmte es. Er trank das Glas leer und stellte es auf dem Fensterbrett ab.

Und obwohl die Milch längst getrunken war, musste er noch einmal schlucken. Wenn er an die moralische Überlegenheit dachte, die die BRD produzierte … Ja, auch das war ein Produkt. Eine Ware, mit der sie hausieren gingen. Die sie wie ihre Waschmittel und ihren Kaffee und ihre Chiquita-Bananen im Fernsehen anpriesen. Und wie sich dieser Müll festsetzte im Gehirn. Selbst er kannte den Spruch: *Nenn nie Chiquita nur Banane*. Und dann wurde man diesen Müll auch nicht wieder los.

Zu dem Müll der moralischen Überlegenheit gehörte auch der Umgang mit der Todesstrafe. Klar hatten sie die in der BRD abgeschafft. Abkehr von der NS-Barbarei. Bla bla bla. Die CDU war sowieso offiziell gegen die Abschaffung gewesen. Und dann hatten sie den Blösche doch markiert. Sie hatten genau gewusst, wozu das Auslieferungsverfahren führen würde.

Nicht, dass der Blösche es nicht verdient gehabt hatte. Er war ein Schwein gewesen.

Wenn er noch ein Glas Milch nähme, würde er sich vielleicht übergeben müssen. Marder ging zum Wasserhahn an der Spüle, drehte ihn auf, beugte sich hinab und trank. Dann stellte er sich wieder ans Fenster.

In der BRD wusste kein Mensch, dass die Todesstrafe dort nur abgeschafft worden war, weil hochrangige Vertreter des alten Systems dafür sorgen wollten, dass sie nicht mehr um ihr Leben fürchten mussten. Anders war es nicht gewesen. Leute, die Angst um ihr eigenes Leben gehabt hatten, waren die treibende Kraft gewesen, als es darum ging, das Fallbeil außer Betrieb zu setzen. Das Erste, was sie in der BRD getan hatten, nachdem sie die Todesstrafe abgeschafft hatten, war, zu den Amerikanern zu laufen und sie darauf hinzuweisen, dass die Hinrichtung von hohen Nazis fortan illegal war.

Alles nur Heuchelei. Diese Schweine.

Das letzte Mal, dass sie in der DDR einen hingerichtet hatten, war jetzt schon fast vier Jahre her. Ein bedauernswerter Tropf, der als Angehöriger des MfS Akten mit nach Hause genommen hatte. Viele Akten. Sicherlich eine jämmerliche Gestalt, aber man musste den doch nicht gleich umbringen. Sie hatten kein großes Gewese darum gemacht, aber wer es wusste, wusste es eben.

Nur mit ihm, mit Erich Marder, hatte das ja eigentlich überhaupt nichts zu tun.

39 | Julia Frühauf

Wir haben das eigentlich nie geplant. Wir haben nie gesagt, morgen werden wir da oder da reingehen. Wirklich, so war das nie. Es war die Gelegenheit, immer die Gelegenheit, die sich uns geboten hat. Und es war immer diese Situation, in der wir versucht haben, etwas hinter uns zu lassen, das wir nicht wirklich definieren konnten. Also ich jedenfalls nicht. Ich weiß natürlich nicht so genau, wie es den anderen dabei ging. Aber an eines erinnere mich: Melchior hat einmal gesagt, dass das so etwas wie eine nicht ständige Ausreise aus der DDR war. Das, was wir da gemacht haben. Irgendwo reinzugehen.

Nur einmal, ein einziges Mal, haben wir es geplant. Und das wäre beinah in der Katastrophe geendet.

Es war wieder nach einer Bandprobe. Und es war Sohle, klar, der vorgeschlagen hatte, zu dem Sportlerheim in Lichtenhain zu gehen. «Da kriegen sie das Bier immer am Donnerstagnachmittag. Aber abends ist da gar nichts los. Die merken das nicht mal, wenn wir uns was davon nehmen.»

Als wir schon unterwegs waren, denn das war recht weit ab von unseren normalen Routen, hat Sohle noch gesagt, dass da manchmal ein Fenster offen steht, auch noch später am Abend.

Die Bandprobe war nicht so gut, vielleicht weil alle mit den Gedanken woanders waren, vielleicht sogar schon in dem Sportlerheim. Ich hab den Einsatz ein paar Mal verpasst, aber ich hatte das Keyboard auch noch nicht so lange. Und Melchior hat auch manchmal ganz schön danebengelegen mit seinem Rhythmus. Er sagte ja gern über Punk, dass man da sowieso nicht im Takt sein müsse, aber als es ihm passiert ist, war er da gar nicht mehr so locker.

Auf dem Weg zum Sportlerheim haben wir nicht geredet. Und weil es nicht auf unserem Heimweg lag, habe ich mich unterwegs gefragt, wie Sohle das mit dem Bier beobachtet haben konnte, wo das Gelände doch am Stadtrand lag. Da kam er nicht jeden Tag vorbei. Oder jedenfalls wussten wir nichts davon.

Ein paar Dinge hatten sich in letzter Zeit verändert. Ich hatte angefangen, mir ein ganz kleines bisschen die Schläfen zu rasieren. Die Eltern haben es zwar bemerkt, aber sie haben es nicht verstanden. Jedenfalls haben sie nicht begriffen, was es mit der Band zu tun hat. Sohle sah schon eher so aus wie die Punks aus Berlin. Bei ihm war das Haar auf der Schädeldecke wesentlich länger als an den Seiten. Und vorn hingen ein paar Strähnen über die Augen. Ich war mir nicht so sicher, ob das wirklich gut aussah, aber darum ging es auch nicht. Und die Lederjacke trug er schon eine ganze Weile. Melchior hatte ein großes A mit einem Kreis drum herum auf seinen Nicki gemalt, auf den Rücken. Mit schwarzen Stiften, er hatte ganz schön viel Zeit dafür gebraucht, bis es richtig aussah. Aber zur Arbeit hat er sich damit natürlich nicht getraut.

Ich glaube, das war einer der ersten Abende, an denen ich mich umgeschaut habe, ob irgendwer blöd guckt wegen meinen Haaren oder wegen denen von Sohle. Aber auch, weil wir natürlich immer auf die Polizei aufgepasst haben. Denen wollten wir nicht unbedingt begegnen. Allein weil wir so oft zusammen unterwegs waren, hab ich auch gedacht, dass denen das mal auffällt. Wir wussten ja, was die Polizei in Berlin manchmal mit den Punks machte. Auch wenn wir noch nicht genauso ausgesehen haben wie die, hatten wir ganz schön Respekt davor.

Das Sportlerheim lag ziemlich im Dunklen. Wir sind einmal drum herumgegangen und haben drei Türen gesehen, zwei vorn und eine hinten. Biber hat eine der beiden Klinken an der Vorderseite ausprobiert, aber es war abgeschlossen.

«Was hast du erwartet?», fragte Sohle. Es war später Abend. Ein Fenster zu einem der Schlafräume war gekippt und ein kleineres an einer der kurzen Seitenwände, etwas höher gelegen. Das sah nach Küche aus.

«Wenn wir das eindrücken», sagte Melchior, «dann macht das weniger Lärm als das große da.»

Weil das allen einleuchtete, stellte sich Melchior mit dem Rücken an die Hauswand, und Sohle, der ziemlich dünn war, kletterte auf die Räuberleiter. Zuerst hörten wir ihn nur stöhnen und kratzen, aber dann fiel das ganze Fenster plötzlich im Inneren des Hauses irgendwo drauf. Es klirrte, wenn auch nicht besonders laut, aber Biber und ich haben trotzdem einen schönen Schrecken gekriegt.

Sohle zog Handschuhe aus der Jacke. Ich war überrascht, wie gut er das vorbereitet hatte. Dann kletterte er kopfüber durch die Öffnung. Wir hörten von draußen noch mehr Glas splittern und brechen, dann die Füße, die auf dem Boden aufkamen, und schließlich Sohles Stimme von einer der Längsseiten. Er hatte ein Fenster geöffnet, und wir kletterten alle in die Küche.

Im Licht des offenen Kühlschranks stand Sohle schon da und inspizierte dessen Inhalt. Wurst, Käse, Margarine. Er brach eine große Salami in zwei Stücke und biss hinein. Biber übernahm das andere Stück und tat das Gleiche. Melchior schüttelte den Kopf, dann packte er die angebissene Wurst, die

Biber hinhielt. Ich nahm so viel, wie in meinen Mund passte, und schmeckte sofort das ganze Fett auf der Zunge. Zuerst habe ich gewürgt, aber da musste ich durch. Ich freute mich so auf das Bier. Während die drei noch das Essen im Kühlschrank inspizierten, schluckte ich das Zeug runter und schlich aus der Küche in einen dunklen Flur. Es roch nach Schweiß und Schuhen, die zu oft getragen worden waren.

«Kein Licht», sagte Melchior noch leise.

Ich habe nicht geantwortet. Ich bin ja nicht doof, klar mache ich in der Situation kein Licht an. Sohle hat auch gleich noch mal gerufen. «Julia? Lampen auslassen.»

Wo ist in so einem Sportlerheim das Bier? Ich stand im Flur und sah die beiden Türen an der Vorderseite und die nach hinten raus. Drei weitere Türen gab es. Neben der zur Küche war eine, die war mein Favorit. Zwei weitere gingen in die andere Richtung ab, in den Hauptteil des Hauses. Da waren entweder große Schlafsäle oder Flure, von denen kleinere Zimmer abgingen. Ich war noch nie in dem Heim gewesen.

Die Tür neben der Küche war abgeschlossen. Und es steckte kein Schlüssel. Ich war schon auf halbem Weg wieder zurück zu den anderen, als ich es mir noch einmal überlegt und ein wenig mehr gedrückt habe, und dann öffnete sich die Tür doch. Sie hatte nur geklemmt.

Es war so dunkel in dem Raum, dass ich fast doch das Licht angemacht hätte. Einen Schritt rein, und ich war schon auf irgendwelche Kisten gestoßen. Ein Schritt zur Seite, und da hat etwas geklirrt, da waren in jedem Fall Flaschen drin.

Dann hab ich mich rumgedreht und stand im Türrahmen.

Und der gegenüber auch.

Das war eine der Türen zur anderen Seite, zu den Schlafräumen, und da stand einer, der war so groß und so breit, dass er fast den ganzen Rahmen ausfüllte.

Ich stand einfach da.

Und der auch.

Dann hat der nur ganz kurz gezuckt.

Und ich habe angefangen zu schreien.

Das ging alles ganz schnell. Ich bin aus dem Türrahmen raus und zur Hintertür, ganz instinktiv. Weil die Vordertüren so nah waren an dem Ort, wo der Kerl stand. Und weil ich die Hintertür mit Weglaufen in Verbindung brachte. Ich hatte nicht daran gedacht, dass sie ganz sicher zu sind, wir hatten die Vordertür ja überprüft.

Sohle, Biber und Melchior waren in den Flur gerannt gekommen, als ich an der Hintertür ankam. Und ich weiß noch genau, dass ich mich gar nicht gewundert habe, dass sie eben nicht verschlossen war. Das Wundern kam erst viel später. Denn wenn wir die Hintertür überprüft hätten ganz am Anfang, als wir um das Haus herumgeschlichen sind, dann hätten wir den Braten vielleicht gerochen, aber haben wir ja nicht.

Viele Dinge wirken ganz anders, wenn man kurz zurückblickt. Das mit der Tür, die gar nicht abgeschlossen war, ist das eine. Dass ich aber einfach abgehauen bin, das andere. Ich bin einfach gelaufen.

«War schon in Ordnung», hat Melchior hinterher gesagt.

Die drei waren ja auch nah an dem Ausgang, durch den ich verschwunden bin. Und weil hinter diesem riesengroßen Kerl noch andere hervorkamen, sind sie dann auch da raus. Sie waren denen gegenüber im Vorteil, weil sie Schuhe anhatten und ganz allgemein auch ein Gefühl dafür, dass Wegrennen eine Option war. Jedenfalls mehr als für die anderen ein Hinterherrennen. Die waren ja zu Bett gegangen in dem Bewusstsein, zu schlafen und nichts anderes zu tun. Trotzdem hat Biber eine Faust im Gesicht gehabt. Und einer von denen ist auch noch barfuß hinter uns her und hat Melchior angesprungen. Er hatte ihn kurz am Unterschenkel, aber Melchior hat mit dem anderen Bein gegen die Hände von dem getreten, der ihn auf dem Boden liegend festgehalten hat. Und ist dann weitergelaufen.

Ich erinnere mich überhaupt nicht mehr, wie wir uns verabschiedet haben. Aber das muss hinter dem Westbahnhof gewesen sein. Bis dahin bin ich nicht stehen geblieben. Nicht ein Mal. Und umgeschaut habe ich mich auch nicht.

40 | Otto Castorp

In der Wohnung war es ganz still, als Otto die Tür öffnete. Er schlich am Kinderzimmer vorbei und konnte durch einen Spalt im Dunkel Birgits Stimme hören. Sie flüsterte etwas, das er nicht verstand. Es hörte sich an wie die letzten beschwichtigenden Töne, bevor die Kinder einschliefen.

Otto setzte sich an den Abendbrottisch, der noch gedeckt war. Alle Gedecke bis auf seins waren benutzt, der Wurstteller war geplündert. Er nahm sich eine Scheibe Brot und Butter und schnitt sich ein Stück Käse ab. Als er den ersten Bissen gerade hinunterschluckte, kam Birgit und setzte sich zu ihm. Sie sagte kein Wort, glotzte ihn nur an und gähnte dann lange.

«Bier?», fragte sie, als Otto die erste Scheibe Brot verdrückt hatte.

Als er zustimmte, stand sie auf und holte zwei Flaschen und zwei Gläser. Sie goss in beide ein und trank ihres in einem Zug aus. Otto wusste, dass er eine Frage stellen sollte.

«Warum kommst du in letzter Zeit immer so spät von der Arbeit?»

Oder etwas, in dem eine Perspektive aufschien: «Sollten wir nicht mehr Zeit miteinander verbringen?»

Oder ein guter Vorschlag: «Sollen wir wieder einmal zum Bungalow fahren?» Dafür hatten sie das Häuschen am Hohenwarte-Stausee ja angemietet vor eineinhalb Jahren. Um als Familie dort die Wochenenden und auch einmal einen Urlaub zu verbringen.

Aber er trank sein Glas langsam aus und machte sich dann noch ein Käsebrot. Gurken hätte er gern dazu gehabt, aber es standen keine auf dem Tisch.

Birgit leerte schon ihr zweites Glas, dann nahm sie die Flasche in die Hand und trank sie hastig aus. Nachdem sie erneut gegähnt hatte, stand sie auf, kam schwerfällig um den Tisch herum und gab Otto einen Kuss auf die Stirn. «Ich kann dir gar nicht sagen, wie müde ich bin.» Sie wandte sich ab und ging ins Schlafzimmer.

Er hätte etwas Nettes sagen sollen, dachte Otto, als er hörte, wie die Tür zum Schlafzimmer leise geschlossen wurde. Aber ihm war nichts eingefallen. Müde war er schließlich auch. Er schüttete den Rest Bier ins Glas und stand auf, als das Glas nicht einmal halb voll wurde. Erst als er den Kühlschrank öffnete, um die nächste Flasche herauszuholen, gestand er sich ein, dass er genauso wenig Lust darauf hatte, am Tisch sitzen zu bleiben, wie zu Birgit ins Schlafzimmer zu gehen. Er schloss den Kühlschrank wieder, trank den Rest Bier aus dem Glas im Stehen und verließ die Wohnung. Im *Feldeck* würde er etwas trinken, ohne dass ihn jemand erkannte. Ein weiteres Bier und vielleicht auch noch etwas Stärkeres. Vielleicht, dachte er, war das auch eine gute Gelegenheit, sich noch einmal die Gegend anzusehen, in der Melchior Nikoleit ermordet worden war.

Und in der Thomas Schuster herumgelungert hatte. Warum nur wollte er ihnen nicht sagen, was er dort an jenem Abend vorgehabt hatte? Otto würde sich zuerst dort umsehen und dann ins *Feldeck* gehen. So oft hatte er nicht die Möglichkeit, Arbeit und Vergnügen miteinander zu verbinden.

Auf dem Weg nach Jena hinein sah er die Stelle, an der die Bahngleise ebenerdig verliefen. Genau am Übergang an der

Mühlenstraße nahm Otto kurz den Fuß vom Gas und dachte an den Moment im vorletzten Herbst, als er Heiko Silber dort unter die heranrauschende Bahn gestoßen hatte. Niemand konnte ihn dabei gesehen haben.

Wirklich niemand.

Völlig unmöglich.

Im *Feldeck* würde er sich ordentlich volllaufen lassen. Zur Not würde er den Rausch im Lada ausschlafen.

Am Paradiesbahnhof war noch viel los. Er nahm den Fuß vom Gas, um Leute über die Straße zu lassen. Dann trat er das Pedal wieder durch, um kurz darauf doch wieder abzubremsen. Im Rückspiegel überprüfte er die Gestalt, die er eben wahrgenommen hatte. Er sah sie näher kommen, brauchte aber im trüben Zwielicht der Straßenlaternen einen Moment, um Julia Frühauf zu erkennen. Sie kam langsam den Gehweg hinunter, in sich gekehrt, bemerkte ihn nicht.

Langsam ging sie am Lada vorbei, ohne die Augen zur Seite zu wenden. Otto ließ ihr ein wenig Vorsprung und rollte dann wieder an. Wahrscheinlich war sie auf dem Heimweg. Er sollte jetzt beschleunigen, um ins *Feldeck* zu kommen. Er war nicht weit weg von der Kneipe.

Als er Julia hinter sich gelassen hatte, bremste er erneut ab. Dieses Mal setzte er zurück und hielt an einer Stelle, die die junge Frau gleich erreichen würde. Otto öffnete die Beifahrertür und wartete. Im Rückspiegel sah er, wie Julia zögerte, entweder weil sie ihn erkannt hatte oder weil sie nicht wusste, wer im offenen Wagen auf sie wartete. Ihre Schritte wurden langsamer, sie machte einen kleinen Bogen auf dem Gehweg und blickte gebückt aus der größtmöglichen Entfernung ins Auto hinein.

«Komm», sagte Otto. «Ich fahr dich nach Hause.»

Julia reagierte nicht, sondern verharrte in der Stellung.

Dann sah sie sich um, ohne sich aufzurichten. «Gut», sagte sie und stieg ein.

Erst auf halbem Weg zum Pfarrhaus, sie hatten die Saale längst hinter sich gelassen, begann Otto, darüber nachzudenken, wie er die Situation ausnutzen konnte. Julia hatte bisher keinen Ton gesagt, nur aus dem Seitenfenster ins Dunkel geblickt. An einer Straßenkreuzung ließ Otto den Lada langsam ausrollen. Hier brannte nur eine einzige Laterne, und es war recht dunkel, aber wenn Julia die Situation irritierend fand, dann konnte Otto es nicht erkennen. Sie rührte sich nicht und sagte weiterhin keinen Ton.

Sie wirkte nicht, als wenn sie sich ausgesprochen wohl fühlte, aber wer tat das schon in Anwesenheit eines Polizisten?

«Du warst dir so sicher», sagte Otto, «dass Michael Nikoleit den Melchior getötet hat.» Jetzt flackerte eine Laterne an der Kreuzung. In einem Hauseingang auf der anderen Seite der Straße war ein knutschendes Paar zu sehen. Julia bewegte den Kopf ein wenig, atmete kurz ein, dann aber auch wieder aus, ohne etwas zu sagen, und senkte den Kopf.

«Wir haben das bisher noch nicht beweisen können.» Otto wartete, aber von der jungen Frau hörte er nur ein gleichmäßiges Atmen. Ein Trabant knatterte vorbei. Ein Rücklicht des Wagens funktionierte nicht. «Das macht aber nichts. Ich meine … Auch wenn er es nicht war, so etwas sagt man halt in so einer Situation. Und du warst ja auch davon überzeugt.»

Julia reagierte nicht. Eine Gruppe von Leuten näherte sich dem Wagen. Im Rückspiegel konnte Otto mindestens sechs Männer ausmachen. Alle von ihnen gingen unsicher. Einer von ihnen stolperte und fiel dabei fast hin. Die anderen waren jetzt auf Höhe des Lada angekommen. Ein anderer blieb stehen und sah, dass der Wagen nicht leer war. Der Torkelnde erreichte den Lada kurz nach ihm und stützte sich auf den

Kofferraum. Als sich der Wagen durch den Druck auf das Heck vorn erhob, lachte der Mann, der von der Seite hereinlugte. Er ging zur Motorhaube und drückte mit aller Kraft darauf. Dem Mann hinten gefiel die Idee, und binnen zweier Sekunden hatten die beiden den Wagen in eine Schaukel verwandelt.

Otto war nicht ganz klar, was man von draußen sehen konnte. Die Scheiben waren von innen leicht beschlagen, sicher waren zwei Personen im Inneren zu erkennen. Viel mehr nicht.

Die anderen vier Männer waren stehen geblieben und betrachteten das Schauspiel. Einer fing an, laut zu lachen, machte die paar Schritte zurück und half dem Kollegen an der Motorhaube. Die anderen drei verteilten sich so, dass nun hinten und vorn jeweils drei Männer den Wagen hoch und nieder bewegten.

Otto musste kurz schlucken, als er das Bier hochkommen spürte. Unter anderen Umständen wäre er längst aus dem Wagen gesprungen und hätte irgendetwas unternommen. Vielleicht hätte er einem von denen auf die Fresse gegeben. So besoffen, wie die waren. Kein Problem.

Er sah zu Julia hinüber und bemerkte ihr Lächeln. Also blieb er sitzen. Das Schaukeln wurde schwächer. Einige aus der Gruppe gingen weiter. Schließlich war der, der als Erster an der Motorhaube gewackelt hatte, der Letzte, der noch zum Wagen blickte. Über 40, dunkles gescheiteltes Haar, das aber durcheinandergeraten war. Der Schnurrbart war halbrund und massiv, sodass die Oberlippe darunter verschwand. Er formte aus einer Hand eine Röhre und steckte den Zeigefinger der anderen Hand hinein. Den Finger bewegte er hektisch hin und her. Dabei öffnete er den Mund und verdrehte den Kopf. Dann lachte er laut. Es war ein tiefes Lachen.

Otto sah, dass Julia immer noch lächelte.

«Das war doch doof», sagte er. «Oder?»

Schulterzucken bei Julia. Nur das eine Wort hatte sie gesagt, bevor sie sich zu ihm in den Wagen gesetzt hatte, «Gut» war das gewesen. Danach keine weitere Silbe mehr. Sie sah der Gruppe hinterher.

«Kanntest du einen von denen?»

Nicken.

«Den mit dem Schnurrbart?»

Noch ein Nicken.

Otto sagte nichts weiter. Er legte zwei Finger um den Schlüssel und überlegte, ob er noch eine Frage stellen sollte.

«Der sitzt jeden Sonntag bei meinem Vater in der Kirche.»

«Aber der hat dich nicht erkannt, oder?»

«Dann hätte er das nicht gemacht.»

Otto wartete, ob da noch mehr kommen würde.

«Das ist ein ganz Frommer. Der kriegt Rückenschmerzen, wenn Papa predigt, so geduckt, wie er dasitzt.»

Otto drehte sich jetzt so, dass er Julia im Profil sah. Sie grinste. «So hab ich den noch nicht gesehen», sagte sie. «Und Papa auch nicht.»

Stell eine Frage, dachte Otto. Aber stell keine, die sie wieder zum Schweigen bringt.

Ihm fiel keine ein.

Julia senkte den Kopf wieder. Die Mundwinkel blieben aber oben. So viel konnte er selbst in der Dunkelheit sehen.

«Da ist noch was», sagte sie leise.

«Hmhm.» Otto war froh, keine Frage gefunden zu haben.

«Ich habe da noch was. Melchior hat es mir gegeben.»

Otto wartete. Die Lichter eines Autos näherten sich von vorn. Er wandte die Augen aber nicht von Julia. Die Mundwinkel waren wieder unten. Ein paar Tränen liefen über ihre Wangen.

«Ich weiß nicht so genau, woher Melchior es gehabt hat. Da

ist ein Foto. Vielleicht hilft Ihnen das ja, mehr herauszukriegen.»

«Über Melchiors Tod?»

«Ja», sagte sie mit einem tiefen Seufzen.

41 | Julia Frühauf

Manche Dinge brennen sich einfach ein. Das war im Paradiesbahnhof, wo wir uns getroffen haben, es war nass draußen, das gehört irgendwie zu der Erinnerung dazu. Melchior war schon da. Vor ihm standen zwei Biergläser, ein leeres und ein halb volles, es war kaum was los in der Gaststätte, aber an ein älteres Ehepaar erinnere ich mich noch genau. Sie hatte ihre Handtasche mitten auf dem Tisch stehen, drum herum waren Teller und Gläser. Mitten auf dem Tisch, die Handtasche. Das passte gar nicht.

Ich habe Melchior einen Kuss gegeben, aber er hat ihn fast gar nicht erwidert. Das war komisch. Normalerweise hat er die Lippen immer ein bisschen mehr gespitzt, als mir das gefällt. Ich mag es, wenn Melchior die Lippen leicht öffnet, damit sie mehr ineinanderliegen als aufeinandergepresst werden. Ich glaube, dass ich mich deshalb so gut daran erinnere, wie Melchior mich geküsst hat, oder eben nicht, weil es so verschieden war vom Gewohnten. Auf dem Weg zur Theke, um mir ein Bier zu holen, habe ich angefangen, mir Sorgen zu machen.

Am Tisch hat mich Melchior gar nicht angesehen. Dann hat er beide Hände um das nun fast leere Bierglas gelegt. Er hat den Kopf gehoben und an mir vorbeigeguckt. «Ich habe unterschrieben», hat er dann ganz langsam gesagt. Mit Pausen zwischen den Silben.

Ich wusste genau, was er damit meinte. Und trotzdem habe ich gefragt: «Was unterschrieben?» Das Bierglas habe ich angehoben und daraus getrunken, viel mehr als sonst. Ich trinke normalerweise immer nur einen Schluck und stelle es wieder auf den Tisch. Aber in der Sekunde habe ich es angesetzt und halb ausgetrunken. Einfach so, obwohl ich das gar nicht wollte.

«Die waren auf einmal da. Ich bin von der Arbeit gekommen und hab auf dem Sofa gesessen. Ein bisschen geschlafen.» Melchiors Finger lagen immer noch um das Glas. Sie waren ganz weiß vom Drücken. Und dann hat er erzählt.

«Die waren zu zweit.

Sie haben sich neben mich gesetzt, auf beide Seiten.

Der eine hatte einen Anzug an und der andere eine Windjacke.

Der eine war groß und der andere war klein.

Aber ich weiß nicht mehr, wer von den beiden geredet hat.

Bei meinem Vater, hat der gesagt.

Und wenn ich die Ausbildung zu Ende machen will.

Und wenn ich auch sicher sein will, dass meinem Vater nichts geschieht.

Über den hat der ganz lange was gesagt. Dass sie den im Visier haben. Im Visier, das war es.

Dass sich das mit dem Sozialismus nicht verträgt, hat er gesagt.

Dabei liefert der das ganze Geld doch immer ab.»

Melchior sah mich zum ersten Mal richtig an. Er hatte Angst in den Augen.

Ich habe meine Hände um seine gelegt, die immer noch das Glas festhielten. Er hat nicht einmal den Rest von dem Bier getrunken. Seine Hände waren kalt wie Eis.

Melchior hat wieder an mir vorbeigesehen, als er weitergeredet hat.

«Und dann kam es. Das war ja nicht alles.

Es würde Ihrem Vater helfen, wenn Sie Ihre Augen auch in Ihrem eigenen Umfeld aufhalten könnten.

Das habe ich zuerst gar nicht verstanden.

Die haben gewartet, was ich sage. Aber was hätte ich sagen sollen?

Irgendwann sagt der andere dann: ‹Herr Nikoleit, haben Sie den Ernst der Lage verstanden?›

‹Sie müssen reden›, hat der eine wieder gesagt. ‹Das ist ja auch ein Angebot für Sie. Es geht um Ihren Platz in der sozialistischen Gesellschaft.

Herr Nikoleit.

Herr Nikoleit.›»

Melchiors Hände haben angefangen, sich zu bewegen. Ganz von allein, er hat sie nicht anspannen müssen. Sie hätten gezittert, wenn ich sie nicht festgehalten hätte. Da war eine ganz eigene gespenstische Kraft drin. Als das aufgehört hat, habe ich angefangen, sie zu streicheln.

Nach einer Weile bin ich aufgestanden und habe mich neben Melchior gestellt. Seinen Kopf habe ich an meine Brust gelegt und ihn gewiegt. Wie bei einem kleinen Kind. Dabei war Melchior doch so groß.

Im Park haben wir dann richtig geredet. Ich glaube, es hat Melchior geholfen, dass wir spazieren gegangen sind. Wir haben in die gleiche Richtung geguckt. Und er musste nicht vermeiden, mich beim Reden anzusehen. Es war ja sowieso ziemlich dunkel. Geregnet hat es immer noch.

«Der, der links neben mir gesessen hat, hatte auf einmal eine dünne Akte in der Hand. ‹Wir werden Sie als IM Gosse führen, Herr Nikoleit. Da unterschreiben Sie jetzt.›

‹Gosse …›, habe ich nur gesagt.

Gosse, ja. Die wollen, dass ich über euch berichte. Über die

Band. Und wenn wir uns mit anderen treffen, dann wollen die auch einen Bericht haben. Also wenn wir in der Jungen Gemeinde sind.»

Ich bin stehen geblieben und habe Melchiors Hand festgehalten. Dann habe ich mich auf die Zehenspitzen gestellt und ihn noch einmal geküsst. Diesmal hat Melchior auch geküsst. Ich habe meine Unterlippe zwischen seine geschoben, so wie es sein soll, und er hat das passieren lassen. Es war ein richtiger Kuss. So wie man ihn sich nur geben kann, wenn man schon etwas zusammen erlebt hat. Die Zungen sind sich begegnet, und es war richtig schön. Trotz der Umstände. Ich wollte, dass Melchior fühlen konnte, dass er nicht allein ist.

Und das habe ich dann auch gesagt: «Du bist nicht allein.»

Trotz der Dunkelheit konnte ich seine Augen leuchten sehen. Sonst hätte ich vielleicht nicht ausgesprochen, was mir dann eingefallen ist. «Wir müssen es den anderen sagen.»

42 | Otto Castorp

Er hatte mit allem Möglichen gerechnet, aber nicht mit einem so alten Foto. Otto saß im Lada und hatte das Kabinenlicht angeschaltet. «Warten Sie hier», hatte Julia gesagt. Dann war sie nach Hause gegangen. Es hatte mehr als eine halbe Stunde gedauert, bis sie schließlich wieder aufgetaucht war.

«Ich musste abwarten, bis meine Eltern im Bett waren», sagte sie, als sie ihm das Foto ins Auto reichte. «Und dann musste ich ja auch leise sein, damit sie mich nicht hören.»

Sie hatte sich herumgedreht und war schon wieder auf dem Weg nach Hause. Otto hatte nur einen flüchtigen Blick auf das Foto geworfen und ihr dann hinterhergerufen. Julia war zögernd zurückgekommen.

«Du kannst mir das doch nicht ohne Kommentar geben», sagte Otto. «Was soll ich denn damit machen?»

Julia stand stocksteif vor der Fahrertür. «Melchior hat das von Biber bekommen. Und Biber hatte Angst, dass sein Vater das mit dem Foto herausfindet. Dass sie das gefunden haben.» Sie redete schnell und leise, fast tonlos.

Otto schielte erneut kurz auf das Foto. «Warum hatte Bibers Vater denn …» Er sah, dass Julia verschwunden war.

Das war im Krieg entstanden. So viel erkannte Otto. Die, die auf dem Foto noch lebten, waren deutsche Soldaten. Und die, die am Boden lagen und mit Sicherheit nicht mehr atmeten, als das Foto gemacht worden war, die waren keine deutschen Soldaten. Die beiden Toten trugen andere Uniformen. Welche das waren, vermochte Otto nicht zu sagen. Da kannte er sich nicht aus. Und was er erst recht nicht wusste, war, wo das Foto gemacht worden war. Den Turm oben im Hintergrund hatte er noch nie gesehen.

Von links nach rechts betrachtete er die deutschen Soldaten. Den Abgewandten, der den Eindruck machte, als wolle er mit den anderen auf dem Bild nichts zu tun haben. Dann den, der auf dem Brustkorb eines der Toten stand, als könne er die Leiche unter seinen Füßen noch im Tod demütigen. Und der Breitbeinige, dem der Stolz aus den Augen sprang.

Zuletzt der, der einen Fuß auf dem Körper mit der blutigen Wunde hatte. Leicht nach vorn gebeugt, wirkte er wie einer, der tat, was man ihm sagte.

Der Breitbeinige hatte es ihm angetan. Er wirkte wie der Chef. Er wollte wirken wie der, der die Fäden in der Hand hält. Aber was sollte er mit dem Breitbeinigen anfangen? Was sollte er überhaupt tun mit diesem Foto? Es war sicher vierzig Jahre alt, wenn es aus dem Krieg stammte.

Otto sah sich erneut die Gesichter der vier Männer an und blieb an dem Abgewandten hängen. Er hielt das Foto so, dass die Figur im Licht des Wagens besser zu sehen war, und fühlte sich an etwas erinnert. Aber er wusste nicht, woran.

Ihm war aber klar, wer ihm etwas darüber erzählen konnte, wann und vor allem wo das Foto entstanden war. Sein alter Vorgesetzter und Mentor Wolf. Otto drehte den Autoschlüssel und fuhr zum *Feldeck*. Ein Bier wollte er immer noch. Und dann wahrscheinlich noch eins.

43

Im *Feldeck* hatte er geschafft zu tun, was eigentlich gar nicht möglich war. Er hatte nicht gedacht.

Nicht und an nichts.

Langsam hatte Otto vier Bier getrunken. Jetzt saß er im Lada und hörte dem Motor beim Laufen zu. Er bückte sich und zog das Foto, das Julia Frühauf ihm überlassen hatte, unter dem Beifahrersitz hervor. Im Kabinenlicht betrachtete er es erneut. Aber die Gesichter verschwammen vor seinen Augen.

Der lange Tag.

Das viele Bier.

Und jetzt erinnerte er sich, was er noch hatte erledigen wollen, als er nach dem Essen aus der Wohnung geflohen war. Er setzte den Lada in Bewegung und stellte ihn wenige Minuten später vor dem Toreingang ab, der zu dem Lager führte, in dem Melchior Nikoleit gestorben war.

Otto drehte sich einmal um die eigene Achse, suchte. Aber wusste nicht, wonach. Thomas Schuster hatte hier irgendwo an dem Abend herumgelungert, als Melchior gestorben war. Das hatte der Abschnittsbevollmächtigte gesehen.

Er ging gemächlich um einen Block herum. Dann um noch einen. An einem Baugerüst blieb er stehen und reckte den Kopf nach oben. Einige Meter über ihm hing eine Gerüststange lose über dem Gehweg. Hier war seit Jahren nicht gearbeitet worden. Von der anderen Straßenseite aus konnte er erkennen, dass das Haus, vor dem das Gerüst errichtet worden war, kein Dach hatte. Waren das noch Kriegsschäden? Er konnte sich nicht erinnern, wie es hier ausgesehen hatte, bevor das Gerüst aufgebaut worden war. Oder warum die Arbeiten eingestellt worden waren.

Zurück am Wagen, fühlte sich Otto müde und allein. Schlafen musste er bald. Er setzte sich hinter das Steuer und drehte den Schlüssel im Schloss. Aber anstatt loszufahren, schloss er die Augen und rekonstruierte, was er gesehen hatte. Da war diese andere Baustelle gewesen, die er eben wahrgenommen, aber nicht genauer betrachtet hatte. Er stellte den Motor wieder aus und ging zurück. An der nächsten Ecke drehte er sich erneut um sich selbst.

Was hatte der ABV noch gesagt? Der junge Schuster hatte fünfzig Meter entfernt von dieser Ausfahrt gestanden. Das hier waren sicherlich hundert Meter. Na, vielleicht auch ein bisschen weniger. Konnte der ABV die Entfernung so genau einschätzen? Kann ich es?, fragte sich Otto. In meinem Zustand? Und konnte Thomas Schuster irgendetwas mit dieser Baustelle hier zu tun gehabt haben? Da wurde in dieser großen Lücke im Häuserblock eine HO-Kaufhalle gebaut. Und Thomas Schuster lernte gerade alles, was mit Bauen zu tun hatte.

War das in irgendeiner Form interessant für den Fall? Otto setzte sich erneut in den Lada. Bevor er am Steuer einschlief, sollte er endlich nach Hause fahren, dachte er. Morgen musste er sich darum kümmern. Er durfte es nicht vergessen.

44 | Julia Frühauf

«Der Robert kommt gleich», sagte Broti. Er fuhr sich durch den dichten Vollbart und setzte sich auf den vorletzten freien Platz im kleinen Stuhlkreis. Broti hieß eigentlich Ralf Bäcker, aber alle nannten ihn nur Broti, und seinen richtigen Namen wusste ich auch nur, weil ihn mal einer irgendwo erwähnt hatte. Er kannte alle und jeden in Jena. Und wenn es einmal ein Problem gab, konnte man zu ihm gehen. Ich war noch nicht bei ihm gewesen, aber dass er bei dem Treffen dabei war, wunderte mich nicht. Irgendwann war Brotis Trabant-Kombi einmal mitten in der Nacht in Flammen aufgegangen. Alle wussten, dass das die vom Ministerium für Staatssicherheit gewesen waren.

Wir saßen in der Sakristei der Johanneskirche, Melchior und ich, Broti und Britta, die auch immer dabei war, wenn es um irgendetwas Wichtiges ging. Sie band ihre langen schwarzen Haare gerade zu einem Zopf. Wir trafen uns extra am späten Nachmittag, damit die beiden dabei sein konnten. Britta war Krankenschwester, und Broti machte irgendetwas bei der Reichsbahn, aber ich wusste nicht genau, was. Alle waren ernst.

Robert, der Pfarrer, kam in den kleinen Raum und blieb kurz neben dem freien Stuhl stehen. Zu enge Jeans und Nicki, schulterlanges, gelocktes Haar zwischen braun und dunkelblond und dieses Funkeln in den Augen. Robert Tilgner hatte immer diesen Blick, der sagte, dass man auch die schwierigsten Situationen noch mit ein bisschen Humor nehmen muss. Und wenn er vom befreienden Hauch des Evangeliums redete, wurden auch die Leute weich, die eigentlich gar nicht glaubten. Ich zum Beispiel.

Robert setzte sich hin, aufrecht, und das Funkeln in seinen Augen verschwand. Das war sein Ausdruck dafür, dass es sich um eine schwierige Situation handelte. Ich hatte das schon ein paar Mal gesehen, aber da war es nie um mich oder um Leute gegangen, die ich gut kannte. Jetzt war das anders. Außer Melchior und mir wussten nur Sohle und Biber von dem, was ein paar Tage zuvor passiert war. Und die drei Leute, die sich hier mit uns trafen.

«Das ist kein Spaß», sagte Robert. Er ließ eine Pause. «Das wisst ihr.» Dann sah er nacheinander jeden Einzelnen in der Runde an.

Melchior nickte hektisch. Broti und Britta guckten wissend. Ich weiß nicht, wie ich ausgesehen habe.

«Broti, du hast das vorgeschlagen.» Robert fixierte den Bärtigen. «Willst du das noch einmal für alle ...?»

Broti legte die Unterarme auf die Oberschenkel und holte Luft. «Der Melchior hat schon ein paar Leuten gesagt, dass er angesprochen worden ist», sagte er.

«Und unterschrieben hat», ergänzte Britta.

«Ja, und unterschrieben.» Broti sah kurz zu ihr hinüber. «Jetzt wissen das schon ein paar Leute. Und wenn Melchior vorgehabt hat, das eben nicht für sich zu behalten, dann ist das was, das sowieso irgendwann denen zu Ohren kommt, die ihn angesprochen haben. Also ist der Vorschlag, die Situation hier sozusagen umzuwidmen. Wenn Melchior das nicht verheimlicht und das nicht nur mit sich austrägt und eventuell über sein Umfeld, also seine Freunde oder auch über die Junge Gemeinde berichtet, dann machen wir daraus den Fall, dass wir die wissen lassen, dass wir wiederum davon wissen.»

«Wie soll das funktionieren?», fragte Britta. «Du willst ja nicht, dass Melchior auf der Bühne steht», sie drehte sich zu Melchior, «ihr seid ja schon mal aufgetreten als Band, oder? … Ach, noch nicht. Und dann sagt: *Also, ich bin übrigens vom Ministerium für Staatssicherheit angesprochen worden, und weil ich das irgendwie blöd finde, will ich, dass ihr das alle wisst.* So kriegen die das auf jeden Fall mit.»

Robert und Broti schüttelten beide die Köpfe mit den langen Haaren.

«Nee», sagte Robert. «Das meine ich ja, wenn ich sage, dass das kein Spaß ist. Die sind stärker als wir, jedenfalls wenn es um die Muskeln geht, und niemand von uns wird die unterschätzen. Wir wissen, wozu die fähig sind.»

Das war eigentlich eine Diskussion unter den Älteren. Broti und Britta waren schon über dreißig, und Robert bestimmt fast vierzig. Sie wussten, worum es ging. Ich glaube, ich habe so einen Ton gemacht, so ein halbes Räuspern, und alle drei sahen mich an.

«Ja?», sagte Robert schnell. «Julia?»

So war die generelle Stimmung bei solchen Versammlungen. Wenn einer was zu sagen hatte, sollte er es auch tun.

«Was ist denn das genaue Ziel von so einer Aktion?», habe ich gefragt.

Die drei haben sich angesehen und darauf gewartet, dass einer von ihnen das Wort ergreift. Es war dann Robert, der das erklärte. «Da fallen mir zuerst mal drei Sachen zu ein», sagte er. «Das eine ist natürlich, einfach zu zeigen, dass sie ihre Mittel haben und wir eben unsere. Sie haben jemanden angeworben, und wir wissen es. Ihnen das zu zeigen heißt, dass wir uns als Gruppe organisieren und dass wir uns nicht als Einzelne in die

Ecke drängen lassen. Das ist das eine. Das Zweite ist, dass die Aktion natürlich sinnlos geworden ist. Melchior ist als offener IM nicht mehr zu gebrauchen. All die Pläne, die sie gemacht haben, sind umsonst. Und …»

«Das Dritte», übernahm Britta, «ist, ihrer Arbeit den Sinn zu nehmen. Wenn sie wissen, dass wir von Melchior wissen, dass sie ihn angeworben haben, dann müssen sie damit rechnen, dass wir auch von anderen wissen, die sie unter Druck gesetzt haben. Das ist es ja auch, was ich eben gemeint habe. Dass man so was nicht von der Bühne aus sagt. Die sollen wissen, dass wir das wissen. Aber es soll ja nicht so aussehen, dass wir das demonstrieren. Sie sollen irgendwie mitkriegen, dass das mit Melchior durchgedrungen ist zu uns, aber halt auch nur irgendwie.»

«Ja», sagte Broti. «Wir wollen, dass sie es wissen, aber nicht, dass sie denken, dass wir wollen, dass sie es wissen. Verstehst du, was ich meine?» Er sah mich an.

Klar verstand ich das.

«Je beiläufiger das wirkt», sagte Robert, «desto gefährlicher ist es für das MfS. Sie sollen nicht wissen, was wir alles wissen. Deshalb darf es auf unserer Seite wirklich gar keine Geste des Triumphs geben. Es ist eher so, dass wir uns das genau überlegen müssen, wie wir denken, dass die das erfahren könnten.» Er machte eine Pause. «Und da gibt es natürlich noch etwas.» Jetzt hatte er wieder diesen ganz ernsten Ausdruck. Er richtete ihn auf Melchior. «Wenn das raus ist, wenn die davon erfahren, dass du dich uns gegenüber geöffnet hast, dann kann das auch deren Rachegefühle wecken.»

«Wie meinst du das?», fragte ich.

Britta sah mich an, als hätte ich eine blöde Frage gestellt. «Na, wer Macht hat, der benutzt sie auch. Und sie haben Macht.»

«Ich finde dich da etwas zu defensiv, Robert.» Broti guckte zwischen dem Pfarrer und Melchior hin und her. «Wenn sie mitkriegen, dass Melchior uns von der Anwerbung erzählt hat, dann werden sie sich irgendetwas ausdenken, um ihm zu schaden. Das ist doch klar. Sie werden verbreiten, dass er schon lange IM ist. Oder sie überlegen sich etwas, um ihn in den Knast zu bringen.» Er sah Melchior in die Augen.

«Das ist schon klar», sagte Robert. «Wir müssen uns genau überlegen, wie wir das jetzt nach draußen bringen. Hat jemand einen Vorschlag?»

45 | Otto Castorp

Am darauffolgenden Morgen stand Otto erneut vor der Baustelle. Es war die Zeit zwischen Frühstücks- und Mittagspause. Alle Leute waren auf der Arbeit, auch die Männer, die die Kaufhalle errichteten, die er am Vorabend gesehen hatte. Der Rohbau stand schon, und im Inneren konnte Otto Leuten bei Arbeiten zusehen, von denen er nicht viel verstand. Es war reine Sorgfalt, hier zu sein. Zeitverschwendung sicherlich. So war Polizeiarbeit.

Otto zündete sich eine Zigarette an und ging rauchend auf und ab. Nicht so, dass er immer wieder den gleichen Weg machte und auffiel, sondern mal in die eine und dann in die nächste der vier Richtungen von jener Straßenkreuzung aus, von der er die in Bau befindliche Kaufhalle sehen konnte. Stets so, dass er dabei den Blick auf die Baustelle nicht verlor.

Sie hatten am Beginn des Arbeitstages zusammengesessen und die nächsten Schritte beraten. Die Diskussion war nüchtern, ergebnisorientiert. Man merkte Heinz an, dass er eine ohnehin erschütterte proletarische Familie nicht noch weiter in die Enge treiben wollte. Aber was getan werden musste, musste eben getan werden. Eine Morduntersuchung war schließlich nichts, das in irgendeiner Form mit Politik zu tun hatte.

Also waren Heinz und Günter in die Schule gefahren, in der

sich Thomas Schuster auf die BmA vorbereitete. Wenn er nicht wegen Mordes eingesperrt würde, dann konnte er einmal Baufacharbeiter werden. Konnie und Rolf sahen sich die Baustelle an, auf der der Junge zwei Tage in der Woche arbeitete. Und Otto war dazu verurteilt worden, hier Wache zu schieben. «Du warst ja schon mal da», hatte Heinz gesagt. Otto hatte darauf gewartet, dass der Leiter der MUK noch ein halbes Grinsen dazu nachreichte. Hatte er aber nicht getan.

Mittlerweile war er wieder an der Kreuzung angelangt. Natürlich fiel das auf. Er war in dem blauen Anzug unterwegs, den er in den letzten Monaten am liebsten getragen hatte. Und schon allein deshalb musste man ihn bemerken. Wer lief denn in solcher Kleidung nicht von A nach B, sondern kam immer wieder zu dieser Baustelle zurück? Dass er hier nicht seine Freizeit verbrachte, war ja wohl offensichtlich. Auf der anderen Seite fand Otto es auch nicht so wichtig, dass irgendjemand möglicherweise bemerkte, dass ihn hier an der Straßenecke irgendetwas interessierte. Welchen Schaden für die Ermittlung konnte er schon anrichten. Im Zweifelsfall verbrachte er hier ein paar Stunden und würde dann ohne Ergebnis wieder ins Jenaer Polizeipräsidium zurückfahren.

Erneut drehte er sich auf dem Absatz um und ging zum vierzehnten Mal nach Osten. Oder war es schon das fünfzehnte Mal? Jetzt hatte er nicht aufgepasst. Er hatte kurz an dieses Foto gedacht, von dem er in der Besprechung nichts erzählt hatte. Es war zunächst einmal nur ein Foto, und es war keineswegs erwiesen, dass es für die Morduntersuchung von Bedeutung war. Aber er hatte es mit genau dem Hinweis von Julia Frühauf erhalten. Das hätte er erwähnen sollen. Und doch hatte er es instinktiv unterlassen.

Die Frau, die gerade die Baustelle betrat, meinte Otto erkannt zu haben. Er war zu weit entfernt und zu wenig konzentriert gewesen, um sie zu bemerken, als sie sich genähert hatte. Aber er hatte irgendetwas an ihr erkannt. An der Kreuzung blickte er sich um und drückte sich dann in einen Hauseingang, von dem aus er den Bau beobachten konnte.

Er wartete keine Minute und sah dann Frau Schuster auf die Straße treten. Sie trug eine dunkelrote Jacke mit hohem Kragen, hielt einen Dederonbeutel fest in der Hand und ging mit kurzen schnellen Schritten davon. Otto folgte ihr mit etwas Abstand. An der nächsten Kreuzung verschwand sie hinter einer Ecke, und er fragte sich kurz, ob er in den Lada hätte steigen sollen. Er lief die nächsten Schritte bis zur Ecke. Von dort sah er, wie sich Frau Schuster an einer Straßenbahnhaltestelle auf die Bank setzte.

Otto folgte ihr aus der Linie 15 heraus in den Bus und dann zu Fuß durch Zwätzen, dem nördlichsten Stadtteil. Er hatte vermutet, dass sie zurück zu ihrer Arbeit fuhr, aber sie waren schon am äußersten Rand der Stadt. Hier standen kleine Einfamilienhäuser auf mit Bäumen gesäumten Grundstücken, und Frau Schuster, die weder aufgeschaut noch sich umgesehen hatte, betrat ein fast fertiges, frei stehendes Haus. Die Außenwände waren verputzt, die Fenster eingesetzt, und vor der Eingangstür stand ein Gartenzwerg.

Otto blickte sich um und verbarg sich halbherzig hinter einem Baum, als die Frau auch schon wieder aus der Tür herauskam. Sie hatte einen Mann im Schlepptau, der ähnlich verhärmt aussah, aber drahtiger wirkte und der offenbar viel Zeit an der frischen Luft verbrachte. Er trug eine Latzhose voller Farbkleckse, hatte einen sorgfältig rasierten Kinnbart und zeigte auf irgendetwas über der Haustür. Dann betraten sie das Haus wieder.

Als die beiden wieder im Haus verschwunden waren, überprüfte Otto, ob er aus einem der umliegenden Häuser beobachtet wurde. Dabei sah er einen Trauerschnäpper, ein Männchen, das auf einem Ast saß, etwas mehr als zehn Meter entfernt. Der Vogel beobachtete seine Umgebung genau. Und ihn sah er weder als Futter noch als Bedrohung. Er saß bewegungslos da und wartete darauf, dass eine ahnungslose Fliege an ihm vorüberflog. Die würde seine Beute werden. Während Otto darüber nachdachte, wo die Trauerschnäpper ihr Winterquartier hatten, kam Frau Schuster aus der Tür. Der Mann folgte ihr, sie umarmte ihn kurz, mehr wie einen Bruder als einen Liebhaber, und schon kam sie ihm wieder entgegen. Sie war kaum fünf Minuten auf dem Grundstück gewesen. Der Beutel war nicht mehr zu sehen.

Es war fast zwei Uhr, als Otto Frau Schuster auf den Haupteingang des Schlachthofs zugehen sah. Für die Spätschicht war es noch zu früh, also musste sie ihre Arbeitszeit dazu genutzt haben, sich von der einen zur anderen Baustelle zu bewegen, was auch immer sie transportiert haben mochte.

Außerdem interessierte ihn, was das nun mit ihrem Mordfall zu tun hatte.

46

Birgit war gerade dabei, die Kinder anzuziehen, als das Telefon klingelte.

«Ja ja», sagte Wolf, als sich Otto gemeldet hatte, «es ist früh, aber mit den Kindern – es sind drei, oder? – seid ihr ja sowieso immer früh dran.» Wolf, der alte Kollege, der Otto im ersten Jahr unter seine Fittiche genommen hatte. «Du hast doch Zeit?», fragte er.

«Klar», sagte Otto und lehnte sich an die Wand. Birgit

scheuchte gerade die Kinder aus der Wohnung und winkte kurz, ohne Augenkontakt, bevor sie die Tür schloss. Früher, dachte Otto, hätte sie ihm einen Kuss zum Abschied gegeben.

«Ich habe das Foto meinem Bruder gegeben. Weißt du, dass er Professor für Geschichte war? Jetzt ist er jedenfalls in einem Alter, in dem er viel Zeit hat, sich um seinen Garten zu kümmern. Ich habe ihn gestern in Bernau besucht, und er hat sich das einmal angesehen. Sitzt du?», fragte Wolf.

«Ja, erzähl.»

«Also … Ganz klar ist, dass das Spangenberg ist. Schloss Spangenberg, da musste er gar nicht überlegen. Der Turm ist ja signifikant. So, das war deine erste Frage. Man kann jetzt auch noch vertiefen, was er auf dem Bild alles erkannt hat. Er sagt, du kannst auch gern mal selbst in Bernau vorbeikommen, aber ich denke, du hast ja in erster Linie einen Fall zu lösen. Wie geht es überhaupt voran?»

«Wir halten uns immer noch mit dem Jungen auf, da hat sich nicht so viel verändert seit gestern. Aber ich glaube nicht, dass er es war. Was hat dein Bruder denn noch gesagt?»

«Ja …» Wolf räusperte sich. «Du willst zur Sache kommen. Was auf jeden Fall interessant ist, sind die Uniformen der Toten. Das sind Offiziere. Britische Offiziere. Die waren in erster Linie da gefangen. Sagt dir der Begriff Oflag etwas?»

Otto musste kurz überlegen. «Offizierslager?»

«Genau. Spangenberg war eines davon. Heute ist das gleich hinter der Grenze zur BRD. Und … du weißt, dass die anders behandelt worden sind als normale Soldaten?»

Als Otto zögerte, sprach Wolf weiter. «Offiziere wurden bevorzugt behandelt. Sie hatten bessere Unterkünfte, besseres Essen und sind … ach, und bevor ich das vergesse, das betrifft natürlich nicht die Offiziere der Roten Armee. Die wurden bei Gefangennahme genauso ermordet wie ihre gemeinen Soldaten, wir reden hier über die Briten, von denen es in Spangenberg viele gab. Und nun, also die Offiziere, die hatten eben einen besonderen Status. Den hatten sie bei der Gefangennahme und ebenso in der Gefangenschaft. Und den hatten sie dann auch wieder bei der erneuten Gefangennahme.»

Otto wartete darauf, dass Wolf erklärte, was er damit meinte.

«Hast du mir zugehört?», fragte er stattdessen.

«Ja, aber ich weiß nicht, worauf du hinauswillst.»

«Was ich gesagt habe, war …»

«Ich weiß, was du gesagt hast, ich weiß nur nicht, was erneute Gefangennahme bedeutet.»

Wolf ließ eine Pause. «Denk mal nach … Wenn sie ausgebrochen sind.»

«Das gab es?»

«Das gab es regelmäßig.»

Der Alte zerrte an seinem Geduldsfaden, und Otto fragte sich kurz, welchen Ursprung dieses komische Wort wohl haben mochte.

«Wenn sie tatsächlich ausgebrochen waren, dann waren sie wieder Offiziere, die als solche zu behandeln waren. Wenn sie keine Russen waren, wie schon gesagt.»

«Also, wenn die Offiziere da auf dem Foto tot sind und wenn die deutschen Soldaten so mit ihnen posieren, dann …»

«Dann haben sie diese respektvolle Behandlung nicht erfahren.»

«Ein Kriegsverbrechen.»

«Hmm …», machte Wolf. «Nein», sagte er dann ganz gedehnt. «Erstens nennen wir das in der DDR nicht so. Und dann wurden ja auch im Krieg nicht alle Übertretungen geahndet. Schon gar nicht solche. Da hat ja im Zweifelsfall niemand von erfahren. Weißt du denn, wer auf dem Foto zu sehen ist? Ich meine die deutschen Soldaten. Die hatten ja ganz ordentlich Freude an dem, was sie da getan haben.»

Otto hatte da eine Ahnung, aber er wollte sie noch nicht preisgeben. «Ich bin mir noch nicht sicher», sagte er.

47 | Julia Frühauf

Die blaue Stelle an Melchiors Schulter war jetzt eher grün und auch ein wenig gelb. Größer als ein 5-Mark-Stück. Ein bisschen sah das aus wie die Miniatur von einem ausgelaufenen Tuschkasten.

Ich betrachtete den Rest seines nackten Körpers, wir lagen Arm in Arm auf dem Sofa im Büro. Warm und weich war er jetzt, nach dem Sex. Melchior hatte die Augen geschlossen, und es war nicht so klar zu erkennen, ob er wach war oder schlief oder sich irgendwo dazwischen befand.

Weitere solcher Flecken konnte ich nicht entdecken. Ich hatte auch keine gesehen, als wir eben miteinander geschlafen hatten. Aber da hatte ich auf andere Sachen geachtet.

Melchior atmete ganz ruhig, und ich überlegte, wie ich ihn dazu kriegen konnte, etwas mehr darüber zu erzählen, wie das mit seinem Vater war und den Prügeln, die er verteilte. So ganz klar war mir das nicht. Melchior war ja groß und stark. Warum sollte er es sich gefallen lassen, dass er von einem anderen Mann verprügelt wurde? Er reagierte immer ganz schön zurückhaltend, wenn ich ihn danach fragte.

Ich überlegte ein bisschen und drückte dann vorsichtig auf die bunte Stelle.

Von Melchior kam ein leises Brummen. Also drückte ich ein wenig fester.

Jetzt machte er ein immer noch leises: «Hng?»

Gut. Dann noch etwas mehr Druck.

Melchior schüttelte sich und machte die Augen auf. «Was?», fragte er und verdrehte die Augen so, dass er meinen Finger auf dem Tuschkasten sehen konnte. «Was machst du da?»

Dann überlegte er ein paar Sekunden. «Das tut weh», sagte er.

«Warum tut dein Vater das?»

Melchior machte die Augen wieder zu. «Wie meinst du das?»

«Ich will einfach wissen, warum er das macht. Warum lässt du ihn?»

«Weil ...» Er öffnete die Augen wieder, sah aber an mir vorbei. «Weil ...» In seinen Augen standen Tränen. Die Umarmung wurde fester, ich fing an, seinen Bauch zu streicheln, und arbeitete mich langsam hoch. Oberhalb der Brustwarzen waren zwei kleine Haarbüschel, die lustig aussahen. Ich drehte einen Finger in einen hinein und zog dann ganz leicht daran.

Jetzt guckte er mich endlich an. Weil er den Kopf dabei wenden musste, liefen zwei Tränen quer über sein Gesicht. Ein Tropfen perlte über die Nase und mir auf die Schulter.

«Also ...», sagte ich. «Wir machen einen Tausch. Ja?»

Er sah mich weiter an. Die Brauen näherten sich einander an. Ein Blick wie ein Fragezeichen.

«Ich erzähle etwas über meinen Vater, und beim nächsten Mal bist du dran.» Ich wusste nicht, dass es kein nächstes Mal geben würde.

Melchior holte tief Luft.

«Versprochen?»

«Versprochen.»

«Also ...», sagte ich noch einmal. «Ich hab das noch nie irgendwem erzählt.»

Melchiors Blick war wieder viel offener. Erleichtert. Erleichtert darüber, dass er jetzt nicht über seinen Vater reden musste.

«Ich hatte mal einen Hund.»

Melchior bewegte den Arm, in dem ich lag, so, dass er eine Hand an meiner Seite hatte. Ich spürte, wie die Finger meine Brust suchten.

«Hab ich dir von dem Hund schon mal erzählt?»

«Nein.» Ganz leises Kopfschütteln. Die Finger tasteten sich langsam vor bis zu meiner Brustwarze. Er wusste nicht, was für eine Geschichte er hören würde.

«Der war uns zugelaufen. Keiner wusste, wo der herkam. Der war irgendwann da, vor dem Haus, und ist nicht mehr weggegangen. Kann sein, dass das daran gelegen hat, dass ich ihm ab und zu was zu fressen gegeben habe.»

Zwei Finger waren jetzt mit der Brustwarze beschäftigt. Melchior drückte ein bisschen herum und schaute, was passieren würde.

«Der war süß. Ein bisschen braun und beige und ein bisschen struppig. Und irgendwann war er halt mehr im Haus als draußen. Da war es dann mein Hund. Ich hab ihn gefüttert und sauber gemacht und bin mit ihm spazieren gegangen.»

«Wann war das?», fragte Melchior. Es hatte einen beiläufigen, fast pflichtbewussten Ton. Im Grunde interessierte er sich mehr für meine Brust als für den Hund. Aus dem Augenwinkel sah ich, dass sich sein Schwanz bewegte, ganz von allein. Melchior hatte keine Ahnung, was jetzt kommen würde.

«Vor zwei Jahren vielleicht. Vater wollte den Hund nicht. Er hat ein paar Tage lang noch weniger beim Abendbrot gesagt als sonst und mich komisch angesehen. Und am dritten oder vierten Tag hat er gesagt, dass der Hund nicht bei uns bleiben kann. Vater ist immer streng und redet jeden Tag über Dinge, die nicht gehen und die man nicht tun soll. Aber er hat auch viel zu tun, und wir sind vier Kinder. Und er weiß, dass er uns nicht alle kontrollieren kann.»

Melchiors Schwanz stand jetzt wieder. Seine Hand lag auf meiner Brust, die Handfläche rieb langsam und sanft die Brustwarze.

«Ich dachte, dass er einfach vergessen hat, dass er das gesagt hat. Oder dass er den Hund einfach akzeptiert hat. Aber dann bin ich nachts einmal wach geworden, weil ich den Hund gehört habe. Das war so ein Jaulen, ganz hoch, vor Schmerz. Vielleicht war ich auch sowieso wach oder habe irgendetwas geahnt. Genau weiß ich es nicht mehr. Ich bin zum Fenster gegangen und habe Vater draußen gesehen. Er hatte eine große Schaufel in der Hand und hat sie dem Hund auf den Kopf gehauen. Der Hund lag schon am Boden. Und nach den beiden Schlägen, die ich gesehen habe, hat sich der Hund nicht mehr bewegt.»

Ich sah dem Schwanz dabei zu, wie er sich zur Seite legte und schrumpfte. Melchiors Hand bewegte sich nicht mehr auf meiner Brust.

«Am Morgen haben zuerst Maria und dann auch Peter gefragt, wo der Hund ist. Beim Abendbrot hat Vater dann gesagt, dass er wahrscheinlich weggelaufen ist.»

Ich umarmte Melchior ganz fest. Und er mich. «Nach dem letzten Schlag, in der Nacht, hat sich Vater umgedreht», sagte ich ihm noch leise ins Ohr, «und zu meinem Fenster hochgesehen. Ich hab mich ganz schnell zur Seite bewegt, damit er mich nicht bemerkt.»

Das war schon eine urst harte Geschichte. Ich hätte nicht gedacht, dass Melchior die noch überbieten konnte. Aber nach einer Pause erzählte er mir etwas über seine Schwester, die schon tot war. Kurz vor dem Unfall, bei dem die Schwester gestorben war, hatte sie Melchior erzählt, dass sie Angst hatte und nicht mehr vom Vater angefasst werden wollte.

Und damit hatte er dann doch etwas über den Vater gesagt. Ganz schön viel eigentlich.

48 | Otto Castorp

«Wenn es mit dieser Baustelle zu tun hat, dann heißt das noch lange nicht, dass er das nicht gewesen ist mit dem jungen Nikoleit.» Rolf betonte das zweite «nicht» so laut, dass das Wort im dunklen Flur hallte.

Alle Mitglieder der Morduntersuchungskommission standen vor der Tür des Vernehmungszimmers, in das Thomas Schuster gesperrt worden war. Rolf hatte die Hand zur Klinke ausgestreckt und wartete auf ein Zeichen von Heinz. Der hob beide Hände, sah Rolf an. *Mäßige dich*, bedeutete das, dann sagte er leise: «Es ist nicht ausgeschlossen, nein, aber du weißt wie wir alle, dass wir hier eigentlich auf einen anderen Fall gucken. Ich will, dass ihr das so schnell wie möglich abklärt.» Er beendete seinen Satz und hielt die Handflächen erneut offen vor sich. *Wartet, lasst mich weiterreden.*

Otto lehnte an der Wand neben der Tür und dachte an das Foto. Sie würden Schuster vernehmen und ihn dann nach Hause schicken. Günter beugte sich nach vorn, um nah an dem viel kleineren Heinz zu sein. Konnie hielt sich abseits. Nach drei Jahren in der MUK immer noch der Neuling.

«Rolf, Otto, ihr beiden vernehmt den Jungen jetzt, ich bin dabei. Fasst ihn hart an, wir haben keine Zeit zu verschwenden. Dass er sich auf Baustellen auskennt, lässt doch so viele

Optionen nicht offen. Und wenn er nicht mit der Sprache herausrückt, dann sehen wir uns die Wohnung der Schusters an und dieses Haus, das sie da bauen. Da werden wir schon fündig. Wir behalten uns natürlich vor, diese Unterschlagung von gesellschaftlichem Eigentum entsprechend weiterzureichen.» Er räusperte sich, als hätte er genau darauf eigentlich wenig Lust.

Im Vernehmungsraum hatte Heinz kaum die Tür hinter sich geschlossen, als Rolf schon anfing. «Deine Mutter …», sagte er laut und machte eine Pause. Thomas Schuster, dessen Stoppeln auf dem Kopf schnell gewachsen waren, drehte sich kurz um und betrachtete Heinz, der mit ausdruckslosem Gesicht an der Tür stehen geblieben war. Rolf setzte sich dem Jungen gegenüber, Otto stellte sich neben ihn.

«Deine Mutter», wiederholte Rolf, «die haben wir gestern dabei gesehen, wie sie von einer Baustelle, wo jemand aus deiner Schule arbeitet, dem Neubau der Kaufhalle, nach Zwätzen gefahren ist.» Sie hatten schnell herausgefunden, dass das Haus Frau Schuster gehörte. «Zuerst mit der Bahn, dann mit dem Bus. Und dort hat dann dein Onkel auf sie gewartet.»

Otto war froh, dass Rolf so viel Freude am Vernehmen hatte. So konnte er ihm diesen Teil überlassen. Natürlich musste er nach allem, was sie herausgefunden hatten, grimmig dreinblicken, das konnte er auch. «Und wenn du nicht umgehend redest», hörte er Rolf, «dann werden deine Mutter und dein Onkel in einer Stunde in den beiden Vernehmungsräumen rechts und links sitzen.» Rolf richtete sich auf dem Stuhl auf und zeigte in beide Richtungen. Ein Arm kreuzte dabei Ottos Oberkörper.

Thomas Schuster rutschte auf seinem Stuhl nun ganz nach vorn. Otto wusste mehr oder weniger, was er sagen würde. Der Fall war damit wieder offen. Morgen früh spätestens musste er das Foto anbringen und auch eine entsprechende Erklärung, warum er es zurückgehalten hatte.

Schuster räusperte sich und fing an zu reden: «Ich wusste nicht, dass das der ABV war, aber der hat mich so beobachtet.

Wir brauchten das T-Stück für die Wasserleitung im Haus, es ist so schwer zu kriegen.

Und in der Schule habe ich mit einem Freund darüber geredet.

Er hat mir gesagt, wo ich das auf der Baustelle finde, wo er arbeitet.

Wegen dem ABV bin ich dann nicht da rein.

Und dann muss meine Mutter zu dem gegangen sein.

Zu meinem Freund.

Die wusste das ja.»

Heinz murmelte etwas von Konsequenzen für Schuster und die Mutter und den Freund.

«Vor zwölf Jahren», sagte Schuster gerade.

Otto hatte die Frage nicht verstanden. «Vor zwölf Jahren?», fragte er.

Schuster nickte. «Papa hat damals angefangen, das Haus zu bauen. Ich war noch klein, aber ich erinnere mich gut daran. Als er gestorben ist, war es erst halb fertig.»

Heinz verließ den Vernehmungsraum kommentarlos. Für ihn war der Junge nicht mehr interessant.

49

Der Platz auf der Bank fühlte sich noch warm an, als Otto sich setzte. Ein Jenaer Kollege hatte im *Roten Hirschen* angerufen und sie angekündigt. Da es noch früh am Abend war, saßen an allen Tischen noch Leute und aßen zu Abend. Ihrer war gerade noch rechtzeitig vor ihrem Eintreffen freigemacht worden. Es hatte eben seine Vorteile, wenn man bei der Volkspolizei arbeitete. An der Schlange vor dem Eingang waren sie vorbeigegangen, ohne von den Wartenden ein Murren zu hören. Es hätte ohnehin nichts genutzt.

Rolf sah kurz in die Karte und bestellte Steak au four, fünfmal. Es ging nicht ums Essen heute Abend. «Nur eine Soljanka für mich», sagte Heinz.

Der Leiter der Morduntersuchungskommission war in den letzten Monaten dünner geworden. Und kleiner, dachte Otto. Er war sowieso der Kleinste von ihnen, aber er hatte schon früh angefangen zu schrumpfen. Kein Wunder, wenn er nicht essen wollte.

«Ich vertrag gerade nicht so viel», sagte Heinz noch. Das konnte sich nur auf das Essen beziehen, denn wenn es um die Getränke ging, war er nicht so zurückhaltend.

Rolf bestellte jetzt die flüssige Nahrung. Er zählte mit dem Zeigefinger ab und bestellte fünf Pils. Dann noch zwei Flaschen Cabernet, eine Flasche Wilthener Goldkrone und Wodka. Heinz bekam zusätzlich noch ein Weinglas, das mit Kreuz des Südens gefüllt war. In dem Aprikosenlikör sei weniger Alkohol drin als in Wodka, hatte er einmal gesagt. Und auch, dass der Arzt ihm empfohlen hatte, es nicht zu übertreiben mit dem Trinken.

Die Biere waren schnell geleert. Otto verteilte den Cabernet in die Gläser von Rolf und Konnie, bevor er sich selbst einschenkte. Günter hatte da schon den Weinbrand in seinem Weinglas. Heinz hatte den Likör ausgetrunken und goss Wodka in sein Weinglas. Erst als es voll war, hob der Chef das Glas. «Männer», sagte er und guckte dabei ein Loch in die Luft, «gute Arbeit bisher. Leider sind wir noch nicht belohnt worden.»

Der Kellner kam mit der Soljanka und dem ersten Steak und stellte beides auf den Tisch.

«Lasst uns erst essen, dann wird geredet», fuhr Heinz fort. «Prost.» Dann ließ er den Wodka langsam in sich hineinlaufen.

Otto hatte den Rotwein geleert, als sein Steak kam. Er goss sich Wein nach und überlegte, wie er die Sache mit dem Foto lösen konnte. Seit dem Abend zuvor hatte er noch kein Wort darüber verloren. Ganz langsam trank er sein Glas aus. Und war froh, dass Rolf mit vollem Mund anfing, über den Fall zu reden.

«Für mich ist der Nikoleit nicht aus dem Schneider», sagte er. Heinz hatte seine Soljanka schon ausgelöffelt, schaute aber missmutig, weil die anderen noch nicht zu Ende gegessen hatten. Rolf ließ sich aber nicht beirren. Er legte das Besteck zur Seite. «Mir ist egal, was ihr sagt, aber ich habe den einfach noch nicht aufgegeben. Es ist mehr als ein Gefühl. Ich weiß, dass da was ist. Vielleicht sollten wir diesen Angestellten, diesen …» Heinz schloss die Augen.

«Rudow», sagte Günter leise.

«… ja ja, diesen Rudow noch einmal …»

Otto fing erst an, sein Steak anzuschneiden, als alle außer Rolf ihre Teller zur Seite schoben.

«Das macht dann aber bitte jemand anders. Heinz und ich haben unser Pulver bei dem verschossen», sagte Günter und spülte den letzten Bissen gründlich mit Weinbrand nach. «Aber wir dürfen nicht aus den Augen verlieren, dass wir bislang nichts gegen den Nikoleit in der Hand haben. Wir untersuchen immer noch den Mord und nicht Nikoleits Gesinnung.»

Rolf verdrehte die Augen, Konnie gab ein leises «hmhm» von sich. Otto spürte, dass Heinz ihn ansah, und erwiderte den Blick. «Wenn wir diesen Schuster jetzt also –», sagte der Leiter.

«Was passiert denn wegen dem Diebstahl?», redete Konnie in Heinz' Worte hinein.

«Ich habe noch nicht entschieden, ob ich das weitergebe.» Heinz schloss die Augen kurz und atmete durch. «Abwarten. Der ist erst einmal wieder draußen. Und der Nikoleit, ich stimme dir ja zu, Rolf, der sollte sich nicht zu sicher fühlen. Ich persönlich würde mich ja noch einmal bei diesen Punkern umsehen. Otto, dein Bruder, hat der noch irgendetwas beizutragen gehabt?»

Otto schob sich schnell das letzte Stück Steak in den Mund und zerkaute es langsam. Er griff dann ins Jackett und holte das Foto heraus. Er legte es so auf den Tisch, dass Heinz und Günter es sehen konnten.

Günter holte seine neue Lesebrille hervor und beugte sich nach vorn. Heinz betrachtete das Foto aus der Distanz mit dem Weinglas in der einen Hand, das er wieder mit Wodka aufgefüllt hatte, und der Zigarette in der anderen. Alle am Tisch rauchten jetzt. Günter zeigte mit dem Finger auf das Foto, sagte aber nichts. Rolf nahm das Foto in die Hand, als die Teller abgeräumt wurden, und betrachtete es aus der Nähe. Dann reichte er es an Konnie weiter.

Als der es wieder auf den Tisch legte, fragte Rolf: «Und?»

Günter zeigte erneut mit dem Finger auf das Foto. «Das ist der Marder», sagte er. «Und ...» Er trank einen Schluck vom Weinbrand und drückte die Zigarette im Aschenbecher aus. «Und das ist Spangenberg.»

Otto war beeindruckt.

«Glotz nicht so.» Günter hatte schon wieder eine neue Zigarette zwischen den Fingern. «Ich könnte mich jetzt auf meine antifaschistische Bildung berufen.»

«Und was hat das mit unseren Ermittlungen zu tun?», fragte Heinz.

«Dieses Foto ist Erich Marder gestohlen worden», sagte Otto.

Für eine Sekunde zog niemand am Tisch an seiner Zigarette. «Wer hat es gestohlen?», fragte Rolf dann.

Otto sagte der Runde, was er von Julia Frühauf gehört hatte.

50 | Julia Frühauf

«Das ist das letzte Lied», brüllte Melchior mir ins Ohr. Er hatte die Band schon einmal gesehen. Sie hatten eine Schlagzeugerin, die den Rhythmus nicht halten konnte, einen Sänger, der betrunken am Mikrofon vorbeischrie, einen Bassisten, der Mühe hatte, die Saiten zu finden, und einen Gitarristen, der mitleidig auf die anderen blickte, während er locker sein Pensum abspulte. Gerade rülpste der Sänger mehr oder weniger ins Mikrofon. Melchior lachte darüber. Ein paar andere auch.

Smegma hieß die Band. Ich hatte nachfragen müssen, was das Wort bedeutet. In der Schule hatten wir das nicht gehabt. Die Scheune, in der *Smegma*, die aus Weimar waren, gerade spielte, war berstend voll, und Melchior und ich standen ganz am Rand, nahe einer der Türen. Die Scheune gehörte zum Kirchengelände in Neuroda, das irgendwo in der Nähe von Arnstadt lag. Und es war ganz schön kompliziert gewesen, hier überhaupt hinzukommen.

Alle, die ein Auto hatten, waren den ganzen Nachmittag damit beschäftigt gewesen, Leute vom Arnstädter Bahnhof hierhin zu bringen. Melchior und ich hatten mit zwei anderen auf der Rückbank eines alten Skodas gesessen. Punks aus ganz Thüringen waren auf dem Bahnhof angekommen, aus Leipzig waren auch etliche dabei. Es sollten nie zu viele von den Punks am Bahnhof warten und rumstehen, hatte irgendwer gesagt.

Erstens wäre das für die Polizei zu interessant. Und zweitens wusste man ja auch nie, was die Punks taten, wenn sie irgendwo warteten und immer mehr wurden. Benehmen würden sie sich erst, wenn sie auf dem Kirchengelände waren. So viel war klar. Nicht, dass die Polizei und sicher auch noch andere nicht von dem Konzert wussten. Aber in einem gewissen Rahmen ließen sie einen ja manchmal machen. Und es waren ja auch nicht nur Punks gekommen, sondern irgendwie alle. Direkt neben Melchior standen zwei alte Blueser mit Bart und Fleischerhemd.

Das Stück war zu Ende. Der Sänger drehte sich um, während der Gitarrist noch einmal auf der Gitarre rieb. Die Schlagzeugerin war schon aufgestanden und betrachtete ratlos den Bassisten. So schlecht wie die waren nicht einmal wir.

Ein kleiner Dicker mit sehr kurzen Haaren und ganz kleiner runder Nickelbrille kam auf die Bühne und sah sich um. Das musste dieser Walter Kaspari sein, ein neuer Pfarrer, auf den einige in Jena große Stücke hielten. Er hatte diese Gemeinde im Wipfratal gerade erst übernommen und veranstaltete schon so ein Spektakel. Das war wirklich ein Zeichen. Ich glaube, das war gerade mal sein zweiter Monat hier. Er suchte irgendetwas oder irgendwen von der Bühne aus. Die Leute zerstreuten sich, um das Bier aus ihren Rucksäcken zu holen. Melchior zog die Wodkaflasche aus der Jacke und reichte sie mir. Ich trank einen kleinen Schluck, er gleich einen ganz großen. Dann küssten wir uns lange. Und richtig, mit Zunge. Das hatten wir in der Öffentlichkeit noch nie gemacht.

Walter Kaspari winkte jetzt von der Bühne aus, und ein paar Sekunden später stellte sich Robert Tilgner neben ihn. Er klopfte mit dem Zeigefinger zweimal auf das Mikrofon und fuhr zusammen, als er das laute Pochen aus den Boxen hinter ihm hörte. Dann räusperte er sich und guckte in die halb leere Scheune. Er räusperte sich noch einmal und holte tief Luft: «Können wir mal …»

Die ersten Leute kamen von draußen wieder herein. Es dauerte nicht lange, und die Scheune war beinah so voll wie eben, als *Smegma* gespielt hatte.

«Ja», sagte Robert, «ist ja wirklich toll hier.» Ein paar Leute johlten.

Ich suchte Melchiors Hand und drückte sie.

«Wir wollten heute über ein paar Dinge reden», sagte Robert. «Den Walter, den Walter Kaspari habt ihr ja schon gesehen, der hat das hier auf die Beine gestellt …» Walter klopfte ihm unsicher auf die Schulter, dann legte er kurz einen Arm um ihn. Anschließend verließ er die Bühne.

«… und vielleicht treffen wir uns ja noch häufiger hier», sagte Robert weiter. «Diese Dinge», er nahm das Mikrofon aus dem Ständer, «sind ja die, dass es gerade nicht so einfach ist. Es sind ganz schön viele Leute weggegangen, enge Freunde, Bekannte, wir alle kennen welche, die uns jetzt fehlen. Und dann gibt es gerade sehr viel Aufmerksamkeit vonseiten der …» Robert lächelte gequält, «vonseiten der Behörden für fast alles, was wir und ihr so tun. Das ist nicht die Musik direkt, aber die natürlich auch. Und wenn ich mich hier so umsehe, dann sind einige dabei, die in den letzten Wochen schon mal in einem Polizeiauto gesessen haben. Ihr wisst, was ich meine.»

Es war ganz ruhig geworden. Alle wollten hören, was Robert zu erzählen hatte. Schräg vor uns stand ein kleiner Typ mit einem steilen roten Iro, der kaum zu atmen schien. Die beiden Blueser nickten, als wüssten sie, was Robert gleich sagen würde. Vielleicht sollte das Nicken auch bedeuten, dass sie das und schon vieles andere gesehen hatten.

«Wir wollten über die Freiheit reden», sagte Robert. «Und nicht über das Gegenteil von Freiheit.» Melchior beugte sich zu mir und küsste mich ganz sanft auf die Wange, während er zur Bühne schaute. Robert sprach über irgendetwas aus dem Evangelium und den Zusammenhang mit Freiheit. Und kam dann zu dem, worum es ihm ging.

«Zu der Freiheit, die jeder hat, gehört ja auch», sagte er und wurde dabei mit jeder Silbe langsamer, «sich mitzuteilen. Wir leben nicht isoliert. Guckt euch um.» Robert machte eine Pause. «Ich meine das ernst. Guckt euch mal um. Wir leben nicht allein und isoliert. Wir leben zusammen. Wir treffen uns hier, weil wir …»

«Wegen dem Punk!», rief einer von irgendwoher. Ein paar Leute lachten. Robert ebenfalls. «Klar», sagte er, «auch wegen dem Punk. Aber auch das machen wir ja nicht allein für uns. Und die Freiheit, die wir haben, die meint auch, sich mitzuteilen, ganz gleich, was uns geschieht.»

Jetzt kapierte ich, worüber er redete. Über Melchior.

«Es gibt immer wieder Situationen im Leben, in denen von uns erwartet wird, dass wir genau das Gegenteil tun. Uns nicht unseren Freunden gegenüber zu öffnen. Das ist zum Beispiel …», Robert machte eine Pause, «oder gerade dann der Fall, wenn jemand vom Ministerium für Staatssicherheit angesprochen wird.»

Ich konnte spüren, wie Melchiors Hand feucht wurde. Ich drückte sie, und er erwiderte den Druck mit ein wenig Verzögerung.

Robert machte erneut eine Pause. Niemand sagte einen Ton. Niemand bewegte sich auch nur.

«Das ist …», Robert ließ seinen Blick über die Leute in der Scheune gleiten, «das ist für jeden Einzelnen eine sehr große Herausforderung. Da kommen Dinge ins Spiel wie die Frage: Warum setzen die ausgerechnet mich unter Druck? Da machen sich viele Vorwürfe. *Was habe ich falsch gemacht?* Ich könnte jetzt eine Stelle aus dem Lukasevangelium zitieren, aber ich weiß, dass euch das gerade nicht so sehr interessiert.»

Einer von den Bluesern vor uns lachte kurz. Andere machten es ihm nach.

Reden konnte Robert. Das musste man ihm lassen. Er stellte das Lächeln wieder ein, das gerade noch auf seinem Mund zu sehen gewesen war. «Das ist so etwas wie die ultimative Isolierung, vom Ministerium für Staatssicherheit angesprochen zu werden. Deren Strategien sind da sehr unterschiedlich – was ich so höre. Mal machen sie den guten Freund, mal nur Druck, mal argumentieren sie politisch, hallo, wir sind doch eigentlich auf derselben Seite, und mal auch ganz klar: Wenn du deine Leute nicht auslieferst, dann gehst du ins Gefängnis. So viel haben wir gegen dich in der Hand.» Robert holte tief Luft und räusperte sich. «Ach, kann mir einer ein Bier bringen?»

Von hinten kam Britta sofort mit einer offenen Flasche angelaufen. Ich konnte nicht erkennen, ob das ihre eigene war. Robert nahm sie und trank einen kleinen Schluck. «Viele von euch wissen, dass ich immer dafür eingetreten bin zu teilen. Das bedeutet nicht nur, das Brot zu teilen beim Abendmahl – jetzt gibt es doch noch ein religiöses Bild, aber ich verspreche euch, es ist das letzte für heute –, sondern auch eure Sorgen und eure Freuden. Vor allem eure Sorgen. Und das …», jetzt nahm er einen ordentlichen Schluck aus der Flasche, «das gilt für alle Lebenssituationen. Natürlich auch, wenn es einmal ganz besonders schwierig kommt. Es gibt einfach gar keine Situation, in der man sich nicht mitteilen kann.»

Ganz in der Nähe bremste ein Auto. Zwei Türen wurden zugeschlagen. Dann war nichts mehr zu hören. Aber die Spannung in der Scheune war greifbar. Eine Tür ganz in der Nähe ging auf, und Schubi aus Saalfeld kam herein mit seiner neuen Freundin, deren Namen ich nicht kannte.

Ich konnte Melchior ausatmen hören. So wie die Spannung gerade noch fühlbar gewesen war, so war die Erleichterung geradezu sichtbar in allen Körpern. Alle wanden sich kurz, traten von einem Bein aufs andere, ein Punk vor mir drehte sich kurz um und lachte.

Robert betrachtete seine Flasche, nahm einen Schluck und suchte nach Worten. «Aber ich will das alles nicht kleinreden. Wir brauchen eine starke Gemeinschaft, eine wirklich starke, wenn wir Leute ermutigen wollen, sich zu offenbaren, nachdem sie angesprochen wurden oder sich gar verpflichtet haben. Denn das ist keine Kleinigkeit. Wenn es ihnen darum geht, die Einzelnen zu isolieren, dann wollen wir das genaue Gegenteil davon. Wir wollen die Einzelnen zurückholen in unsere Mitte. Wir wollen ihnen sagen und zeigen, dass sie eben nicht allein sind. Komme, was wolle.» Robert war dabei, sich in eine Art Rhythmus zu reden. Ein Fuß tappte leise mit den Silben mit, die er aussprach. «Und ich will euch eben ausdrücklich ermutigen, das zu tun. Sucht euch jemanden. Sucht euch noch jemanden. Erzählt davon, was ihr erlebt habt, als sie auf euch zugekommen sind. Wie ist das passiert? Wann und wo? Wie habt ihr euch dabei gefühlt? Denn ihr dürft nie vergessen, dass der Geist wichtiger ist als die Macht.»

Robert machte wieder eine Pause. Der Fuß tappte weiter. «Wir haben kein schärferes Schwert als unsere Gemeinschaft. Und wenn jemand angesprochen wurde oder wenn sich jemand tatsächlich schon verpflichtet hat, dann ist es doch so, dass alles, was sie sich vorgenommen haben im Ministerium für Staatssicherheit, dadurch konterkariert wird, dass ihr eben nicht mit Rückzug reagiert. Dass ihr euch öffnet. Wenn sie das mitkriegen … Wenn sie mitkriegen, dass ihr euch nicht geschlagen gebt, dass ihr euch nicht vereinzeln lasst, dann wissen sie, dass sie nicht gewonnen haben. Einer, den sie verpflichtet haben, um den andere aber wissen, hat für die keinen Wert.»

Robert sagte nicht, dass die vom MfS dann verloren hatten. Aber das meinte er eigentlich. Ich verstand in dem Moment, warum er das eine sagte und das andere nicht. Er wusste, dass sie von der Rede erfahren würden. Und er wusste auch, dass es klug war, sie nicht mehr zu reizen als nötig.

«Eines noch, ja?» Robert trank die Flasche leer. «Auch wenn wir es schaffen, eine starke Gemeinschaft zu sein, eine starke Gemeinschaft für alle, dann müssen wir doch alle wissen, dass das kein leichter Weg ist. Nicht für den Einzelnen, der sich öffnet, entgegen ihren Forderungen und Erwartungen. Auch für uns alle nicht. Der Einzelne wird vielleicht mit dem Zorn der Institution konfrontiert. Sie werden nicht aufhören, an uns zu denken. Und wir alle … Wir alle werden als Gruppe vielleicht merken, dass sie ihre Mittel haben und sich nicht scheuen, sie gegen uns einzusetzen. Die letzte Ausreisewelle liegt ja noch nicht lange zurück. Dagegen hilft nur … Ihr wisst, was ich sagen werde: Dagegen hilft nur Zusammensein und Gemeinschaft.»

Robert wartete ein paar Augenblicke lang. Dann wies er hinter sich auf die Bühne. «Jetzt wollen wir uns aber auch noch Wutanfall anhören, die extra aus Leipzig gekommen sind, um hier zu spielen.»

51 | Otto Castorp

«Du hättest sofort zu uns kommen sollen.» Heinz starrte geradeaus, als er redete. Sie saßen im Wartburg der Morduntersuchungskommission und standen am selben Platz, an dem Otto zwei Tage vorher auf Julia Frühauf gewartet hatte. «Wir tragen die Dinge zusammen und entscheiden dann, ob sie relevant sind für den Fall. So soll es sein und nicht anders.»

Sie warteten auf die junge Frau, die gleich auf dem Weg zur Schule sein sollte. Und Otto hatte geahnt, dass Heinz ihm eine Standpauke halten würde.

«Aber ich wusste doch nicht einmal, ob es überhaupt mit dem Fall zu tun hat.» Heinz hatte recht. So arbeiteten sie. Aber seine Ausrede war stichhaltig. «Und wir waren mit einer Spur beschäftigt, die uns in Bewegung gehalten hat.»

«Ach», sagte Heinz und blickte immer noch geradeaus. Es war schon nach sechs Uhr, und Julia Frühaufs Schulweg war kaum in weniger als einer Stunde zu bewältigen. Wenn sie also um sieben Uhr im Klassenraum sein wollte, dann war sie spät dran. Es sei denn, sie wurde mit dem Auto gefahren. Da kamen die beiden kleineren Geschwister um die Ecke. Sie rannten fast, waren in Eile.

«Ach», sagte Heinz noch einmal. «Wer weiß denn von dem Foto?» Noch abends mit dem Wodka in der Hand, oder vielleicht auch ein weiteres Glas von dem Aprikosenlikör, hatte er gesagt, dass er Erich Marder nicht mit dem Foto konfrontieren wolle, ohne noch einmal von Julia Frühauf gehört zu haben, wie es in ihren Besitz gelangt sei.

«Von seiner Existenz?», fragte Otto. «Oder davon, dass wir es haben?»

«Nun spreiz dich doch nicht so.» Heinz wurde lauter, dabei sprang seine ohnehin hohe Stimme eine ganze Oktave höher. «Rede mit mir. Ich bin dein Leiter in der MUK. Sag mir schon, was du weißt.» Jetzt drehte er den Kopf. Otto sah die Augen des Hauptmanns und fand die Schärfe, die in der Stimme gelegen hatte, dort wieder.

«Wir natürlich», sagte er. «Dann Julia Frühauf, und wenn ihre Geschichte stimmt, dann Melchior, der das nicht mehr bezeugen kann, und der Sohn vom Marder. Und der Marder selbst natürlich. Wenn die Geschichte stimmt.»

«Wem hast du noch von dem Foto erzählt?»

«Wolf.»

«Wolf? Wolfgang Haarmann?»

«Wir haben den Kontakt gehalten.»

«Und was hat er gesagt?»

«Er hat jemanden gefragt, seinen Bruder, der ist emeritierter …»

«Ich kenne die Familie Haarmann. Also weiß der auch davon.»

«Der Bruder hat nur bestätigt, dass das Foto in Spangenberg gemacht worden sein muss. Und er hat erklärt, dass die beiden Toten britische Offiziere waren. Da waren überwiegend britische Offiziere.»

«Mehr nicht?»

«Nein.» Otto fiel beim Reden ein, dass das nicht der Wahrheit entsprach. «Doch», sagte er dann, «der Bruder hat erwähnt, dass die Offiziere eigentlich nicht erschossen werden durften.»

«Weil sie Offiziere waren?»

«Ja, und vielleicht auch noch, weil sie wahrscheinlich unbewaffnet waren. Sie waren ja gerade erst aus dem Offizierslager geflohen.»

«Die kommt nicht mehr», sagte Heinz noch in Ottos letzte Worte hinein. Er startete den Wartburg und hielt keine Minute später vor dem Pfarrhaus. Der Mann, der öffnete, trug eine graue Anzughose, die er nicht in der DDR gekauft hatte, und ein weißes Hemd. «Die Polizei», sagte er, drehte sich um und ging ins Haus.

Otto roch Rasierschaum und Kernseife, als sie hinter dem Pfarrer in die Küche gingen. Am Tisch legte der Mann die Ellbogen auf und atmete tief ein. Die Manschetten waren viel zu weit für die dünnen Arme, kleine Haarbüschel standen auf den Händen. Unter den Augen hatte der Mann tiefe dunkle Ringe und am Kinn einen blutigen Schnitt von der Rasur.

«Ihre Tochter Julia», sagte Heinz.

«Die ist heute nicht zur Schule gegangen.» Pfarrer Frühauf lehnte sich zurück, er hatte jetzt die Andeutung eines Lächelns auf den Lippen. «Ihr Monatsleiden.» Einen Mundwinkel zog er kurz hoch.

Bevor Otto oder Heinz etwas erwiderten, erhob sich Pfarrer Frühauf und verließ das Zimmer. Sie konnten Schritte im Obergeschoss hören, und kurz darauf kam der Mann mit Julia in die Küche. Er zeigte ihr einen Platz am Küchentisch, wartete, bis sie sich hingesetzt hatte, und nahm den Stuhl neben ihr ein.

Julia sah blass und verschlafen aus. Sie hatte Falten auf der Wange, mit der sie auf einem Kissen gelegen haben musste. Sie holte tief Luft und sah über den Tisch. Otto wandte sich Heinz zu, dem anzusehen war, dass ihm die Situation nicht gefiel. Julia war minderjährig, und der Pfarrer hatte das Recht, bei der Befragung, sei sie auch noch so informell, dabei zu sein. Aber sie hatten Julia nicht ohne Grund auf dem Schulweg aufgelauert.

Otto sah, dass Heinz seinen Ärger hinunterschluckte. «Julia, ich bin Hauptmann Thiel von der Morduntersuchungskommission in Gera. Wir ermitteln im Fall Melchior Nikoleit. Das weißt du ja. Darf ich du sagen?»

«Natürlich», sagte der Pfarrer.

Julia reagierte nicht.

«Wir sind hier nicht in einer Vernehmung. Wir wollen nur ein paar Dinge wissen. Ja? Du hast meinem Kollegen Otto Castorp vor kurzem ein Foto übergeben.» Heinz machte eine Pause. Julia nickte. Heinz hätte sagen können, dass Julia das Foto zwei Tage vorher spät in der Nacht geholt und zu Otto ins Auto gebracht hatte, aber er tat es nicht. Er ließ Julia die Möglichkeit, dem Pfarrer eine andere Geschichte zu erzählen, wenn ihr das wichtig war.

«Ein Foto …», sagte der Pfarrer langsam und blickte dann die beiden Polizisten an. Otto zeigte auf Heinz und Julia und legte den anderen Zeigefinger kurz auf die Lippen.

«Kannst du mir sagen, was du über das Foto weißt?»

Julia drehte sich kurz ihrem Vater zu und sagte dann: «Nicht viel.»

«Dann erzähl uns das wenige, das du uns sagen kannst. Vielleicht hilft uns das schon.»

«Da ist Bibers Vater drauf zu sehen.»

«Das ist Major Marder», sagte Heinz und fuhr fort, ohne auf Julias Bestätigung zu warten. «Woher weißt du das?»

«Das hat Melchior gesagt.»

«Kennst du Major Marder?»

«Persönlich?»

«Persönlich.»

«Nein.»

«Also hast du ihn darauf nicht erkannt.»

«Nein.»

«Und was hat Melchior gesagt?»

«Dass der eine von den vier Männern der Vater von Biber ist.»

«Woher meinte Melchior das denn zu wissen?»

«Von Biber.»

«Hatte er denn das Foto von diesem Biber, also von Frank Marder?»

Jetzt zögerte Julia. Ihr Kopf bewegte sich keinen Zentimeter, aber die Augen drehten sich zum Pfarrer. «Ja», sagte sie kurz.

«Na, und Biber. Wo hatte der das Foto her?»

Der Pfarrer beugte sich nach vorn, um Julia besser beobachten zu können, aber sie drehte ihr Gesicht gerade so weit ab, dass es ihm nicht gelingen konnte. «Er hat es irgendwoher», sagte sie, «wo sein Vater es versteckt hatte.»

«Er hat es gestohlen?» Der Pfarrer verzog das Gesicht.

Heinz beachtete ihn nicht.

«Das hat Melchior gesagt, dass Frank Marder es entwendet hat?»

«Ich weiß es nicht mehr so genau. Ich glaube, er hat gesagt, dass es irgendwo gelegen hat, wo der Vater von Biber es weggeschlossen hatte.»

«Und dann?»

«Biber hat es Melchior gegeben. Und Melchior mir.»

«Warum?»

«Ich weiß nicht.»

52

«Ich weiß, dass du das anders gelöst hättest.» Heinz hatte ein ausdrucksloses Gesicht aufgesetzt. Sie warteten an der Pforte der Kaserne in der Nähe von Rudolstadt darauf, durchgelassen zu werden. «Ich bin den großen Dienstweg gegangen und habe nachgefragt, ob wir uns hier mit dem Major treffen können. Zustimmung von allen Seiten. Alle haben ein Interesse daran, dass dieser Fall aufgeklärt wird.»

Otto zuckte mit den Schultern. «Du bist der Leiter. Ich lerne von dir.»

«Schön, das zu wissen, das erneut zu hören, Genosse Oberleutnant. Manchmal zweifle ich daran, dass du für kluge Ratschläge erreichbar bist.»

«Warum?»

«Warum du nicht erreichbar bist?»

«Warum du daran zweifelst.»

Heinz senkte kurz den Blick. «Ich missbillige die Art, wie du mit dem Foto umgegangen bist. Und das weißt du.»

«Ich musste überprüfen, ob es einen Bezug zu unserem Fall gibt.»

Der junge Obergefreite im Pförtnerhäuschen winkte ihnen zu und zeigte auf den Telefonhörer in seiner Hand. Er war auf der Suche nach Erich Marder. «Wir hätten das gemeinsam entscheiden sollen.»

«Im Zweifelsfall hättest du es entscheiden wollen.»

«Richtig. Dafür bin ich der Leiter der Morduntersuchungskommission.»

«Und hättest du anders entschieden?»

«Anders als … Was?»

«Hättest du das Foto zu den Akten gelegt, anstatt zu überprüfen, was darauf zu sehen ist?»

«Nein. Das fragst du dich auch nicht ernsthaft.»

Heinz hatte recht. Otto zweifelte weder am Verstand seines Leiters noch daran, dass er alles dafür tat, den Mord an Melchior Nikoleit aufzuklären.

«Oder?», fragte Heinz.

Der Uniformierte hob den Finger. «Also», sagte er. «Fahren Sie geradeaus, bis zum Gebäude K14, da nach rechts. Der Parkplatz dann gleich links. Jemand erwartet Sie dort.»

Die Frau war in Zivil und stand in der Tür zu einem Nebeneingang, der zu einer Hintertreppe führte, über die sie wiederum einen düsteren Flur erreichten, der nach Linoleum roch. Sie folgten der Frau, die sich nicht vorgestellt hatte, in einen helleren und breiteren Flur, dann zu einer ausladenden Treppe, die von Tageslicht beschienen wurde, und schließlich öffnete sie die Tür zu einem Büro mit Schreibtisch und einer Holzbank für wartende Gäste. Zu beiden Seiten des Raums gingen weitere Türen ab.

«Genossen», sagte sie, während sie sich auf ihren Stuhl setzte, und zeigte auf die Bank. «Major Marder hat gleich Zeit für Sie.»

Otto und Heinz hatten kaum Platz genommen, als die Telefonanlage brummte. Sie stand auf und öffnete wortlos eine der beiden Türen.

«Genossen», sagte der Mann hinter dem Schreibtisch, als sie eintraten. «Nehmt doch einfach Platz.» Otto erkannte die Nase sofort. «Danke, dass ihr zu mir kommen konntet.» Er rückte zwei Stühle zurecht. «Und entschuldigt die Formalitäten. So hat eben alles seine Ordnung.»

Heinz schilderte ohne langen Anlauf, worum es ging. Er sagte, dass ein Foto, auf dem der Major als junger Mann zu sehen sei, in ihre Hände gelangt sei, aber er legte nicht dar, wie. Dann erklärte er, dass sie gern erkunden würden, ob es da einen Zusammenhang zu einem Mordfall gäbe, in dem sie gerade ermittelten.

Erich Marder redete langsam. «Der Mordfall Nikoleit. Ich verfolge das natürlich.»

Heinz nutzte die Initiative des Majors und schwieg. Wenn dein Gegenüber reden möchte, unterstütze das.

«Ihr wisst ja, dass mein Sohn Frank mit denen zu tun hatte. Ich betone», Marder machte eine kleine Pause, «*hatte*. Ich habe ihm den Umgang mit solchen Leuten mittlerweile untersagt. Ein für alle Male. Ich hätte das natürlich früher tun sollen.»

Otto hätte zu gern nachgefragt, wer «solche Leute» waren, aber Heinz schwieg. Als klar war, dass Marder vorläufig geendet hatte, holte Heinz demonstrativ Luft: «Wer sind solche Leute?»

«Ach», sagte Marder, «das wisst ihr doch, Genossen. All diese Westeinflüsse. Jetzt zerreißen sie sich auch noch die Kleidung. Und habt ihr euch diese Musik einmal angehört?» Ein mildes Lächeln auf dem Gesicht des Offiziers. «Die können nicht einmal den Takt halten. Bei uns bekämen die alle keine Einstufung.»

«Wenn wir einfach kurz klären könnten, was es mit dem Foto auf sich hat, Genosse.» Heinz holte eine Kopie des Fotos aus dem Jackett. Er klappte es auf und legte es dem Major auf den Schreibtisch.

Marder nahm es und fuhr mit der Hand einmal darüber, um es zu glätten. «Ja, und das Original …»

«Bei uns», sagte Heinz. «Das ist ja im Moment noch ein mögliches Beweismittel. Also erkennst du das Foto.»

«Natürlich. Das ist es. Das ist weggekommen.»

«Wann ist es weggekommen?»

«Ich weiß es nicht genau.»

«Wo war es denn, bevor es weggekommen ist?»

«In einer Kiste mit alten Fotos. In unserem Wochenendhaus.»

«Und wann hast du gemerkt, dass das Foto weg war?»

«Es hat da einen Einbruch gegeben. Und ich habe mir sagen lassen, dass das nicht der einzige gewesen ist. Es scheint eine ganze Reihe in Jena gegeben zu haben.» Marder machte eine Pause, um Heinz Gelegenheit zu geben, das zu kommentieren. Aber der rührte sich nicht.

Marder redete auch nicht mehr. Die Pause, die entstand, dauerte vielleicht eine halbe Minute, fühlte sich aber länger an. Schließlich war es Heinz, der das Schweigen brach. «Bei dem Einbruch ist das Foto weggekommen?»

«Ich bin mir nicht ganz sicher», sagte Marder langsam. «Aber nach dem Einbruch habe ich das Haus überprüft. Und dabei gesehen, dass die alte Fotokiste bewegt worden war.»

«Hat denn sonst etwas gefehlt?»

«Nahrungsmittel, Getränke.»

«Nahrungsmittel?» Heinz kniff die Augen zusammen. «Wer zum Teufel stiehlt in der DDR denn Nahrungsmittel?»

«Ich sage nur, wie es war.»

«Also Nahrungsmittel und dieses Foto.»

«Vielleicht auch noch andere Fotos. Ich bin mir nicht sicher.»

«Die Fotos waren in dem Haus frei zugänglich?»

«Ja. In einer kleinen Kiste in der Kammer, wo die Lebensmittel aufbewahrt werden. Und Werkzeug.»

Heinz zeigte auf die Kopie des Fotos vor dem Major. «Und das bist du dort auf dem Foto?»

«Ja, das bin ich.»

«Willst du kurz erzählen, wie das Foto entstanden ist?»

Marder erzählte. Wie er als junger Soldat zu der Szene gekommen sei. Die drei anderen, deren Namen ihm vielleicht einfielen, wenn er sehr tief in seinen Erinnerungen grübe, hätten dort gestanden, nachdem sie die englischen Offiziere auf der Flucht erschossen hätten. Auch damals sei ihm natürlich bekannt gewesen, dass das nicht mit den Genfer Konventionen vereinbar gewesen sei. Woran er sich nicht mehr genau erinnern könne, sagte Marder, sei die Entstehung des Fotos. Er habe ja, wie man sehen könne, ohnehin nicht im Zentrum des Interesses gestanden. Sonst hätte er sich ja wie die anderen in Pose gestellt.

Otto blickte zwischen dem Major und Heinz hin und her. Bis der Hauptmann aufstand. Heinz war die Geschichte offenbar auch genug.

53

«Ich glaube nicht, dass sie den Gorbatschow gleich wieder absetzen. Es gibt da ja Gerüchte, wenn man ganz genau hinhört. Aber es würde nicht passen.» Wolf Haarmann lehnte sich in seinem Sessel zurück und trank einen Schluck aus dem Bierglas. «Rauch nur, rauch nur, ich darf es ja nicht mehr. Wenn sie ihn jetzt absetzen, dann geben sie zu, eine schlechte Wahl getroffen zu haben. Und das ist einfach nicht darstellbar. Auch intern nicht.» Sie saßen in Haarmanns Haus in Zella-Mehlis.

«Man hat auch schon davon gehört, dass ein Papst umgelegt worden ist.» Otto steckte sich eine Zigarette an.

«Das darfst du vielleicht denken. Aber versprich mir, dass du es niemandem sagst. Auch hier solltest du das für dich behalten.»

«Warum?»

Wolf zuckte kurz mit den Schultern. «Weiß der Teufel. Lass uns über etwas anderes reden. Wie geht's deiner Frau? Birgit heißt sie, ja?»

«Gut.» Otto überlegte, was er preisgeben konnte und wollte. Wolf war der Leiter der Morduntersuchungskommission in Suhl gewesen, in der Otto sich seine Sporen verdient hatte. Und Haarmann hatte sich seiner angenommen. Er hatte zu keinem anderen Polizisten ein solches Vertrauensverhältnis aufbauen können wie zu dem alten Mann. Nach dessen Pensionierung war die MUK in Suhl umorganisiert worden, und er war nach Gera gewechselt.

«Gut», sagte Wolf und imitierte den leidenschaftslosen Ton Ottos.

Vor allem musste Otto seine eigene Position finden. Birgit gegenüber. Oder sich selbst gegenüber?

«Wir müssen darüber nicht reden.»

«Doch», sagte Otto. «Sie geht fremd.»

«Mit wem?»

«Ich weiß nicht. Ich kann doch nicht hinter ihr herlaufen und schauen, mit wem sie sich trifft.»

«Kannst du schon. Aber das wäre unethisch. Für einen Polizisten.»

Als Otto nicht reagierte, redete Wolf leiser weiter: «Was ist denn mit dir? Warst du immer treu?»

Otto schüttelte den Kopf. «Sonst hat sie sich immer um alles gekümmert. Jetzt komme ich nach Hause, und sie hat die Kinder zu Mutter gebracht. Ohne mir Bescheid zu sagen.»

«Du musst mit ihr reden.» Wolf betrachtete das Glas in seiner Hand, das halb voll war, trank aber nicht daraus. «Ich wollte eigentlich nur über etwas Belangloses sprechen. Konversation machen. Und ich dachte … na ja, meistens hört man da ja so etwas wie Alles-ist-gut und geht danach zum nächsten

Thema über. Lass uns über den Fall reden. Diesen toten Punker. Deshalb bist du doch hier. Oder?»

«Wir haben die beste Spur verloren», sagte Otto. «Wenn wir den Antiquitätenhändler überführt hätten, dann ...»

«Ja, aber es kommt nicht darauf an, wer euch am besten als Täter passt. So machen wir das nicht in der Deutschen Demokratischen Republik. Ist er entlastet?»

«Ist er.»

«Dann ist das nicht euer Problem.»

«Und die zweite Spur ist jetzt auch kalt. Wir hatten einen Jungen aus dieser Punkergruppe, der hat an dem Abend, an dem der Mord geschah, in der Gegend herumgelungert.»

«Und?»

«Der hat sich und seiner Familie zu ein paar Baumaterialien verholfen. Ein Ringtausch, einer besorgt Fliesen, der andere irgendetwas für die Wasserleitung und so weiter.»

«Zu der Zeit war er an dem Ort.»

«Zu der Zeit, an dem Ort. Und wir wissen noch nicht so genau, ob wir den hinhängen sollen oder nicht. Wegen der Unterschlagung. Die Familie hat es schwer genug.»

«Und jetzt klebst du an dem Foto.» Wolf zeigte auf die Kopie, die auf dem Beistelltisch lag. «Jetzt ist das eure beste Spur?»

Otto konnte nicht ausmachen, ob sich in Wolfs Worten auch Spott verbarg. «Wir haben uns die Spur ja nicht ausgesucht. Das Foto gibt es nun einmal.»

«Ich verurteile euch nicht. Im Gegenteil. Ich will euch nur nicht allzu viel Hoffnung machen.»

«Weil du denkst, dass unser Mann auf dem Foto es nicht gewesen ist?»

Wolf zögerte eine Sekunde, griff zu Ottos Zigaretten, pulte eine Zigarette aus der Packung, steckte sie zwischen die Lippen, ohne sie anzuzünden, und sah Otto in die Augen. «Das steht mir nicht an zu bewerten», sagte er, ohne die Zigarette aus dem Mund zu nehmen. «Aber wenn er der ist, den du beschrieben hast, dann müsst ihr das ganze Bild sehen.»

«Wie meinst du das?»

«Soll ich dir jetzt sagen, was mein Bruder noch herausgefunden hat?»

Otto war überrascht über den Themenwechsel. Mit Wolf hatte er immer alles durchdiskutiert. Staatsräson hin oder her. Aber natürlich wollte er das hören.

«Also, er sagt, dass es nicht so einfach ist, über einzelne Fälle wie den hier etwas herauszufinden.» Wolf nahm die Kopie zur Hand und betrachtete sie. «Man braucht Zeit dafür. Und da du ja gesagt hast, dass du die gerade nicht hast, kann er darüber also nur sehr generell reden. Nicht alle dieser Fälle sind dokumentiert worden, das kannst du dir ja vorstellen. Es war Krieg, und Spangenberg war zwar kein Konzentrationslager, aber ein Offizierslager. Es gab immer wieder Offiziere, die entkommen sind. Die haben das häufiger gemacht als die normalen Truppen, weil sie wussten, dass sie nicht sofort erschossen werden. Weder beim Versuch, obwohl das natürlich gefährlich war, noch, wenn sie wieder gefangen genommen wurden. Die wenigsten haben es geschafft, tatsächlich zu entkommen. Aber es gab welche. Die Geschichten, das sagt mein Bruder, sind kaum bekannt.»

«Und das Foto?», fragte Otto. «Irgendetwas?»

«Nein. Mein Bruder sagt, er geht davon aus, dass die Briten aus dem Lager geflohen und schon in der Nähe einer deutschen Patrouille begegnet sind. Und die haben dann geschossen. Entweder, weil sie nicht begriffen haben, dass es Offiziere waren, oder weil es ihnen gleichgültig war. Machen wir uns nichts vor», sagte Wolf und zog an der nicht entzündeten Zigarette, «für so etwas wurden die damals ja nicht belangt.»

«Und später?»
«Auch nicht. Was denkst du denn?»

54 | Frank Marder

Papa war ein Schwächling. Immer schon gewesen.

Biber saß am Frühstückstisch und beobachtete den Mann, der ihm tagein, tagaus sagte, was richtig und falsch war. Der Frühstückstisch war gedeckt, und sie warteten darauf, dass Mama den frisch aufgebrühten Kaffee brachte. Biber durfte davon seit seinem sechzehnten Geburtstag trinken.

«Das ist nichts für Kinder», hatte Papa immer gesagt, wenn er gefragt hatte, ob er auch eine Tasse haben konnte. Biber war froh, dass er nie gesagt hatte, was ihm in den letzten eineinhalb Jahren vor dem sechzehnten Geburtstag auf der Zunge gelegen hatte: Bier, hätte er gesagt, habe er ja schließlich auch schon getrunken. Warum also ihm den Kaffee verweigern?

Das hätte nur Ärger gegeben. Papa hätte sich aufgespielt und alle seine Freunde kontrolliert.

Darin war er groß. Besonders, wenn er seine Uniform anhatte. Luft rein in den Brustkorb, den Zeigefinger ausfahren und Konjunktionalsätze aufsagen. «… dann bricht jede Ordnung zusammen.» – «… dass das ja nicht einreißt.» – «… wenn niemand darauf achtet.»

Gern auch noch mit einem bestärkenden Nachschub: «… dafür gibt es ja diese Regeln.» So, als hätte er sie gemacht.

Aber letzte Woche hatte man sehen können, was für einer der Erich Marder wirklich war. Wieder einmal. Sie waren zu dritt im Wochenendhaus gewesen. Zufällig eine Woche oder etwas später, nachdem er mit Melchior da drin gewesen war. Wirklich ganz zufällig. Einmal alle drei Monate kriegte Papa diesen Blick nach innen oder sonst wohin und sprach davon, dass sie zu wenig als Familie machten. Dann mussten Mama und er für einen Sonntag mit in das Haus.

Das Fenster war kaputt gewesen, aber das hatte Papa noch nicht gesehen, weil sie zur Vordertür ins Haus hereingekommen waren. Biber hatte sich so gesetzt, dass er vom Küchentisch einen guten Blick auf die Tür zur Kammer hatte. Ein Schulbuch vor sich, Mathematik war es gewesen, und dann vorgegeben, da reinzugucken. Nicht eine Sekunde hatte er tatsächlich auf die Zahlen und Formeln geachtet.

Irgendwann, sie waren noch nicht so lange da gewesen, hatte Papa den Schlüssel aus der Hosentasche geholt und die Tür aufgeschlossen. Er war nur kurz darin gewesen und hatte dann im Türrahmen gestanden. Biber hatte die Augen auf sich gespürt, aber nicht aufgeschaut. Im Augenwinkel sah er, wie Papa das Türschloss inspizierte. Nicht offensichtlich. Aber er drehte sich ein paar Mal um sich selbst und überprüfte die Tür und das Schloss und wer weiß was noch.

Da war Mama gekommen und hatte von dem Fenster geredet. Sie hatte Papas Gesichtsausdruck gesehen und gefragt: «Stimmt etwas nicht?»

Und dann brauchte Papa mehrere Sekunden, um zu reagieren und sich umzusehen und dann irgendetwas zu sagen. Wahrscheinlich hatte er «Gar nichts» gesagt, weil «Gar nichts» sein Zeichen dafür war, dass sie ihn in Ruhe lassen sollten.

Beim Mittagessen hatte Papa ihn dann prüfend angeguckt. Über eine lange Zeit. Biber merkte es und vermied, ihm in die Augen zu sehen.

Irgendwann musste er dann aber. Sie waren ja schließlich

nur zu dritt. Selbst wenn man nichts sagte, und sie hatten das ganze Mittagessen nicht geredet, traf man sich ja irgendwann mit den Augen. Da guckte Papa dann weg. Aber vorher hatte er ihn ein paar Minuten lang angeglotzt. Er wusste, was sich Papa gefragt hatte. Aber er wusste nicht, auf welche Antwort er gekommen war. Bis heute nicht.

In jedem Fall war er froh, dass Melchior das Foto mitgenommen hatte. Selbst wenn Papa heimlich oder ganz offen sein Zimmer durchsuchen würde, war da nichts zu finden.

Als er nach dem kurzen Blickkontakt mit Papa wieder auf das Essen schaute, wurde ihm schlecht. Und er fragte sich, was alles geschehen konnte, wenn es Papa nicht reichte, sein Zimmer zu durchsuchen.

55 | Otto Castorp

Ein Raum ist ein Raum. Alle sind anders eingerichtet, und alle sehen unterschiedlich aus. Meistens hat er vier Wände, ein paar Fenster und eine Tür, durch die man rein- und rausgeht. Aber sie von der Morduntersuchungskommission waren immer dieselben Leute. Und Otto war schon letztes Jahr aufgefallen, dass es da ein seltsames Muster gab, für das sie als Gruppe verantwortlich waren. Oder vielleicht nicht als Gruppe, sondern als Einzelne in der Gruppe.

Sie trafen sich nicht immer im Polizeipräsidium in Gera, von wo aus sie normalerweise operierten, sondern waren im ganzen Bezirk unterwegs, je nachdem, was der aktuelle Fall von ihnen forderte. Und so endeten sie in manchem Raum, der ihnen in den verschiedenen Polizeigebäuden zugewiesen wurde. Das Muster sah immer so aus: Wenn es eine Runde mit Tischen gab, was meistens der Fall war, dann setzte sich Heinz an eines der kürzeren Enden. Günter versuchte, sich so nah wie möglich zum Leiter der MUK zu platzieren. Und Rolf ließ meist einen Stuhl frei zwischen Günter und sich. Konnie entschied sich für einen Stuhl gegenüber von Heinz, was in einem großen Raum manchmal dazu führte, dass die Diskussionen laut geführt werden mussten. Und Otto selbst hatte sich angewöhnt, so nahe wie möglich an der Tür zu sitzen. Und das war meist gegenüber dem Fenster.

Hier war es genauso wie immer in den letzten Tagen, in denen sie sich im Jenaer Polizeipräsidium eingefunden hatten. Und anstatt über die Frage nachzudenken, die Heinz ihnen gestellt hatte, und Lösungen zu suchen zum aktuellen Fall, betrachtete Otto die Gruppe wie ein Außenseiter. Setzte er sich deshalb immer so nah an die Tür, um möglichst schnell draußen zu sein? Und nicht nur aus dem Raum, sondern auch aus der MUK verschwinden zu können? Was überhaupt war die Frage noch einmal gewesen?

«Wenn wir alle diese Personen noch einmal auf eine Liste schreiben», sagte Rolf gerade und machte eine Pause, er schaute kurz zu ihm hinüber, und Otto fühlte sich erwischt, «wenn wir die also alle noch einmal ganz unvoreingenommen auf eine Liste schreiben, dann wäre der Nikoleit bei mir eben ganz oben.»

«Immer noch?», fragte Heinz.

«Immer noch.» Rolf nickte zweimal. «Trotz aller gewonnenen Erkenntnisse. Und dann würde ich noch einmal diese Punker betrachten und ihr Umfeld noch mal ein wenig beleuchten wollen.»

Genau, das war die Frage gewesen, die Heinz vor ein paar Minuten gestellt hatte. Wo ansetzen, wenn wir die bisherigen Ermittlungsergebnisse berücksichtigen? Was hatte Günter eigentlich darauf gesagt?

Heinz zeigte auf Konnie. Der lehnte sich nach vorn auf den Tisch und faltete die Hände. «Ich stimme euch zu», fing er an. Also hatte sich Günter wohl ebenfalls schon über den Antiquitätenhändler ausgelassen. «Nikoleit bietet sich einfach an, und ich traue ihm nicht über den Weg. Aber einen Ansatz, den wir bislang vernachlässigt haben, ist der Ausbildungsplatz von Melchior Nikoleit. Da würde ich noch einmal genauer hinsehen wollen.»

Konnie hatte nicht unrecht. Sie hatten als Umfeld des Jungen in erster Linie Familie und diese Musikgruppe auseinandergenommen und den Ausbildungsplatz nur oberflächlich abgefragt. Otto konnte sich nicht einmal erinnern, wer von ihnen in der Werkstatt gewesen war, wo Melchior Nikoleit lernte.

Gerade ging ihm etwas durch den Kopf, das genau damit zu tun hatte. Melchior Nikoleit. Die Ausbildung zum Automechaniker. Gerade war es noch da gewesen. «Ich will nicht sagen», hörte er Konnie reden, «dass das der Schlüssel ist, aber ich denke, dass wir dort am wenigsten gründlich gesucht haben.»

Zustimmung bei Günter. Rolf äußerte sich nicht. Heinz dachte noch nach, holte sich eine Zigarette aus der Packung und zündete sie an. Otto beobachtete dessen zitternde Finger und wandte die Augen gerade noch rechtzeitig ab, um Heinz' Blick zu entgehen. Die anderen nahmen die Idee auf, und keine Minute später rauchten alle im Raum. Otto wusste, dass er nun an der Reihe war. Und er wusste, dass er etwas zu sagen hatte, das ihm um die Ohren geschlagen werden würde.

«Otto», sagte Heinz schon leise.

«Ja ja.» Otto überlegte, was er zu sagen hatte und wie er es formulieren wollte. Aber davor lag noch etwas anderes. Was war ihm eben durch den Kopf geschossen, als Konnie über die Autowerkstatt geredet hatte?

«Otto.» Heinz wurde lauter.

«Ja ja ja. Ich sag's ja schon.» Er hob beschwichtigend die Hände. «Zum einen denke ich, dass wir den Genossen Marder noch einmal genau unter die Lupe nehmen müssen.»

«Aber du hast gehört, was er zu dem Thema zu sagen hatte.» Heinz fuhr ihm früh in die Parade. Das kannte Otto nicht von ihm. «Ein verschwundenes Foto, das irgendwer irgendwann aus einer Kiste genommen hat.»

«Ich hatte den Eindruck, dass …»

«Du willst doch nicht sagen, dass du dem Mädchen mehr Glauben schenkst als dem Genossen.» Heinz' Augen waren weit offen.

«Da geht es doch nicht um mehr oder weniger. Dass das Foto – oder sein Verschwinden – ein Motiv für einen Mord sein könnte, finde ich einleuchtend.»

«Aber wenn der Genosse das doch hinreichend erklärt hat ...» Günter musste seinen Satz nicht vollenden, das wusste er. Otto sah Rolf an, ihre Blicke trafen sich. Von ihm war keine Hilfe zu erwarten. Konnie hatte den Kopf gesenkt.

«Selbst wenn wir sicher sind, dass das Foto mit unserem Fall nichts zu tun hat, dann bleibt immer noch die Frage, was Erich Marder mit den britischen Offizieren in Spangenberg gemacht hat», sagte Otto. Noch während er den Satz zu Ende sprach, wusste er, dass er dabei war, einen Fehler zu begehen.

Alle schwiegen.

«Oder?», fragte Otto.

Rolf stützte den Kopf auf die Hände. Konnie blickte in die Runde. Günter fixierte Heinz. Heinz holte zitternd eine weitere Zigarette hervor. Als er sie angezündet und einen Zug genommen hatte, fing er an: «Das geht mir zu weit. Einfach zu weit. Es ist eine Sache, ob du dich gegen den Konsens wehrst und die Morduntersuchung in Frage stellst – du weißt, dass wir hier in der Morduntersuchungskommission immer ein offenes Ohr haben für abweichende Meinungen. Manchmal ist es ja tatsächlich nötig, gegen den Strich zu denken. Aber erstens nicht immer.» Er nahm einen weiteren Zug, atmete tief ein und hustete kurz. «Und zweitens ist das, was du gerade angedeutet hast, also beinah sogar vorgeschlagen, etwas, das politisch vollkommen außerhalb alles Denkbaren liegt. Was bildest du dir eigentlich ein? Einen verdienten Genossen eines ...», Heinz zerdrückte den Stummel im Aschenbecher vor sich, «ich traue mich ja kaum, das Wort auszusprechen, aber du hast es ja provoziert, nicht nur eines Mordes zu bezichtigen, sondern auch … ich traue es mich kaum auszusprechen, aber das hast du doch getan. Du hast ja eben geschildert, was du auf dem Foto siehst. Dabei hat der Genosse Marder genauestens dargelegt, wie es zu dem Foto gekommen ist und was er mit der Szene zu tun hatte – nämlich gar nichts. Und du willst uns erklären, dass das alles gelogen ist?»

Heinz hatte die Packung in der Hand und versuchte, mit Daumen und Zeigefinger die nächste Zigarette herauszuziehen, doch er zitterte zu stark. «Teufel!», rief er. Otto wusste nicht, ob das einfach ein Ausruf des Entsetzens war oder ob nicht er gemeint war. «Stell dir nur vor, der Westen kriegt das mit.»

Deshalb saß er so nah an der Tür, dachte Otto. Wie gern würde er aufstehen und gehen. Aber er blieb sitzen und stellte sich vor, was die Westpresse aus dem Foto machen würde, wenn sie wüsste, wer darauf zu sehen war.

56 | Julia Frühauf

«Warum hast du das?»

«Biber wollte es nicht.»

«Und da hast du es einfach mitgenommen?»

Wir lagen auf dem alten Sofa im Büro, ganz ineinander verwickelt. Wir hatten gerade miteinander geschlafen und waren beide verschwitzt und klebrig. Ich hatte ein Bein unter Melchior und eines auf seinem Bauch. Er lag so am Rand der Sitzfläche, dass er richtig die Balance halten musste, damit wir nicht beide auf den Boden fielen.

Das wäre vielleicht lustig gewesen. Aber so wie es war, war es total schön.

Mit einer Hand hatte Melchior dieses Foto aus der Hose gekramt, die auf dem Boden lag. Das passte überhaupt nicht in dem Moment. Aber jetzt hatte er es eben in der Hand, und wir guckten beide darauf.

«Biber ist dann einfach weggegangen. Ich konnte es ja nicht wegschmeißen.»

«Und das ist wirklich Bibers Vater?»

«Siehst du nicht die Nase?»

Ich hatte den Vater von Biber noch nicht so oft gesehen. Eigentlich gar nicht, jedenfalls nicht richtig. Einmal im Auto, als Biber ausgestiegen war. Das Auto war dann weitergefahren.

Und der Vater war so ein Schatten gewesen. Einmal aus der Ferne irgendwo in Jena, als Biber sich von seinen Eltern verabschiedet hatte auf der anderen Straßenseite. Als er bei uns angekommen war, waren die Eltern schon weitergegangen. Sie hatten kein Interesse an uns gehabt. Ich weiß gar nicht mehr, wer alles bei uns war in dem Moment, aber an Bibers Eltern erinnere ich mich noch, eben weil sie nicht einmal zu uns rübergesehen hatten.

Als ich nichts sagte, meinte Melchior: «Biber ist sich sicher, dass es sein Vater ist. Und der muss es ja wissen, oder?»

«Und wo ist das gemacht worden?»

«Im Krieg.»

«Ja, aber wo?»

«Ich weiß nicht.»

«Und Biber?»

«Der weiß es auch nicht.»

Wir schwiegen eine längere Zeit und haben uns nur ein bisschen gestreichelt. Da war wieder eine Stelle über Melchiors Brust, fast schon am Hals. Die war ganz blau, und an den Rändern ging das ins Gelbe und Grüne hinein. Als wir miteinander geschlafen hatten, hatte ich da versehentlich draufgedrückt, wirklich ganz unabsichtlich, weil ja klar war, wie weh das tat.

Melchior ist zusammengezuckt. Ganz kurz habe ich gedacht, dass es das war mit der Zärtlichkeit. Aber wir haben dann doch weitergemacht.

Und jetzt bin ich da ganz vorsichtig mit einem Finger drübergefahren. Melchior schloss die Augen, als ich das tat. Und eine Träne lief ihm über die Wange.

Um nicht über die Verletzung zu reden, habe ich noch einmal nach dem Foto gefragt. «Was willst du jetzt damit machen?»

Melchior ließ sich etwas Zeit mit der Antwort. «Ich will es nicht zu Hause liegen haben. Glaube, ich lasse es hier irgendwo. Oder nimm du es einfach mit.»

57 | Otto Castorp

Es war kalt im Wagen. Otto wünschte, sich mehr angezogen zu haben als nur das Jackett. Dabei schien die Sonne. Er verstellte die Blende so, dass er die Augen nicht zusammenkneifen musste. Jetzt hatte er einen besseren Blick auf das Haus. Zwei Etagen, vier Wohnungen, frei stehend, vor nicht so langer Zeit ordentlich renoviert, Garten nach hinten. Unter den Autos auf der schmalen Straße in Zöllnitz war auch der Wartburg von Erich Marder.

Eine Kopie des Fotos lag zusammengefaltet in seiner Hand. Er strich das Papier auf dem Schoß glatt und betrachtete es noch einmal. Der Major bestritt ja nicht, dass er auf dem Foto zu sehen war. Er erklärte nur, dass er mit dem Tod dieser Briten nichts zu tun gehabt hatte.

Wolf hatte gesagt, er könne seinen Bruder schon überreden, mehr über Fluchtversuche aus Spangenberg herauszukriegen. Vielleicht, hatte er gesagt, war es möglich, über diesen Fall etwas zu finden. Vielleicht aber auch nicht. Und er hatte auch gesagt, er wolle selbst mit seinem Bruder reden. «Der lebt ziemlich zurückgezogen», hatte Wolf gesagt. «Ich will nicht, dass du noch mehr Staub aufwirbelst», hatte Otto verstanden.

Sei nicht so streng, sagte er sich, als ein Wartburg-Kombi langsam am Ende der Straße ausrollte. Immerhin hatte Wolf seine Unterstützung angeboten. Niemand stieg aus dem Kombi aus. Otto wunderte sich kurz darüber.

Er wunderte sich auch über sich selbst. Was hatte ihn angetrieben hierherzufahren? Viel zu lange stand er schon am Straßenrand und versuchte, diesen Gedanken festzuhalten, den er eben noch im Kopf gehabt hatte.

Otto stellte es sich vor: Aussteigen. Klingeln. Der Major öffnet die Tür. Otto zeigt ihm noch einmal dieses Foto, oder besser die Kopie, denn das Original war mittlerweile Teil der Akte. Das kriegte er nur über Heinz Thiels Leiche. Ja, und dann, erneut konfrontiert mit der bitteren Wahrheit, würde der Major seine Schuld gestehen. Nur: welche Schuld? Im Krieg getötet zu haben?

Dabei ging es gar nicht darum, ob er sich vor über vierzig Jahren die Hände schmutzig gemacht hatte. Sie ermittelten in einem Mordfall. Und dieser Mord war vor wenigen Tagen mitten in Jena geschehen.

Darum ging es. Erich Marder hatte ein Motiv gehabt, Melchior Nikoleit ums Leben zu bringen. Und sie ermittelten nicht gegen ihn.

Die Tür des Kombis ging auf. Ein einzelner Fuß wurde auf die Straße gesetzt. Für ein paar Sekunden versperrte ein polternder W50 das Bild. Als der Lkw den Wartburg passiert hatte, stieg Rolf aus dem Kombi aus. Zunächst blieb er neben dem Wagen stehen. Die Augen waren auf den Horizont gerichtet. So verharrte er eine kurze Weile, um sich dann gegen die Fahrertür des Autos zu lehnen. Jetzt gaffte er auf das Haus, in dem Erich Marder mit seiner Familie lebte.

Was hatte der Kollege vor? Ermittelte er auf eigene Faust? Doch nicht Rolf.

Eine Minute vielleicht stand er an den Wagen gelehnt, dann kam er die Straße herunter. Er blieb kurz stehen. Dann wandte er sich um, ging zum Auto zurück, öffnete die Tür und griff hinein. Jetzt ging er wieder auf das Haus zu. In der Hand hatte er nicht mehr als ein Stück Papier.

Auf der Höhe des Hauses zögerte Rolf kurz, sah zur Seite, zum Haus, stand mitten auf der Straße, sodass ein Trabant abbremsen und um ihn herumfahren musste.

Rolf ging am Haus vorbei und kam jetzt auf ihn zu. Den Blick hatte er immer noch irgendwo auf den Horizont gerichtet. Erst als er direkt neben dem Lada angekommen war, blieb er stehen. Otto konnte nicht mehr sehen als den Rumpf des Kollegen und dessen Arme und Hände.

Was er für ein Stück Papier gehalten hatte, war in Wirklichkeit ein Foto. Rolf hielt es nah an die Scheibe.

Otto musste sich zur Seite beugen, um das Motiv auf dem Bild zu erkennen. Und er erschrak, als er begriff, dass er selbst das Motiv war.

58 | Erich Marder

Er hatte mit einem befreundeten Polizisten gesprochen. Wofür hatte man Verbindungen?

«Da hat es mehr Einbrüche als sonst gegeben», war dessen Antwort gewesen, als er erwähnt hatte, dass jemand in ihrem kleinen Wochenendhaus gewesen war. «In den letzten Wochen.»

«Nein», hatte Erich Marder gesagt. «Da ist nichts gestohlen worden. Die haben ein paar Flaschen Bier mitgenommen, glaube ich. Aber sonst nichts.»

Kein Grund, die Dinge zu dramatisieren. Er wollte nicht mehr Aufmerksamkeit erregen, als unbedingt nötig war. Aber um eine Auskunft zu erhalten, musste er wenigstens offenbaren, dass jemand bei ihnen im Haus gewesen war.

«Wir haben auch schon einen Verdacht», hatte der Polizist gesagt, der für Eigentum zuständig war. «Da kann ich aber nicht drüber reden.»

Sie hatten also keine Ahnung, wenn er es so formulierte. Man musste in der DDR genau hinhören. Er hatte selbst einen Gedanken entwickelt, wer dahinterstecken konnte. Sogar das Zimmer seines jüngsten Sohnes hatte er gründlich durchsucht, als er allein zu Hause gewesen war. Gefunden hatte er das Foto allerdings nicht.

Dass das Foto nicht in dem Zimmer war, hieß nicht, dass Frank es nicht genommen hatte. Er hatte die neugierigen Augen des Jungen zu oft wahrgenommen, wenn er die kleine Kammer aufgesperrt hatte. Ja, Neugier, aber auch Misstrauen war da gewesen. Er hatte es genau gesehen. Frank tat immer so, als wäre er im erwartbaren Rahmen angepasst, aber als sein Vater wusste er es besser. Er war auch nicht überrascht gewesen, jedenfalls nicht so überrascht wie Bärbel, dass er sich diesen Punkern angeschlossen hatte. Was für eine hoffnungslose Bande. Er wartete nur darauf, dass auch Frank mit diesen Haaren nach Hause kam.

Obwohl … Das würde er sich nicht trauen. Dafür war er doch zu geschickt im Umgang mit seinem Vater und der Familie.

Erich Marder war sich sicher, dass der Einbruch in dem kleinen Haus nicht notwendigerweise mit dieser Serie zu tun hatte, von der sein Kontakt bei der Volkspolizei gesprochen hatte.

Zu dem Besuch dieser Polizisten hätte es gar nicht erst kommen müssen. Nun war das Foto Teil einer offiziellen Akte. Er sollte trotzdem aufhören, sich zu sorgen. Und er sollte vor allem wieder zu Bett gehen.

59 | Otto Castorp

Es nieselte, und es war kalt. Otto stand mitten auf dem Platz der Kosmonauten. Leute gingen vorbei, ohne aufzusehen. Er spürte die Nässe der Tropfen schon durch das Jackett hindurch auf den Schultern, als Bodo erschien. Es war zwanzig vor acht. Und sein Bruder war jetzt schon zehn Minuten zu spät.

Das Foto, das andere, jenes, welches ihn zeigte, kam ihm wieder in den Sinn. Er war auf der Rudolstädter Straße unterwegs. Er wusste genau, wo es entstanden war, weil er den Bahndamm erkannte. Das Foto war nicht scharf, und es war abends, also dunkel. Aber dass er das war, der da die Straße langging, das war zu erkennen.

Rolf hatte sich wieder abgedreht und war längst wieder auf dem Weg zurück zum Kombi, als Otto begriff, dass er gar nicht mehr auf das Foto starrte. War es entstanden an dem Abend, als er Silber unter den Zug gestoßen hatte? Passen würde es. Er war nicht so oft zu Fuß dort unterwegs gewesen in den letzten Jahren. Aber wer, fragte er sich, hatte das Foto gemacht? Er hatte sich doch so oft umgeschaut. Er hatte doch aufgepasst.

Rolfs Kombi hatte er noch wenden und zurückfahren sehen. Dann hatte er sich geschüttelt und versucht, den Gedanken freizulegen, der ihm schon ein paar Mal durch den Kopf geschossen war. Er musste sich noch eine alte Akte besorgen.

«Es tut mir leid», hörte er Bodo. «Daniela ist krank, und sie hat sich erst spät dazu entschlossen, doch zur Arbeit zu gehen. So hat alles ein bisschen länger gedauert. Komm, lass uns nicht hier stehen bleiben. Ich muss ja nicht auch noch nass werden.»

Sie stellten sich in einen Hauseingang am Rand des Platzes. Bodo begann, Otto symbolisch die Nässe aus dem Jackett zu klopfen. «Jetzt sag schon, was du auf dem Herzen hast. Ist es das, was du Mutter erzählt hast?»

«Du weißt also Bescheid?»

«Nur, was sie erzählt hat.»

Er hätte es sich denken können. Als ob es nicht genug wäre, dass Bodo durch seinen Beruf Einblick in so viele Bereiche des Lebens hatte, schienen ihm auch alle Menschen um ihn herum das Herz auszuschütten. Natürlich hatte Mutter ihm alles offenbart. Otto fielen die viele Momente ein, in denen Bodo Details von seinen Ermittlungen kannte.

«Jetzt komm», sagte Bodo. «Wem soll sie es denn sonst erzählen? Jetzt, wo Papa nicht mehr lebt?»

Das stimmte ja, dachte Otto. Aber es war auch ganz falsch. Er hätte die Sache mit Silber und Rolfs Drohung ja niemals Mama erzählt, wenn sie nicht nach dem Begräbnis zusammengesessen hätten. Allein schon, weil er nicht gewollt hätte, dass Vater davon erfährt.

«Wann warst du denn bei ihr?»

«Vorgestern.» Bodo streckte die Hand aus, um die Stärke des Regens zu überprüfen. «Oder einen Tag vorher, glaub ich.» Er schüttelte die Tropfen von der Hand. «Kurz nur.»

«Kurz nur, und da erzählt sie dir das mal eben.»

«Jetzt stell dich nicht so an. Du wolltest sowieso mit mir darüber reden. Oder?»

Otto berichtete von der skurrilen Begegnung vor dem Haus der Marders. «Er hat das Foto so gehalten, dass ich es kaum sehen konnte. Aber klar war ich da drauf. Und ich weiß auch, wo es gemacht worden ist. Aber eben nicht genau, wann.»

Bodo hob kaum merklich die Schultern. «Und was soll ich da jetzt tun?»

«Wie kann das sein? Wie kann der so ein Foto haben? Du weißt doch sonst immer alles.»

«Aber davon habe ich nie gehört. Du musst dich von dem Gedanken verabschieden, dass es Leute gibt, die hier alles kontrollieren. Also», Bodo verließ den Schutz des Hauseingangs. Es hatte aufgehört zu regnen. «Klar kontrollieren wir alles. Aber doch nicht so, wie du immer denkst. Da sitzt nicht oben irgendwo einer und weiß alles. Stell dir den Genossen Mielke vor, der jeden Tag alle einkommenden Informationen auswertet. Also … alle. Einfach nur, weil er eben ganz oben ist. Otto, du bist naiv.»

«Aber wer hat das denn dann angeordnet?»

«Ich weiß es nicht. Heinz Thiel?»

«So ein Quatsch. Der doch nicht.»

«Warum nicht er? Und er hat jemanden über sich. Und der auch wieder.»

Heinz, dachte Otto. Warum eigentlich nicht? «Nein», sagte er dann. «Der hat doch genug zu tun mit allem anderen.»

«Und wie kommt dann der hochgeehrte Genosse Reim dazu, dir dieses Foto vor die Nase zu halten?»

«Mann, das frage ich doch dich.»

Bodo zog Otto auf den Platz hinaus. Es wurde heller. Über dem Landgrafen war ein bisschen Blau am Himmel zu sehen.

«Und was mache ich damit jetzt?» Otto ließ sich mehr ziehen, als dass er selbständig ging.

«Das, was du immer getan hast.»

«Und das ist?»

«Ermitteln. Dich um deine Familie kümmern. Vielleicht

wollt ihr ja noch ein Kind.» Kurz sah Otto ein schmutziges Lachen auf Bodos Gesicht.

«Aber was mache ich mit dem Marder?»

«Was ist denn die Maßgabe in der Morduntersuchungskommission Gera?»

«Dass der Marder es nicht gewesen sein kann.»

«Dann kann er es eben nicht gewesen sein. Das ist eine Frage der politischen Erfahrung. Vielleicht sollte ich besser sagen: der politischen Weisheit.»

Otto ballte die rechte Hand zur Faust. Er verspürte große Lust, sie dem Bruder ins Gesicht zu schlagen.

60

Die Akte sah nicht aus, als sei sie durch viele Hände gegangen. Die Pappe war ohne Einriss und Fettflecken. Nicht einmal ein Eselsohr hatte der Deckel abgekriegt.

Auch die Blätter im Inneren waren sauber abgeheftet und wirkten nicht so, als seien sie oft angefasst worden. Otto zählte 21 Seiten, die mehr oder weniger dicht beschrieben waren. Drei von ihnen waren mit groben Skizzen versehen, deren Sinn sich ihm auf den ersten Blick nicht erschloss. Eine Straße aus Strichen, ein Kreuz daneben. Vielleicht war es da geschehen. Vier Fotos waren auf zwei Seiten aufgeklebt und erzählten etwas mehr. Sie zeigten das Wrack eines Dacia, dessen Front zerbeult und dessen Windschutzscheibe zerstört war.

Ein Foto war frontal von halb oben gemacht worden. Darauf konnte man erkennen, dass der Schaden auf der Beifahrerseite der Windschutzscheibe größer war als vor dem Lenkrad.

Der Unfall war in der Nähe von Schlöben geschehen, ein paar Kilometer außerhalb von Jena, dort, wo es recht bergig war und bergab ging. Der Fahrer hatte einen Fuchs auf der Straße gesehen und versucht, dem Tier auszuweichen. Dabei hatte er die Kontrolle über den Dacia verloren.

Der Wagen war mit einer Geschwindigkeit von – Otto musste blättern, bis er es gefunden hatte – mit einer Geschwindigkeit von «angenommenen 90 Stundenkilometern oder mehr», wie es dort stand, in einer Kurve gegen einen Baum geprallt. Die Geschwindigkeit erschien Otto deutlich zu hoch.

Das war 1980 gewesen. Karin Nikoleit, zwölf Jahre alt damals, war mit dem Kopf gegen die Scheibe geprallt und dabei gestorben. So etwas passierte bei dem Tempo eben. Und weil vor ein paar Jahren noch niemand einen Gurt im Auto gehabt hatte, war es ein ganz normales Unglück gewesen. Auch junge Menschen starben bei so etwas.

Otto blätterte mehrmals vor und zurück in der Akte. Wenn weder den Kollegen von der Schutzpolizei noch denen von der Morduntersuchungskommission etwas aufgefallen war, das den Unfall als verdächtig einstufte, dann konnte in der Akte auch nichts dergleichen zu finden sein. Allerdings fand er in der Akte überhaupt keinen Hinweis darauf, dass die Morduntersuchungskommission des Bezirks Gera in die Ermittlungen einbezogen worden war. Dabei war es bei einem Verkehrsunfall mit Todesfolge eigentlich obligatorisch, dass sich die Kollegen von der Volkspolizei Hilfe heranholten. Nur war es in diesem Fall nicht geschehen. Oder nicht dokumentiert. Und 1980 war Otto schon Mitglied der MUK gewesen. Er würde sich an den Fall ganz sicher erinnern. Wahrscheinlich war den Genossen vor Ort alles so einfach und klar erschienen, dass sie sich erst gar nicht gemeldet hatten.

Er setzte sich zurück und atmete durch. Versuchte, neu zusammensetzen, was er gelesen hatte. Das war doch verdächtig. Etwa nicht?

Oder wollte er mehr in den Fall hineinlesen, als drin war?

Er wusste, dass Michael Nikoleit eine Lehre als Automechaniker gemacht hatte – wie sein Sohn Melchior später ebenfalls. Michael Nikoleit hatte sogar ein paar Jahre in einer Werkstatt gearbeitet. Er kam nur gerade nicht darauf, wo das gewesen war. Es war nicht wichtig gewesen bisher.

Nur, dachte Otto, warum sollte das einem, der Autos reparieren konnte, nicht widerfahren? Dass er die Kontrolle über einen Wagen verlor. Bei hoher Geschwindigkeit von der Straße abkam. Einen Menschen dabei tötete. Und wenn es die eigene Tochter war.

Sein Blick war auf eine Stelle auf dem Blatt vor ihm gerichtet, auf diesen Satz. Jetzt las er ihn schon zum dritten Mal. Er stand auf einer der hinteren Seiten und war Teil der Analyse des Kriminaltechnikers aus Jena, dessen Namen Otto noch nie gehört hatte. «Durch den Einfluss eines Baumstumpfes wurde die Fahrtrichtung des Autos noch verändert und so der Aufprall tödlich beeinflusst.»

Der Aufprall wurde tödlich beeinflusst. Was für ein Unsinn. Die Fahrtrichtung war verändert worden. Otto erinnerte sich daran, wie oft sie im Studium ermahnt worden waren, ihre Berichte verständlich abzufassen. Er suchte den erwähnten Baumstumpf an einem anderen Ort in der Akte, fand ihn aber nirgends. Der Stumpf hatte also eine Rolle gespielt, nur sah er nicht, welche genau. Wenn der Wagen von der Straße abgekommen war, dann hatte der Stumpf vielleicht dessen Richtung verändert. Der Dacia war dann so gegen den Baum geprallt, dass die Tochter gestorben war. Und wenn der Baumstumpf nicht dort im Weg gestanden hätte, wäre der Wagen dann möglicherweise frontal gegen den dahinterstehenden Baum geprallt?

Otto blätterte durch die Akte. Michael Nikoleit war mit einer Prellung im Brustbereich, ein paar Kopfverletzungen und zwei gestauchten Handgelenken davongekommen. 90 Kilometer, dachte Otto, der Baumstumpf und die gestauchten Handgelenke. Darüber musste er nachdenken.

61 | Julia Frühauf

«Erich Honecker ist gestorben», sagte Biber, als er im Keller der Jungen Gemeinde Stadtmitte ankam. Er war der Letzte von uns und schleppte sein Schlagzeug in die Ecke, in der er später spielen würde.

«Was?» Sohle stand breitbeinig da und betrachtete seine Gitarre. Er hielt sie an die Hüfte gepresst und fuhr mit den Augen die Saiten ab. «Idiot», sagte er leise, grinste aber über den Witz.

Melchior übte irgendwelche Griffe am Bass und starrte Biber an. Er wirkte total abwesend und hatte keine Ahnung, worüber Biber redete. Vielleicht hatte er sogar den Namen des Staatsratsvorsitzenden vergessen.

Ich übte am Keyboard, der Ton war abgestellt. Wenn ich so viele Fehler machte wie bei der letzten Probe, dann brauchten wir erst gar nicht aufzutreten, einerseits. Aber das war ja ein Punkkonzert, andererseits.

Irgendwo im Haus war eine Besprechung, zu der wir nicht eingeladen waren. Die Leute kamen schließlich alle auf einmal und drängten in den Kellerraum hinein, in dem wir herumstanden und nicht genau wussten, was wir tun sollten. Nur Sohle lehnte an der Wand und betrachtete die Leute. «Ihr müsst das so sehen», hatte er vor ein paar Tagen gesagt. «Wir treten hier in der DDR auf. Denkt ihr denn, dass die Punkbands im Westen was anderes sind als Repräsentanten der Abgehängten?»

Jetzt stand er da wie ein Rockstar. Es gefiel ihm. Aber er hatte nicht recht mit dem, was er sagte. Manche der Bands hatten ja richtig Erfolg. Und es gab auch welche, die machten längst etwas anderes als Punk. New Wave und so etwas. Immerhin gab es da für Keyboards viel zu tun.

Biber setzte sich jetzt hinter sein Schlagzeug. Melchior stimmte den Bass, aber er sah nicht so aus, als sei er bewusst am Werk. Also stellte ich mich ans Keyboard und wartete ebenfalls.

Die Leute im Publikum waren so unterschiedlich. Ein paar Punks hatten sich schon im Keller herumgetrieben, bevor die Leute aus der Versammlung gekommen waren. Jetzt wurde der kleine Raum richtig voll. Überraschend viele Leute mit langen Haaren, etliche über dreißig. Leute, die wie ich morgens in die Schule mussten. Zwei Grufties waren da. Und gerade kamen auch drei Jungs herein, die keine Haare auf dem Kopf hatten. Gar keine. Der eine drehte sich verstohlen um, bevor er sich einen Platz in einer Ecke sicherte, in der noch niemand wartete. Die anderen beiden folgten ihm.

Ich versuchte, mich an die Texte zu erinnern. Ein paar der Zeilen hatte ich selbst geschrieben.

«Vorsicht an der nächsten Ecke». Das war aus einem Stück.

Und «Sicherheit wird großgeschrieben».

Das war aus einem anderen. Aber es war eine Zeile von mir. Wir hatten das so gemacht. Wenn einem etwas einfiel, dann nahmen wir es, wenn es gut war.

Gleich sollte uns irgendwer ansagen. Ich wurde nervös. Die kannten uns doch alle gar nicht. Also... Ein paar von denen kannten uns natürlich. Aber kein Mensch von denen hatte uns je spielen gehört.

Es war jetzt total voll. Sohle stieß sich von der Wand ab und blickte uns nacheinander alle an.

62 | Otto Castorp

Persönlicher Kontakt, dachte Otto, ist das A und O erfolgreicher Polizeiarbeit. Er parkte den Lada vor der Volkspolizeiinspektion Jena-Ost. Der Genosse, der dort jetzt als Gruppenführer die Verkehrspolizei leitete, hatte vor fünf Jahren den Bericht verfasst, den er eben durchgeblättert hatte. Und Otto hatte ein Gesicht in Erinnerung, das er mit dem Namen verband, der in der Akte stand.

In Wirklichkeit wollte er zwei Dinge. Wenn er das mit dem Gesicht und dem Namen so zusammenbrachte, wie er es sich vorstellte, dann würde das Gespräch mit einem freundlichen Lächeln beginnen. Man musste sich nicht mit Rang und Zuständigkeiten herumschlagen, sondern fing einfach an zu reden. Außerdem hatte er die Akte in seinem Büro gelassen. Er musste sich also nicht mit den Formulierungen aufhalten, über die er sich eben gewundert hatte. Die Peinlichkeit konnte er dem Genossen ersparen.

Seine Strategie ging auf. Nach dem ersten Schluck aus der Kaffeetasse fragte der Gruppenführer mit dem akkurat geschnittenen Schnurrbart: «Sag, wie kann ich dir helfen?»

«Nikoleit», sagte Otto und nahm einen Schluck aus der Tasse, um dem anderen das Wort zu überlassen.

«O ja.» Der Schnurrbart zog sich zusammen. «Habe ich von

gehört. Ihr habt da das andere Kind von denen tot aufgefunden. Ich musste sofort an den Unfall denken.»

Otto schlürfte laut.

«War es das, was dich interessiert?»

«Wir sehen uns das alles noch einmal an. Eine tragische Geschichte.»

«Ja.» Die Enden des Schnurrbarts wanderten nach oben, als der Gruppenführer das Gesicht verzog. «Damals habe ich den Unfall noch lange im Kopf gehabt.»

Noch ein Schluck aus der Tasse, die so gut wie leer war. Lass den Genossen reden.

«Ihr guckt euch den sicher genau an, den Nikoleit. Ist ja naheliegend.»

Otto nahm einen winzigen Schluck und sah den Genossen mit halb offenen Lidern an.

«Ob das nun ein Fuchs war oder nicht. Zu der Zeit gab es nicht viele von denen da in der Gegend bei Schlöben. Vielleicht war es ein Hund. Von denen laufen ja auch eine Menge da rum. Du kennst Schlöben, oder?»

«Klar.»

«Manche von denen sind eher wild. Ist auch egal, was es war. Aber der Nikoleit war kein ungeübter Fahrer. Da sieht man, wie schwierig es ist, wenn einem so etwas tatsächlich mal passiert. Das kann man nicht lernen. Noch Kaffee?» Der Gruppenführer zeigte auf die Kanne. «Nimm dir einfach.»

Otto füllte die Tasse auf und wartete.

«Der hat nicht einmal richtig gebremst. Als er den Fuchs oder den Hund, oder was auch immer das gewesen ist, gesehen hat, ist er dem ausgewichen. Genau so, wie man es nicht machen soll. Aber darüber machen die sich ja alle keine Gedanken. Und zu schnell war er auch.»

Der Gruppenführer legte Daumen und Zeigefinger auf die

Nasenwände und drückte sie kurz zusammen. Dann zog er Luft durch die Nase hoch. «Ich hab lange da gestanden und versucht, das alles zu verstehen. Aber was völlig klar ist: Der wäre genau in den Baum hinein gekracht. Also… Der ist natürlich da rein. Und das Mädchen ist dabei ja gestorben. Aber wenn der nicht über diesen Baumstumpf gefahren wäre, den man kaum sehen konnte von der Straße aus, dann hätte der Dacia – es war doch ein Dacia?»

Otto nickte.

«… dann wäre der ganz anders in den Baum reingerattert. Dann wäre der Nikoleit frontal dran gewesen. Nur weil der Vorderreifen über den Baumstumpf gerollt ist, hat der Wagen die Richtung leicht geändert und ist eher so seitlich gegen den Baum geprallt. Ich glaube mit der Ecke, wo vorn rechts der Scheinwerfer ist.»

Der Blick des Gruppenführers ging aus dem Fenster. «Dem Mädchen hat es nicht geholfen. Die ist nicht gegen die Frontscheibe geprallt. Die tödliche Kopfverletzung hat sie sich geholt, als sie an die Strebe geprallt ist, die Dachstrebe. Der Nikoleit hat fast noch Glück gehabt, wenn man in so einem Fall überhaupt davon reden kann. Wir haben die Spuren ja gesehen am Straßenrand, und das waren keine Bremsspuren, der wäre frontal gegen den Baum geprallt und ab durch die Scheibe gegangen. Und nur wegen dem Baumstumpf eben nicht. Den konnte man kaum sehen von der Straße aus. Der war halt nur eben da.»

«Sachen gibt es. Wir haben auch mal darüber geredet, ob der das absichtlich getan hat.» Der Mann ließ eine Pause. «So etwas muss man sich auch einmal vorstellen.»

Genau das war der Gedanke, der Otto auf dem Weg zu dem Gespräch gekommen war. Dass das vielleicht gar kein Unfall gewesen war.

63

Auf dem Parkplatz des Polizeipräsidiums in Jena bemerkte Otto den Wartburg der Morduntersuchungskommission. Rolf saß am Steuer und rauchte. Otto stellte den Lada ab und ging auf den Eingang des Gebäudes zu. Noch bevor er den erreicht hatte, blieb er stehen. Dann drehte er sich um, ging zurück zum Wartburg, stieg ein und setzte sich neben Rolf.

Sein Kollege redete nicht, hob aber beide Augenbrauen, als er den letzten Zug von der Zigarette nahm und den Stummel anschließend aus dem Fenster warf.

Beide sagten einige Minuten lang keinen Ton. Schweigend guckten sie nach vorn durch die Windschutzscheibe.

Otto sah Günter, der über den Parkplatz schlich, sich umsah und so tat, als bemerkte er sie nicht. «Auch eine?», hörte er Rolf fragen. Er nahm sich eine Zigarette und steckte sie in den Mund. Als ihm Rolf Feuer anbot, erkannte er den seit drei oder vier Tagen wachsenden Schnurrbart unter der Nase des Kollegen.

Er musste irgendeine Reaktion gezeigt haben. Denn Rolf räusperte sich nach dem ersten Zug. «Alle sagen, dass das den Frauen gefällt. Also dachte ich, dass ich es mal ausprobiere. Man weiß ja nie. Und man lebt nur ein einziges Mal.»

Otto hatte selbst einige Male darüber nachgedacht, sich einen Bart stehen zu lassen. Weniger wegen der Frauen. Da machte er sich keine Sorgen. Es war mehr die Gesellschaft anderer Männer, in der er sich oft unwohl fühlte. Zu klein. Zu dünn. Zu unbehaart. Aber er hatte es immer wieder verschoben, diese Sache mit dem Bart. Höchstens einmal vor dem Spiegel gestanden und beim Rasieren einen Schatten stehen gelassen, den er dann doch wieder entfernte.

«Denk nur nicht, dass ich mit dir darüber rede.»

Otto erschrak und drehte sich zu Rolf. Der blies langsam seinen Rauch gegen die Windschutzscheibe.

«Worüber?»

Rolf wandte sich Otto zu und blickte ihn über den Rand seiner Brille hinweg an.

«Ach so.» Otto schüttelte den Kopf, als ihm einfiel, worauf sich der Satz bezog. «Das war es gar nicht.» Rolf hatte angenommen, dass er über das Foto reden wollte. «Nikoleit», sagte er und dachte, dass er der Sache mit dem Foto trotzdem auf die Spur kommen musste. Irgendwann.

«Hast du einen Grund gefunden, warum er es nicht gewesen sein kann?»

«Ich denke, er war es.»

«Besser spät als nie.»

Otto erzählte von der Akte und dem Unfall. Vom Gespräch mit dem Gruppenführer der Verkehrspolizei und dem Fuchs und dem Baumstumpf und davon, dass der Wagen in der letzten Sekunde vor dem Aufprall noch eine Richtungsänderung vollzogen hatte. «Wenn du mich fragst», sagte er, «dann kann das auch der Versuch gewesen sein, sich und das Mädchen umzubringen. Je mehr ich darüber nachdenke, desto wahrscheinlicher erscheint mir das.»

«Und der Fuchs?»

«Vielleicht hat es einen Fuchs gegeben», sagte Otto. «Vielleicht auch nicht.»

«Und warum sollte Nikoleit so etwas tun?»

«Ich weiß nicht, warum er das tun sollte. Und ich weiß nicht, was zwischen ihm und der Tochter passiert ist. Aber du hältst ihn für den Mörder seines Sohnes. Also traust du ihm einiges zu. Oder nicht?»

Rolf antwortete nicht.

Erneut schwiegen sie.

Einige Regentropfen fielen auf das Auto. Dann war es wieder leise. Rolf bot noch einmal seine Packung an. Beide fingen an zu rauchen.

«Welche Schlüsse ziehst du daraus?», fragte Rolf endlich.

«Dass wir uns noch einmal alles ansehen.»

«Aber womit willst du anfangen?»

«Mit Rudow», sagte Otto. «Dem Arbeiter von Nikoleit.»

«Schwächstes Glied?»

«Ja. Meinst du, Heinz wird das gutheißen?»

Rolf warf den Stummel der Zigarette aus dem Wagenfenster. «Heinz heißt alles gut, was der Aufklärung des Falles dient.»

64

Es war dunkel, als Konrad Rudow vor seinem Haus in der Nähe des Paradiesbahnhofs auftauchte. Nur eine der umliegenden Laternen war in Betrieb. Otto wartete im Lada, ohne sich zu verbergen. Er hatte den Wagen kaum zehn Meter vom Eingang des Hauses abgestellt, das der Mann gerade betrat. «Den erkennst du ganz einfach. Er ist nicht so groß», hatte Günter gesagt.

Otto hatte nicht gesehen, dass Rudow einen Schlüssel benutzt hatte, um die Haustür zu öffnen. Er stieß sie auf und horchte. Oben ging die Wasserspülung eines Klos, das am Flur lag. Danach hörte er, wie eine Tür mit Schlüssel geöffnet und zugeworfen wurde. Er stieg die Treppen zum zweiten Stock hoch.

Sie hatten nur kurz zusammengestanden auf dem Flur. Alle Mitglieder der Morduntersuchungskommission. «Mach das allein», waren Heinz' Worte gewesen, als er von seiner Idee berichtet hatte. «Schau einfach, was dir auffällt.»

Konrad Rudow öffnete nach wenigen Sekunden. Otto hatte vorsichtig geklopft. Nicht so, wie sie es sonst immer machten. Und nun wunderte er sich über den kleinen, dünnen Mann. Er war selbst auch kein Riese, aber Rudow war einen ganzen Kopf kleiner als er. Ausgedünntes schwarzes Haar, ungepflegter Schnurrbart, zwei Tage keine Rasur gesehen, eingefallene Wangen, selbst im Halbdunkel fielen die hellblauen Augen im dunklen, toten Gesicht auf.

«Oberleutnant Castorp von der Morduntersuchungskommission Gera», stellte sich Otto vor. «Kann ich reinkommen?»

Rudow drehte sich wortlos um.

Vom engen Flur gingen nur zwei Zimmer ab. In einem standen ein Einzelbett, ein Regal mit Fernseher und ein paar Topfpflanzen. Als Beleuchtung diente eine von der Decke hängende Glühbirne. Auf dem runden Tisch waren die Reste eines Frühstücks zu sehen, ein angeschnittenes Brot und ein Stück Käse. In einer Tasse stand ein Kaffeerest. Rudow setzte sich auf das Bett und wartete. Er hatte noch keinen Ton gesagt.

«Wir wollen noch einmal den Tag durchgehen, an dem der Sohn von Michael Nikoleit umgekommen ist», sagte Otto und setzte sich an den Tisch. Er betrachtete den Mann erneut. Eingeklappt, wie Rudow auf dem Bett saß, wirkte er so klein, dass man sich kaum vorstellen konnte, wie er gemeinsam mit dem großen Nikoleit Schränke und Kommoden durch enge Treppenhäuser schleppte. «Schmerzen die Verletzungen noch?», fragte Otto.

Rudow nickte, ohne ihn anzusehen, und zog ein Hosenbein hoch. Schorf und ein paar Schrammen kamen zum Vorschein. Er gaffte Otto an und dann auf das Bein. Geredet hatte der Mann immer noch nicht.

«Wann haben Sie sich denn mit Michael Nikoleit getroffen an diesem Sonntag? Erinnern Sie sich daran noch?»

«Von vier bis sechs.» Rudow sprach langsam, jede Silbe kam für sich allein aus dem Mund.

«Also … Wann haben Sie mit der Arbeit angefangen?»

«Vier.»

«Und wo war das genau?»

«Halle.» Auch das eine Wort dehnte er zwischen den beiden Silben endlos aus.

Hatten Heinz und Günter erwähnt, dass Rudow kaum in der Lage war zu reden? Otto erinnerte sich nicht.

«Und das mit der Kommode …» Otto versuchte es einmal anders. Vielleicht erwiderte Rudow irgendetwas, um den Satz zu vervollständigen.

Der Mann blieb in sich gesunken auf dem Bett sitzen, hob aber den Kopf. Ihre Blicke trafen sich kurz.

«Runtergefallen. Michael hat zu früh gezogen.»

Na bitte, dachte Otto. Geht doch. Aber was hatte er nun davon?

«Warum hat der denn zu früh gezogen?», fragte Otto.

Rudow rührte sich nicht. Wollte er nicht sagen. Oder wusste es nicht. Das führte nirgendwohin.

«Was ist Herrn Nikoleit denn bei dem Unfall passiert?»

Langsames Einatmen bei Rudow. Dann richtete er sich leicht auf und zeigte auf verschiedene Stellen an seinem Körper. «Da», sagte er und zeigte auf seine Brust. Dann legte er eine Hand auf die Hüfte. «Da», sagte er. Dann zeigte er an das Bein, das Otto eben noch verschorft gesehen hatte. «Da. Da auch.»

Otto stand auf. «Ja», sagte er. «Herzlichen Dank, Herr Rudow.» Dann ging er durch das Zimmer und verließ die Wohnung ohne Gruß.

Er war schon auf der Treppe nach unten, als ihm etwas einfiel. Er krempelte den linken Ärmel des Jacketts hoch und zog die Armbanduhr aus, die ihm Birgit vorletztes Jahr zu Weihnachten geschenkt hatte. Oder vielleicht auch im Jahr davor, er wusste es nicht mehr so genau. Er steckte die Uhr in eine Hosentasche und ging wieder hinauf. An der Wohnungstür blieb er kurz stehen, hörte aber nichts. Dann klopfte er so leise wie zuvor.

Rudow zog langsam an der Tür, die hellen Augen weit aufgerissen.

Otto schob den linken Ärmel nach oben und zeigte auf sein leeres Handgelenk. «Ich habe meine Uhr zu Hause vergessen. Können Sie mir gerade sagen, wie spät es ist?»

Die Augenlider flackerten kurz. Dann blickte Rudow zu Boden. Otto hielt die Situation kaum zehn Sekunden lang aus, dann drehte er sich um und verließ das Haus.

65 | Julia Frühauf

Die Nacht nach dem Konzert fühlte sich an wie das Ende des Lebens.

Wir sind noch zu Tommie gegangen. Alle vier, und Trine war auch dabei. Sie ist aber bald verschwunden. Und wir haben in der Wohnung herumgesessen und eine Flasche Kakao mit Nuss getrunken. Tommie hat gesagt, dass er auch nicht so genau wusste, wo die Flasche herkam. Irgendwer hatte sie irgendwann mal mitgebracht.

Als die Flasche leer war, haben Melchior und Sohle die Wohnung abgesucht nach etwas, das man trinken konnte. Irgendetwas. Weil aber alles leer war, haben wir uns mit Zigaretten zufriedengegeben. Dabei rauche ich ja eigentlich gar nicht. Der Abend war zu Ende, und er war schön gewesen. Und die Nacht, die angebrochen war, würde bald ein Ende haben. Ich musste nach Hause. Das hatte ich den Eltern versprochen, die von dem Konzert nichts wussten.

Alles, was dann abgelaufen ist, sehe ich vor mir wie in einer Fotoserie. Von manchen Szenen gibt es nur ein paar Fotos, von anderen dafür ganz viele. In der Küche, als wir da saßen und rauchten, fiel kaum noch ein Wort. Wir waren alle müde und auch ein bisschen beschwipst, obwohl ich glaube, beschwipst beschreibt nicht so genau, was mit mir war. Wir haben jedenfalls da gesessen. Ich am Tischende. Melchior gleich übers Eck.

Wir haben uns ein paar Mal in die Augen gesehen, und ein paar der Momente kann ich bis heute noch nachfühlen, so schön waren die. Das hatte damit zu tun, dass wir so entspannt waren in dem Moment. Sohle und Biber haben irgendwas geredet, und Tommie war gerade woanders in der Wohnung. Aber der eine Blick von Melchior, der war so tief, da habe ich gespürt, dass wir ganz lange zusammen sein würden.

Der Blick war auch der letzte von Melchior, an den ich mich erinnere. Damit meine ich den letzten, der ausgedrückt hat, was zwischen uns war. Auch deshalb ist er so eingebrannt in mir. Danach hat es nicht mehr lange gedauert, bis wir alle panisch neben dem Tisch standen.

Wir wussten, dass so etwas passieren konnte. Und wir wussten auch alle, was vor sich ging, als die Tür eingetreten wurde. Wir wussten, wer eine Sekunde später in die Küche stürmen würde. Eines von diesen Bildern, das ich noch ganz scharf gestellt sehen kann, ist das, als die beiden Polizisten, die den Trupp angeführt haben, sich gegenseitig daran gehindert haben, durch die Küchentür zu kommen. Das war natürlich nur eine Sekunde oder vielleicht auch viel weniger, in der die beiden sich im Türrahmen in die Quere kamen. Aber manche Sachen vergisst man eben nicht.

Die Verzögerung war für die Polizisten nicht so von Bedeutung, weil sie danach alle sehr schnell in der Küche drin waren. Sie haben sofort angefangen zu schlagen. Die waren zu acht, wenn ich mich richtig erinnere. Einer ist im Türrahmen stehen geblieben, das war der neunte. Draußen waren noch mehr, das haben wir aber damals nicht gewusst.

Alle, die in der Küche waren, haben Schlagstöcke gehabt und damit gezielt auf unsere Köpfe geprügelt. Aber ich habe nur einen von den Schlägen abgekriegt, viel weniger als die anderen. Der eine Polizist, der direkt neben mir stand, nachdem ich den ersten Schlag abgekriegt hatte, der hielt auch einen Stock in der Hand, aber in der falschen. Das sehe ich auch noch ganz genau vor mir, wie der den Stock hielt. In der Mitte, mit der linken Hand. Das war ein komisches Bild, weil er damit nicht zuschlagen konnte. Vielleicht, weil es so eng war in der Küche und er den anderen Polizisten in die Quere gekommen wäre, wenn er den Stock in der anderen Hand gehabt hätte.

Dafür hat er die Faust genutzt. Ich habe die von halb unten abgekriegt. Auch das sehe ich noch vor mir. Das war mir bis dahin noch nie geschehen, dass mich einer mit der Faust geschlagen hat. Das war eine unglaubliche Bewegung, da war so viel Kraft drin. Und ich sehe dieses Bild noch so genau vor mir, weil ich mich gut daran erinnern kann, wie ich reagiert habe. Ich hab den Kopf nur ein Stück zurückgezogen und damit verhindert, dass der mich unter dem Kinn trifft.

So hat mich die Faust mehr gestreift als getroffen. Die ist an meinem Kinn vorübergefahren und hat mich dafür am Jochbein erwischt.

Wir haben alle schon gestanden, als die Polizisten in die Küche stürmten. Und das ist auch eines dieser Bilder, die mir ganz klar in Erinnerung sind. Die anderen haben sich alle unter den Stockschlägen geduckt, haben versucht, klein zu werden oder in sich zu verschwinden, als ich nach hinten gefallen bin. Über den Stuhl hinweg, den ich umgerissen habe, und gegen die Wand, wo ich liegen geblieben bin.

Dann haben sie uns aus der Küche rausgedrängt, in Tommies Schlafzimmer. Ein kleiner Raum, in dem nicht viel rumstand. Da war ein winziger Moment, in dem ich nur mit mir beschäftigt war und fast nichts gesehen habe, auch weil ich mit dem Kopf an die Wand schlug, als sie uns da reingeschubst haben. Aber ich habe die anderen schreien gehört. Ich habe vor allem Melchiors Stimme gehört, den sie einmal richtig erwischt haben müssen mit dem Stock. Von Sohle weiß ich, dass die zwar zuerst auf die Köpfe geschlagen haben, aber dann vor allem auf die Schultern und die Oberarme, da tut es ja auch richtig weh.

Als ich wieder richtig gucken konnte, war Tommie schon in dem Zimmer verschwunden, und ein Polizist gab Biber gerade einen Tritt, sodass er auch dort hineinfiel. Zwei haben dann Sohle gegen den Türrahmen gestoßen, der ist dann ganz freiwillig dort reingekrabbelt. Melchior war der Nächste, das habe ich gesehen, als ich überlegt habe, ob ich liegen bleibe oder aufstehe. Und Melchior, das konnte ich genau sehen, hat die Situation begriffen und war dabei, langsam aufzustehen, um selbst ins Schlafzimmer zu gehen. Er erhob sich gerade, da ist einer von den Polizisten von hinten angesprungen gekommen und hat ihm mit dem Stock von der Seite direkt übers Ohr gehauen. Das sehe ich auch ganz genau vor mir. Wie der Polizist springt. Wie er mit den Füßen aufsetzt. Und wie er sich beim Schlagen ganz leicht nach vorn beugt. Und dann Schwung holt und den Stock gegen Melchiors Kopf drischt.

Eigentlich ist das eine ganze Serie von Bildern, die ich abrufen kann. In einem davon spritzt Melchiors Blut auf den Tisch. Das ist gar nicht so viel, und ich sehe eigentlich nur, wie es vom Kopf wegspritzt und gar nicht, wie es auf dem Tisch ankommt. Ich liege ja noch halb am Boden. Aber Stock auf Kopf, das ist noch da.

Melchior ist kurz zusammengebrochen, hat sich auf dem Tisch abgestützt, dann wieder ein bisschen aufgerichtet und ist dann richtig zusammengeklappt und mit dem Oberkörper auf den Tisch gefallen. Zwei Polizisten haben ihn gegriffen und ins Schlafzimmer geschleift.

Es gibt eine Sache, und wirklich die eine nur, an die ich mich nicht mehr erinnern kann. Als Melchior so geschlagen wurde, das haben mir alle hinterher gesagt, deshalb glaube ich das auch, da habe ich laut und in einem anhaltenden Ton geschrien. Das wusste ich hinterher nicht mehr. Aber ich bin davon überzeugt, dass das das Einzige war, was mir verlorengegangen ist.

Der, der mich mit der Faust geschlagen hatte, ist zu mir gekommen, hat mich mit einer Hand am Fuß gepackt und mich um den Tisch herumgezogen. Kurz vor der Schlafzimmertür hat er meinen Fuß losgelassen, ist über mich gestiegen und hat mich in die Seite getreten. Also bin ich ganz schnell zu den anderen ins Zimmer gekrochen.

«Wehe, ihr macht das Licht an», hat einer von den Polizisten gerufen. Dann wurde die Tür zugeknallt.

Im dunklen Zimmer hat keiner von uns einen Ton gesagt. Die ganze Szene vom Türeintreten bis zu dem ersten Moment im Dunkeln hat sicher kaum eine halbe Minute gedauert. Und wir waren alle komplett weggetreten. Ich weiß nicht, was die anderen gedacht haben, was jetzt passieren würde. Aber ich habe gespürt, dass ich nicht die Einzige war, die so eine unglaubliche Angst hatte. Aus der Küche war zu hören, wie die Polizisten Sachen zerschlugen. Viel gab es da ja nicht. Ich dachte, dass die jetzt zu uns kommen und die Stöcke noch einmal benutzen. Und dass es das dann gewesen wäre. Wie falsch ich gelegen habe.

Es dauerte sicher nicht mehr als noch einmal eine halbe Minute, bis die Tür aufgerissen wurde und zwei Polizisten mit Taschenlampen ins Schlafzimmer kamen. Sie haben uns kurz angeleuchtet und dann Sohle an einem Arm rausgezogen.

Und als die Tür wieder zu war, da fing es erst richtig an.

Im Zimmer war es fast ganz dunkel, aber meine Augen waren gerade dabei, sich daran zu gewöhnen. Ich habe Melchiors Umriss gesehen und eine Hand nach ihm ausgestreckt, als

Sohles erster Schrei zu hören war. Der war kurz und heftig, voller Überraschung und gleichzeitig auch Entsetzen, so als hätte er mit irgendetwas überhaupt nicht gerechnet, aber erst der Nächste war einer, der den Schmerz ausdrückte. Und das Nächste, was wir hörten, war das dumpfe Poltern gegen die Tür. Und wieder Sohles wehen Ton, leiser jetzt.

Melchior griff meine Hand ganz fest.

Biber sagte: «Scheiße.»

Und Tommie: «Nazis.»

Da waren ganz heftige Ohrfeigen zu hören, jedes Mal gefolgt von Sohles «Ah», das beim dritten Mal schon matt klang. Wir haben Stühlerücken und Lachen gehört, aber natürlich nicht das von Sohle, und dann war es kurz ruhig.

Abwechselnd war da wieder Lachen, leiser nun, und ein Klopfen. Das war Stock auf Tisch, ganz sicher. Von uns im Raum hat keiner geredet.

Melchiors Hand war ganz schwitzig.

Oder meine.

Auf-und-ab-Gehen in der Küche. Stühle wurden wieder gerückt, Flatsch, Flatsch, das waren noch zwei Ohrfeigen, und was für welche, wir haben Sohle weinen gehört, dann mehr Schritte.

Und dann war Ruhe. Für … drei oder vier Sekunden. Oder zehn? Aber die waren endlos lang.

Die Tür wurde wieder aufgerissen, drei Polizisten stürmten herein und griffen sich Tommie. Das ging ganz schnell. Die Tür wieder zu, und es war wieder dunkel.

Ich hatte so eine Angst.

Wieder das Klatschen, diese Ohrfeigen, aber kein Stühlerücken. Schritte, kurze Ruhe, und die Tür wurde schon wieder aufgerissen. Drei Männer kamen hintereinander in den kleinen Raum und zerrten Biber heraus.

Als die Tür wieder zu war, legte Melchior seinen Arm um mich.

«Was machen die da?», fragte er.

«Die tun uns weh.»

Poltern in der Küche. Biber wimmerte kurz. Sie stießen ihn gegen die Wand oder die Möbel. Jetzt rumpelte er an die Tür. Wir hörten sein Röcheln.

Es polterte im Rhythmus an die Tür. Einer schlug Biber. Oder trat. Einmal das Poltern, noch einmal, und wieder. Biber machte ein «Rrrrrrr», dann Schieben oder Zerren auf dem Boden. Und wieder diese komische Ruhe für einen winzigen Moment. Ich wusste, dass gleich etwas Böses passieren würde.

Zwei Männerstimmen redeten, wir verstanden kein Wort. Das Klopfen wieder, Stock auf Tisch. Entweder, um Biber zu beeindrucken oder für uns. Lachen, laut. «Jetzt ist es gut», sagte einer. Etwas kippte um, Schritte aus der Küche. Und auf einmal war es ganz leise.

«Die bringen uns weg.» Melchior hielt mich fest. Ich kroch mit dem Kopf zwischen seine Schulter und die Halsbeuge. Er roch nach saurem Schweiß.

«Wo sind die jetzt?»

«Draußen», sagte Melchior.

Ich streichelte über seine Wange und machte mich frei. Leise stand ich auf und ging zum Fenster. Ich wusste ja, dass wir im zweiten Stock waren, aber vielleicht konnten wir da raus. Ich sah einen engen Hinterhof und zwei rauchende Polizisten.

War das ein Flüstern hinter der Tür? Die Küche war nicht so leer, wie es sich anhörte.

Die Tür ging wieder auf. Nicht mit so viel Krawall dieses Mal. Zwei Polizisten kamen herein, griffen Melchior unter den Achseln und zogen ihn heraus. Ich konnte Melchior noch sehen, wie er meinen Blick suchte, da war die Tür wieder zu.

Sofort war da ein dumpfes Schlagen. Das war Stock auf Jacke. Melchior konnte ich auch hören. Ein «Schschsch», das aus ihm herauskam. Wieder Schlagen, und schon wieder dieser Ton von Melchior. Das tat dem richtig weh. Ich konnte das an mir selbst spüren. Das kann man, wenn man einen richtig gernhat.

Die Tränen konnte ich nicht mehr halten. Ich hatte es geschafft, als sie Sohle weh taten. Und auch bei Tommie, bei dem das nicht so lange gedauert hat. Und bei Biber, als mich Melchior noch gehalten hat. Und ich ihn.

Dabei hab ich immer auch eins gedacht: Ich komme auch dran. Das war kein Plan, stark zu sein. Einfach nur der Sinn, das hier überstehen zu wollen. Melchior machte jetzt einen Ton, der tief aus ihm kam. Das war etwas Gurgelndes. Ich habe gar nicht gehört, was vorher geschehen war. Was sie ihm getan hatten. Und noch einmal dieses Gurgeln.

Jetzt hustete er. Aber nicht trocken.

Schritte näherten sich. Kamen in die Küche.

«Seid ihr schon so weit?» Eine tiefe Stimme. Feste Schritte auf dem Küchenboden.

Ein Klatschen, schweres Schleifen auf dem Boden. Dann fiel Melchior gegen die Tür. Er war so nah, aber sein «Ah» so leise, so schwach.

Ich setzte mich mit dem Rücken an die Tür. So konnte ich ihm helfen. Ich stützte ihn.

Den ersten Schlag fing ich noch locker ab. Meine Tränen liefen auf den Pulli und weiter. Ich konnte Melchior deutlich spüren.

Sei stark.

Melchior.

Ganz stark.

Noch ein Schlag. Die Tür bebte. Es tat selbst in meinem Rücken weh. Ich fing den Hieb auf und hoffte, dass ich Melchior wenigstens einen kleinen Teil abnahm. Dass er mich fühlen konnte. Meine Liebe.

Den Stock konnte ich jetzt sehen. Ich hielt die Hände vor mich, als könnte ich ihn abwehren.

Melchior machte einen ganz tiefen Ton. Ich spürte, dass er noch weiter an der Tür hinabrutschte. Und ich versuchte, ihn zu halten. Ganz sanft nahm ich ihn in meine Arme. Da rummste es gegen die Tür. Das war nicht mehr der Stock. Jetzt traten sie ihn.

«Chchch», machte Melchior. Und dann hatte ich das Gefühl, dass er mir aus den Armen glitt. Und plötzlich war es wieder leise.

«Jetzt hat er das», sagte die tiefe Stimme, in der ein Rest thüringischer Klang zu erkennen war. Schritte und Schleifen. Der Druck gegen die Tür war weg. Sie hoben Melchior hoch.

Es ging schnell, Melchior gab einen ganz krummen Ton von sich, der sich nach Aufgabe anhörte. Habe ich ihm denn gar nicht helfen können?

Schritte und Schleifen. Sie brachten ihn raus. Nur ich war noch übrig in dem Schlafzimmer. Gleich würden sie mich holen. Aber in der Küche war gerade alles ruhig.

Ich setzte mich mit angezogenen Beinen an die Tür. Mehr gegen die Tür. Sollten sie doch was zu tun haben, wenn sie mich haben wollten.

Jetzt kamen sie. Schritte die Treppe hinauf. Alles andere war so weit weg. Im Wohnungsflur schon. Durch die Küche. Die Klinke geht. Druck gegen die Tür. Ich hielt dagegen. Sie hatten trotzdem keine Mühe. Wortlos zerrten sie mich ins Licht.

Und dann liege ich da am Übergang zwischen den Zimmern. Über mir stehen drei Polizisten. Zwei haben einen Stock in der Hand. Mehr Uniformen kann ich hinter ihnen an der

Wand sehen. Es gibt da einen Moment, und in diesem Moment sehe ich die Gesichter über mir. Eines angespannt, eines stumpf, eines in Freude.

Mitten in der Freude ist ein Schnurrbart. Und der Stock, der zur Freude gehört, fährt mir gegen das Schienbein.

Zong.

Das hab ich noch nicht erlebt.

Das flippt durch den ganzen Körper. Wie ein Strahl geht das nach oben und wird vom Kopf weiter verteilt. Der Schmerz spiegelt sich kurz in jedem einzelnen Organ und in jedem, aber wirklich in jedem einzelnen Nerv, bevor er sich wieder am Schienbein konzentriert. Dann gibt es den Schlag auf das Knie.

Und das tut so weh.

Der Schnurrbart beugt sich über mich. So viel kann ich durch den Schleier vor meinen Augen erkennen. Er hebt den Stock schon wieder und hält kurz inne. Ich versuche, das schmerzende Schienbein und das geprügelte Knie gleichzeitig zu schützen. Und das andere Schienbein und das Knie, das nicht getroffen ist. Und überhaupt halte ich die Hände überallhin, um zu verhindern, dass er mir noch einmal weh tut.

Der Schnurrbart wartet noch ein bisschen mit dem Stock, der weit über mir lauert. Und dann schlägt er rhythmisch zu. Nicht mehr so fest wie beim ersten Mal, aber überallhin, wo er eine ungeschützte Stelle sieht. Die eine Schulter und die andere, ein Schlag streift ein Ohr, der nächste geht auf den Bauch, dann erwischt er einen Oberschenkel.

Den nächsten Schlag deutet er zuerst nur an, und ich bewege die Hände panisch hin und her. Und dann schlägt er den Stock mit Wucht auf meine Brust.

Damit habe ich nicht gerechnet. Und der Schmerz ist nicht so reißend wie der auf dem Schienbein eben. Es hat weh getan. Ziemlich sogar.

Aber in erster Linie bin ich panisch.

Ich fahre zusammen, als würde es mich zerreißen. Und schürze die Hände vor der einen Brust. Und dann vor der anderen. Und anders als zuvor gucke ich dem Schnurrbart in die Augen.

Der lauert.

Zuckt.

Die beiden anderen, die den Schnurrbart einrahmen, bewegen sich kaum, soviel ich sehen kann.

Der Schnurrbart droht mit dem Stock, fährt damit halb herunter, hält inne, hebt ihn wieder, deutet noch einmal an, höher, und dann schlägt er mir den Stock auf die andere Brust.

Und obwohl ich gewappnet bin, obwohl ich es erwartet habe, obwohl ich weiß, dass es nicht so fürchterlich schmerzt wie auf dem Knochen, ist es ganz, ganz schrecklich. So schlimm. Ich schreie laut, ganz laut.

Der Schnurrbart freut sich.

Ich kann es in den Augen sehen. Und an dem einen Mundwinkel, der leicht nach oben zuckt.

Der Schnurrbart wackelt kurz mit dem Kopf. Die beiden anderen reagieren darauf, stürzen sich auf meine Arme und reißen sie zur Seite.

Der Schnurrbart sieht sich das an.

Er kratzt sich kurz am einen Ende des Schnäuzers. Er hat Zeit.

Das ist der Moment, wo ich das Verrottete rieche. Ich weiß gar nicht, warum. Da sind andere Dinge, die ich wahrnehmen müsste. Oder?

Ich habe so eine Angst. Und alles tut weh. Die Stellen, an denen mich der Stock getroffen hat und auch die anderen, die er noch nicht gesehen hat. Aber ich rieche die Verwesung über dem Zigarettenrauch, der in der Küche hängt. Der Kühlschrank neben mir springt an. Da muss das herkommen. Der eine Polizist hat seinen Stock quer über meinen Unterarm gelegt und hockt darauf. Ich verliere langsam das Gefühl in der Hand. Und in der Nase habe ich die Verwesung. Der andere stellt seinen Fuß auf meine Hand. Kurz habe ich das Gefühl, dass ich mich übergeben muss.

Ein Zucken noch, und der Schnurrbart schlägt zu. Auf den Oberschenkel, auf den Fuß, dann die Schulter und auf die Brust, auf die er zuerst geschlagen hat, überallhin, und immer wieder auf die eine Brust.

Jetzt hat er seinen Rhythmus gefunden.

Tack. Tack. Tack. Und tack, tack, tack

Die einzelnen Schläge sind nicht so hart wie die am Anfang, aber sie kommen beständig. Immer wieder. Jetzt kommt jeder zweite auf die Brust. Und jeder tut weh. Jeder fährt gleichzeitig hoch in den Kopf und durch den ganzen Körper.

Noch einer auf die Brust. Noch einer. Und er hört auf.

Da ist die Verwesung in meiner Nase. Noch immer. Oder schon wieder. Und ich kann den Schnurrbart hecheln hören. Kurz ein, kurz aus. Ein Feuerzeug geht an. Von hinten reicht einer dem Schnurrbart eine Zigarette. Er zieht lange und hält den Rauch in sich. Dann kommt der aus den Nasenlöchern und dem Mund zur gleichen Zeit wieder raus.

Er zuckt wieder mit dem Kopf. Die beiden lassen meine tauben Arme los.

Ich reibe sofort die Hände aneinander. Da ist kein Blut mehr drin, kein Gefühl, gar nichts.

Genau die Sekunde, in der ich mich auf die Hände konzentriere. Das Leere darin, sie sind kalt und zerbrechlich. Angst, sie nie mehr gebrauchen zu können. Kann Melchior sie nicht in seine nehmen, um sie zu wärmen? Um sie wieder fühlen zu machen?

Genau diese Sekunde.

Da tritt mich der Schnurrbart zwischen die Beine. Von oben, mit der Ferse.

Ich ziehe mich zusammen, hebe die Beine an. Nur um mich zu schützen. Da tritt er mit der Schuhspitze noch einmal. Und erwischt mich genau in der Mitte.

Das ist das Schlimmste. Und ich gebe auf.

Im Schmerz. In der Verzweiflung.

Und dann hat sich der Schnurrbart abgewandt.

Die drei sind zur Tür gegangen, wo die anderen Uniformen gewartet haben. Sie haben geredet, laut und vernehmlich. Aber ich hab kein Wort verstanden. In meinen Ohren war alles wund und roh. Gleich würden sie mich anfassen an all den Stellen, die so weh taten, und mich hinunterschleppen. Und dann würden sie mich …

Das Reden war vorüber.

War es das wirklich? Ich hörte genau hin. Keine Worte. Keine Schritte.

Ich wollte die Augen aufmachen und begriff erst, dass sie schon offen waren.

Es war dunkel in der Küche. Von draußen kam ein leises Flimmern. Licht einer Laterne. Das Reflektieren von irgendetwas.

Aber die Polizisten waren tatsächlich weg. Ich nahm die Küche noch einmal mit der Nase in mich auf. Die Verwesung war ebenfalls weg.

Also versuchte ich aufzustehen. Aber ich konnte mich nicht bewegen. Keinen Zentimeter.

Ich suchte die Fesseln an Händen und Füßen, aber da waren keine.

Noch einmal also.

Aufstehen.

Aber weder der Oberkörper noch die Beine gehorchten der Idee.

Der Kopf? Bewegte sich nach links ein Stück. Und nach rechts ebenso.

Die Hände? Ich konnte die Finger bewegen. Langsam. Ganz langsam.

Waren die Polizisten wirklich weg?

Ganz allmählich taten die Arme, was ich mir von ihnen wünschte. Ich legte sie sehr vorsichtig zwischen den Beinen zusammen und fing an, meine Wunden zu zählen.

Und ich wunderte mich darüber, dass ich nicht weinen konnte.

66 | Otto Castorp

«Dass es so was in der DDR gibt», sagte Günter und spitzte die Lippen. «Tut mir leid, da habe ich nicht aufgepasst.»

Heinz nickte, er war auch dabei gewesen, als Rudow befragt worden war. «Und du bist dir ganz sicher?», fragte er.

«Ganz, ganz sicher», sagte Otto. «Der kann die Uhr nicht lesen. Der kann auch sonst nicht lesen. Kein Buch, keine Zeitung in der Wohnung. Nicht einmal die FRÖSI. Und nicht einmal die würde der verstehen.»

«Wie kann denn so einer durchs Raster fallen?» Rolf lehnte sich zurück, als es gerade dunkel wurde im Besprechungsraum. «Die gehen doch alle zur Schule.»

«Manche schaffen es einfach nicht.» Konnie war der Letzte, der es zu einer Wortmeldung schaffte. «Manche sind einfach …» Er suchte nach einem Wort.

«… zu blöd», ergänzte Rolf. «Außerdem ist er nicht in der DDR geboren. Wie alt ist der?»

«Sechsundvierzig», sagte Günter.

«Na ja, dann hat der im Krieg noch was auf den Kopf gekriegt. Trotzdem haben wir da was übersehen.» Rolf sah Günter fragend an.

«Das haben wir versaut», sagte der. «Entschuldigt.»

«Also hat der Nikoleit dem das alles eingeflüstert?» Heinz blickte in die Runde. Er fixierte Günter kurz, so als wäre der schuld daran, dass sie gemeinsam die Zeugenbefragung vermasselt hatten. Dann entspannte sich seine Miene wieder. «Ich hab es einfach nicht gemerkt.»

«Wir holen uns den.» Konnie war bereit aufzubrechen.

«Der läuft uns nicht weg.» Heinz hob beschwichtigend die Hände. «Wo soll der auch hin?»

«Willst du, dass wir das selbst machen?», fragte Günter.

«Auf jeden Fall. Das lassen wir uns nicht nehmen.» Heinz sah auf seine Uhr. «Eine Zigarette für jeden, dann brechen wir auf.»

67

Heinz gab das Zeichen und stieg in den Wartburg. Die beiden Wolga-Streifenwagen mit den Schutzpolizisten setzten sich in Bewegung und rollten die hundert Meter bis zum Haus der Nikoleits. Heinz hielt hinter ihnen an, dann folgten Konnie mit seinem Wagen und schließlich Otto. Er stieg langsam aus. In solchen Situationen waren es andere, die sich gerne zeigten. Er hatte keine besondere Freude daran, jemandem die Handschellen anzulegen und den Standardspruch aufzusagen. Sollte Rolf das tun.

Zwei der Schutzpolizisten gingen gemächlich um das Haus herum. Niemand brauchte schließlich so eine Panne wie vor kurzem am Westbahnhof. Einer der anderen Schupos klingelte bei den Nikoleits und wartete. Er klingelte nach ein paar Sekunden erneut und drehte sich zu Heinz um. Der schickte ihn mit einer Fingerbewegung zur Seite und drückte die einzige andere Klingel. Als sich auch dort nichts tat, zeigte er mit dem Finger auf einen weiteren Schupo, der die Tür mit einem Brecheisen öffnete. Eine weitere Bewegung des Fingers, und der Uniformierte machte sich auch an der Wohnungstür zu schaffen.

Heinz blieb stehen, als die Tür aufsprang. Rolf, Günter und Konnie strebten mit Energie in die Wohnung hinein. Otto zwängte sich durch die Uniformen hindurch und stellte sich zu seinem Leiter. «Wenn er hier nicht ist», sagte er, «und auch nicht im Lager, wie wir ja wissen, dann ist er vielleicht auf Einkaufstour.»

«Wir haben ihm noch einmal deutlich gemacht, dass er sich zu melden hat, wenn er die Stadt verlassen will.»

«Und von ihm liegt nichts vor?»

Heinz schüttelte den Kopf.

Rolf erschien im Flur. «Der Vogel ist ausgeflogen.»

Günter war hinter ihm zu sehen. «Alle Schränke ausgeräumt. Auch die Frauensachen.»

Heinz schüttelte noch immer den Kopf. «Das ergibt für mich keinen Sinn.»

«Vielleicht hat er auf seinen Touren irgendwo einen Unterschlupf gefunden», sagte Konnie, der gerade aus dem Wohnzimmer kam.

«Aber was hat er davon?», fragte Otto. «Das dauert keine drei Tage, und dann haben wir ihn. In der DDR kann man sich nicht verstecken.»

«Wir …» Heinz suchte nach Worten. Das hatten sie lange nicht mehr erlebt. «Wir treffen uns jetzt erst einmal im Polizeipräsidium. Die Fahndung geht natürlich raus. Und dann sehen wir weiter.» Er wollte das Haus schon verlassen, als Günter ihm eine Hand auf die Schulter legte. «Eines noch. Hatte der vielleicht noch eine Genehmigung für heute, das Land zu verlassen mit seinen Antiquitäten? Vielleicht probiert er es einfach mal.»

«Unsinn.» Rolf war schon fast aus der Haustür heraus.

«Das kann er ja total vergessen, wenn die Ehefrau auch noch dabei ist.»

68 | Julia Frühauf

«Ich will da ganz offen sein», sagte der Mann, der sich mir irgendwann als Reuter vorgestellt hatte, aber ganz sicher nicht so hieß.

Und «Ich will da ganz offen sein» war eine seiner Standarderöffnungen für ganz egal was.

«Das war ein Versehen», sagte er dann weiter. «Du hättest auf gar keinen Fall in der Küche drangenommen werden sollen. Das tut mir wirklich sehr leid.»

«Für die anderen tut es Ihnen nicht leid?» Das war fast ein Widersprechen. Und das war mehr, als ich bisher in den Treffen und Unterhaltungen mit ihm gewagt hatte. Ich konnte kaum stehen, weil mir zwischen den Beinen alles weh tat. Aber Hinsetzen machte es auch nicht besser. Dann spannte die Hose viel zu sehr auf den Stellen, die an den Oberschenkeln noch so weh taten. Und das war erst recht die Hölle.

«Manchmal ist es doch so», sagte er, «dass Aktionen schwerwiegende Reaktionen hervorrufen.» Wir trafen uns schon zum dritten Mal in einem Haus, dessen Vorderseite von einem Baugerüst verdeckt war. Man ging einfach hinein, weil die Tür zum Treppenhaus nur angelehnt war. Nicht, dass in dem Haus gerade gearbeitet wurde. Reuter setzte sich auf die Treppe, die zur ersten Etage hochführte. Die Stufe, auf die er sich setzte, war im Gegensatz zu den anderen sauber. Er öffnete die Knöpfe zu seinem grünen Regenmantel und holte eine Zigarette aus dem blauen Jackett, das er darunter trug. «Die wissen doch, was sie tun. Oder?»

Das waren die Sachen, die er immer wieder erzählte. Die hatte ich schon gehört. Leute wussten, was sie taten, und durften sich nicht beschweren über die Konsequenzen, die sie zu tragen hatten. Ich musste darauf nicht antworten.

«Wir werden das irgendwie wiedergutmachen», sagte er, als die Zigarette brannte. «Ich weiß, das hört sich jetzt wie ein Versprechen an, an das sich übermorgen niemand mehr erinnert. Aber ich meine es wirklich so.»

Ich stand vor ihm und sah ihm beim Rauchen und Reden zu. Gleich würde er mir Fragen stellen. Aber zuerst würde er die Zigarette zu Ende rauchen. Gerade streckte er die Hand zwischen den Streben des Treppengeländers hindurch und aschte auf den Kachelboden. «So», sagte Reuter und richtete sich auf. Durch ein Fenster fiel mattes Licht auf seinen schmalen Kopf. An einem Ohr war eine kleine Wunde zu sehen, die er sich nur beim Rasieren zugezogen haben konnte. «Was gibt es also?»

«Wir wollten nächste Woche in Arnstadt spielen. Da ist ein Fest, das von der Kirchengemeinde organisiert ...»

«Ich weiß, ich weiß», sagte Reuter. «Sag mir was, das ich nicht weiß.»

«Will ich ja gerade.»

«Ach so. Dann mach weiter.»

«Kann aber sein, dass das nicht geht. Sohle hat zwei verstauchte Finger von vorgestern und kann im Moment nicht spielen. Und Melchior hat Kopfschmerzen wegen den Schlägen gegen den Kopf.»

«Der Thomas Schuster kann ja sowieso nicht spielen. Und

das hindert ihn ja auch sonst nicht, seine Gitarre anzufassen. Oder?»

Weil mir dazu nichts einfiel, sagte er: «Stell dir einfach vor, dass das ein Witz war.»

Mir fiel immer noch nichts ein.

«Ein Witz, ja?», sagte Reuter.

«Ja.»

«Also. Erzähl weiter.»

Es hatte uns alle erwischt. Mich am schlimmsten. Aber über meine Schmerzen würde ich ihm nichts sagen. «Deshalb wissen wir noch nicht, ob wir wirklich da auftreten können.»

Reuter sah desinteressiert an mir vorüber. «Was hat denn Frank Marder zuletzt zu seinen Ausreiseideen erzählt?»

«Nicht mehr so viel. Ich glaube, er hat das nicht aufgegeben. Aber er redet nicht mehr so viel darüber. Schule zu Ende machen und dann weitersehen. Aber er weiß ja auch, dass wir davon wissen. Da muss er das nicht ständig wiederholen.»

«Und die anderen beiden?»

«Sohle, der …»

«Ja, ich weiß. Unverbrüchlich an der Seite der Arbeiterklasse, der Herr Schuster.»

Jetzt kam es darauf an. Wie andere Situationen im Leben auch waren diese Begegnungen mit Reuter davon bestimmt, dass man abwägen musste, was man preiszugeben hatte und was nicht. Reuter wusste, dass ich mich mit Melchior auch traf, wenn die anderen aus der Band nicht dabei waren. Ich hatte ihm sogar erzählt, dass wir miteinander geschlafen hatten. Sogar, bevor wir es wirklich getan hatten. Meine Rechnung war, dass das so intim und gleichzeitig so wichtig wirkte, dass er andere Dinge nicht abfragte. Ich hatte sogar überlegt, ihm Details zu erzählen, die ihn vielleicht irgendwie anmachten. Aber dann hatte ich doch etwas Angst davor bekommen. Was, wenn ihn das zu komischen Sachen ermunterte? Wir waren schließlich allein in dem Hausflur.

Aber zu Melchior musste ich jetzt irgendetwas erzählen. Die Frage war folgende: Wusste Reuter von der Diskussion, die wir mit Robert Tilgner geführt hatten? Wir waren auseinandergegangen, ohne die Frage zu beantworten, wie wir das MfS wissen lassen wollten, dass sich Melchior offenbart hatte. Und ich konnte den anderen ja schlecht erzählen, dass ich bald schon den Termin mit Reuter haben würde.

Ich musste noch eine einzige Sekunde darüber nachdenken. Reuter zog die Lippen zu einem kleinen Kreis zusammen. Er wurde ungeduldig. Also sagte ich es. «Melchior hat gesagt, dass er angeworben worden ist.»

«Was?» Reuter stand auf. Er war sowieso größer als ich. Jetzt, wo er zwei Stufen über mir stand, wirkte er wie ein Riese.

Als ich nicht weiterredete, öffnete er die Hände. Immerhin fing er nicht an zu schreien.

«Er hat es mir erzählt, nachdem wir miteinander geschlafen haben», sagte ich. Das war falsch, aber es erschien mir ein passender Rahmen dafür zu sein, so etwas nicht nicht erwähnen zu können. Wenn, dann nach dem Sex.

Es ging immer ums Abwägen. Die Wahrheit war nicht, was Gewicht hatte. Es ging vielmehr um eine Geschichte, die plausibel erschien. Gib so viel, wie du musst. Und erfinde dafür einen Rahmen. Einen Rahmen, den Reuter glaubwürdig findet. Um ihn ging es hier. Er musste gleich gehen und annehmen, etwas erfahren zu haben. Nur dass ich heute tatsächlich etwas mitzuteilen hatte.

Jetzt musste ich also noch den einen Schritt weitergehen. «Und ich glaube, er hat das auch den anderen beiden gesagt.»

Reuter wandte sich wortlos ab und ging mit schnellen Schritten zur Haustür.

69 | Otto Castorp

«Ich mache mir da wenig Sorgen», sagte Heinz, als er sich auf den Tisch setzte, hinter dem er sonst die Sitzungen der Morduntersuchungskommission leitete. «Der kann nicht weg. Und wir warten einfach, bis die Genossen von der Schutzpolizei ihn hier abliefern.»

Otto betrachtete die anderen Kollegen. Rolf ging vor dem Fenster auf und ab. Günter stützte sich auf einen Tisch an der Tür und hatte seine Augen auf Heinz gerichtet. Konnie lehnte an der Wand, die vom Tisch des Leiters am weitesten entfernt war, und bemühte sich, nicht aufzufallen. Otto musste sich eingestehen, dass er angesichts des jungen Kollegen ein wenig Enttäuschung verspürte. Konnie war der Jüngste der Gruppe, aber er hielt sich in letzter Zeit so weit abseits, dass man den Eindruck haben konnte, er wolle nicht wirklich Teil der MUK sein. Seine Wortbeiträge waren immer spärlicher geworden in den letzten Monaten, und zu den letzten beiden Grillabenden bei Günter war er auch nicht erschienen. So etwas merkten sich die Leute natürlich.

Jetzt räusperte sich Konnie. «Ich bin überzeugt, dass er zur Grenze will.»

«Das ist doch Unsinn», sagte Rolf.

Günter wendete erst gar nicht den Kopf, um Konnie anzusehen. Heinz sah zu Boden.

«Überlegt doch mal», sagte Konnie und kam ein paar Schritte auf die anderen zu. «Wenn die Frau dabei ist, dann kann er gar nichts anderes wollen.»

«Das geht doch gar nicht.» Günter machte sich die Mühe, sich aufzurichten. «Da ist dann Schluss.»

«Wahrscheinlich.» Konnie sprach nun lauter. «Aber …» Er überprüfte alle Anwesenden, und Otto hatte den Eindruck, dass sein Atem kürzer geworden war. Er war gespannt, was jetzt kommen würde. «Aber ihr erinnert euch ja an den Ballon», er sah noch einmal schnell in die Runde, «natürlich erinnert ihr euch, das war 1980.»

«'79», sagte Rolf. «Das war '79.»

«Gut», sagte Konnie, «dann eben 1979. Das hätte ja nach menschlichem Ermessen niemals klappen dürfen. Das Risiko, dass die schon vor der Grenze runtergehen und sich alle den Hals brechen, war doch ziemlich groß.»

«Worauf willst du hinaus?»

Als Konnie nach Worten suchte, wurden Rolfs Augen finster. Heinz presste die Lippen zusammen. Günter fielen die sieben Haare, die er über den Schädel gekämmt hatte, übers Ohr, als er sich erneut auf den Tisch beugte.

Otto ergriff das Wort: «Konnie will sagen, dass ihr alle von der Vernunft des Individuums ausgeht. Und weil es nicht klappen kann an der Grenze, das wissen wir alle, kann der Nikoleit das auch gar nicht erst versuchen. So ungefähr?» Er nickte Konnie zu.

Der nickte zurück.

Es klopfte an der Tür. Ein junger Schutzpolizist, den Otto noch nie gesehen hatte, stand in der Tür und starrte auf einen Zettel. «Ich soll, also … Genossen, ich soll Ihnen, äh, euch sagen, dass in Tabarz ein W50 gesichtet worden ist, den ihr sucht.» Er atmete aus und dann wieder ein.

«Na also», sagte Heinz. «Den haben wir. Die Volkspolizei hat alles im Griff.»

«Der W50 ist von einem, äh, Genossen gemeldet worden, der in seinem Garten gesessen hat.» Der Uniformierte kniff die Augen zusammen und guckte auf den Zettel. «Und er hat zwei Besonderheiten bemerkt.» Dann sah er auf.

«Ja?» Heinz öffnete die Hände.

«Zum einen hat der Wagen komisch ausgesehen.»

«Wie, komisch?»

«Das konnte der Mann nicht sagen. Komisch jedenfalls.» Der Uniformierte wartete auf weitere Fragen.

«Und die zweite Besonderheit?», fragte Otto.

«Der W50 ist an dieser Kreuzung in den Wald abgebogen.»

70

«Tabarz? Wo ist das genau?», fragte Heinz und beugte sich über die Landkarte, die auf seinem Tisch im Versammlungsraum ausgebreitet war.

«Hier.» Rolf zeigte auf die Karte. «Nordöstlich von Friedrichroda. Hundert Kilometer?»

«Aber dann fährt der ja direkt in den Thüringer Wald hinein.» Günter drehte sich ab. «Das ist absurd.»

Otto betrachtete die Karte und dann die Kollegen. «Vor allem mit dem Lastkraftwagen», sagte er. «Was soll das?»

Konnie kam in den Raum. «Nikoleit hat wirklich keine Erlaubnis, das Land zu verlassen.»

«War doch klar.» Heinz erhob und streckte sich, dann schloss er die Augen. «Aber was will er denn ohne Genehmigung an der Grenze?» Er hielt die Augen kurz geschlossen.

«Bist du sicher?», fragte Rolf und drehte sich zu Konnie um.

Der stöhnte leise und antwortete erst gar nicht.

Heinz beugte sich zu seiner Tasche hinab, holte seinen Flachmann heraus und hielt ihn kurz an die Lippen. «Kreuz des Südens», sagte er, nachdem er einen Schluck genommen hatte. «Das wollt ihr ja sowieso nicht.»

Otto beugte sich über die Karte und betrachtete Tabarz. Das war ein kleines Dörfchen am Rand des Thüringer Waldes. Nikoleit würde mit dem W50 bald irgendwo stecken bleiben und dann … Ihm kam eine Idee. «Gib mir trotzdem mal», sagte er zu Heinz.

«Wenn es beim Denken hilft.» Heinz bückte sich erneut und reichte ihm den Flachmann. Otto drehte den Schraubverschluss auf und unterdrückte den Impuls, vor dem Trinken an der Öffnung zu riechen. Er schüttete sich etwas hinter die Lippen und schluckte, ohne den Likör auf der Zunge kreisen zu lassen. Es schmeckte trotzdem scheußlich. Süß und klebrig. Wenn man aus Aprikosen so etwas produzieren konnte, dann würde er die Finger von ihnen lassen. «Was haltet ihr davon?», fragte er, gab die Flasche an Heinz zurück und wartete, bis sich alle ihm zugewandt hatten.

Wenn niemand eine vernünftige Idee hatte, dann war die Dankbarkeit groß für jeden Vorschlag, der sie weiterbrachte.

«Mach schon», sagte Rolf.

«Ja ja, gib mal Ruhe.» Otto zeigte auf die Karte. «Also. Der Nikoleit macht etwas, das für uns keinen Sinn ergibt. Richtig?»

Keiner sagte etwas.

«Er fährt in den Thüringer Wald. Mit seinem W50. Und da wird er bald irgendwo stecken bleiben. Noch bevor er den Rennsteig erreicht hat. Richtig?»

Alle schwiegen. Günter zündete sich eine Zigarette an. Otto zog seine Packung hervor, nestelte eine Zigarette heraus, beugte sich vor und steckte seine an Günters an.

«Jetzt mach schon», sagte Rolf.

Otto blies den Rauch in seine Richtung. «Falsch», sagte er. «Er hat das vorbereitet. Und er nimmt einen Weg, den er sich vorher ausgeguckt hat.»

«Dann kommt er trotzdem nicht in die BRD.»

«Vielleicht», sagte Otto. «Aber er wird da auch etwas vorbereitet haben.»

«Nämlich?» Heinz hielt den Flachmann immer noch in der Hand. Er schaute ungeduldig, hielt sich aber zurück. Ein guter Gedanke wollte entwickelt werden.

«Mein Instinkt sagt mir, dass er gefälschte Papiere dabeihat.»

«Du meinst …» Konnie zögerte. «Aber …»

«Dann kommt er aber trotzdem nicht über die Grenze.» Rolf redete einfach über Konnie hinweg. «Das fällt doch auf, wenn das telefonisch abgeglichen wird. Das klappt nie.»

«Das ist wirklich hanebüchen.» Günter drückte die Zigarette aus.

Heinz schwieg und wartete. Der Leiter der MUK wusste genau, wann es Zeit war zuzuhören.

«Das stimmt alles, was ihr da zum Besten gebt», sagte Otto. «Aber stellt euch doch mal Folgendes vor. Wenn das auffliegt, dann … Nein, das ist schon falsch formuliert. Bis auffliegt, dass die Papiere falsch sind, hat er immerhin schon die Grenze erreicht. Also vielleicht.»

«Und warum fährt er deiner Meinung nach dann in den Thüringer Wald hinein?», fragte Heinz ruhig.

Otto hatte auch darüber nachgedacht. «Um uns zu verwirren. Um für eine Weile unsichtbar zu sein.»

«Na, das ist ihm ja nicht ganz gelungen», sagte Günter.

«Es war ein Versuch. Und er wird schon wieder auftauchen», sagte Otto. «Wir werden dann bereit sein.»

71

Otto und Konnie saßen im Lada auf einem Weg in der Nähe von Schweina. Der Wagen parkte hinter einem Trabant der lokalen Volkspolizei. Zwei Uniformierte standen an der Straße und unterhielten sich gelangweilt. Der eine war dick und sah aus, als sei er über sechzig, der andere war fast noch ein Kind. Der Junge hörte dem Älteren meist zu und blickte in die Richtung, aus der die Nikoleits im W50 kommen sollten.

Heinz hatte nach Rücksprache mit oben entschieden, Ruhe zu bewahren. «Klar kriege ich die 9. Kompanie, wenn ich sie will», hatte er gesagt. «Aber wie sieht das denn aus? Wir wollen die Bevölkerung ja nicht verunsichern.»

«Meinst du, die wären wirklich gekommen?», fragte Konnie.

«Die 9.?»

«Hmhm.»

«Kommt drauf an, was Heinz denen gesagt hätte. Der Nikoleit ist ja nicht so etwas wie ein Terrorist. So etwas gibt es bei uns sowieso nicht. Unter uns …» Otto sah sich betont verstohlen um. «Also ganz unter uns. Ich glaube, dass die nur gegründet worden sind, weil es in der BRD auch so eine Einheit gibt. Aber wenn Heinz das so darstellt, dass der Nikoleit sich selbst oder die Bevölkerung des Thüringer Waldes gefährdet … Dann wären die schon gekommen.»

Otto sah Konnie lächeln. «Sie werden sie sowieso bald haben», sagte der Kollege. «Vielleicht werden sie gerade aus diesem Laster geholt. Hier werden wir die Nikoleits nicht sehen.»

«Glaub ich auch nicht. Aber wo die auch immer hergefahren sind, langsam müsste der W50 schon mal wieder auftauchen. Findest du nicht?»

Konnie blickte auf die Armbanduhr. «Auf jeden Fall», sagte er ernst und nahm den Blick lange nicht von der Uhr.

«Ist was?», fragte Otto. Er hatte lange nichts Persönliches von Konnie gehört, hatte aber auch nicht nachgefragt.

Mehr als ein Schulterzucken kam nicht.

Konnie sah zur Seite. «Wir kriegen vielleicht noch ein Kind. Renate glaubt, dass sie wieder schwanger ist.»

«Das ist toll», sagte Otto. Er erinnerte sich daran, dass die beiden vor zwei Jahren kurz vor der Scheidung gestanden hatten. Und jetzt kam schon das zweite Kind. «Mein Glückwunsch.»

«Sie erfährt es heute.»

«Und deshalb würdest du gerade alles andere lieber tun, als mit mir hier den Thüringer Wald zu bewachen.»

Konnie nickte und seufzte zugleich. «Ja, aber meinst du nicht, dass der schon längst raus sein müsste aus dem Wald?»

«Ja, müsste er. Wann ist er gesehen worden?»

«Das war …» Konnie blickte erneut auf seine Armbanduhr.

«Und es wird bald dunkel. Das ist es überhaupt. Der wartet irgendwo darauf, dass es Abend wird.»

«Dauert nicht mehr lange», sagte Konnie. «Aber da hat er nichts von. Der weiß ja nicht, dass wir hier Stellung bezogen haben. Der kommt nicht mal bis Eisenach. Egal, was er für Papiere dabeihat.»

Ja, dachte Otto. Der würde nicht einmal bis Moorgrund kommen. Aber was, dachte er auch, wenn Eisenach gar nicht sein Plan war? Und dann dämmerte es ihm.

«Was ist?», rief ihm Konnie hinterher, als Otto aus dem Lada sprang. Er war schon bei den uniformierten Kollegen, um deren Funkverbindung zu nutzen. Nikoleit wollte überhaupt nicht nach Eisenach. Sie waren auf dem Holzweg.

72

«Aber was will er denn da?» Rolf stand wie eine Statue außerhalb der Gruppe. Hände in den Hosentaschen, desinteressiert. Sie hatten sich am Stadtrand von Meiningen auf der Fernverkehrsstraße 19 getroffen. «Erstens kommt er doch gar nicht erst durch Meiningen durch. Grenznahes Gebiet, da stehen immer irgendwelche Kollegen rum. Und dann gibt es dort hinten auch noch die Grenze selbst. Und die Genossen dort nehmen ihre Arbeit sehr ernst, habe ich gehört. Was also will er da?»

«Ich weiß es nicht», sagte Otto und betrachtete die Gesichter der Kollegen. «Aber wir brauchen mehr Männer hier in der Gegend.»

«Auf die Schnelle kriegen wir nicht mehr.» Heinz zeigte in die Richtung, aus der er eben mit Rolf und Günter gekommen war. «Die Genossen von der MUK in Suhl haben getan, was wir erbeten haben, und sie haben das fein hingekriegt. Und das ist, so wie es nun abläuft, eine ordentliche organisatorische Meisterleistung. Wenn der Nikoleit in Richtung Eisenach unterwegs ist, dann findet er kein Schlupfloch.»

«Gut», sagte Günter, auch er mit den Händen in den Hosentaschen, nach vorn gebeugt, «nur mal angenommen, dass Otto recht hat mit seiner Vermutung und Nikoleit auf den Einbruch der Dunkelheit wartet.»

«Es ist schon dunkel», sagte Konnie.

«Wie sieht das denn aus?» Heinz sah sich um. «Wir haben einen flüchtigen Mordverdächtigen, wir haben den wahrscheinlichen Fluchtweg komplett abgeriegelt, kleinteilig, sodass wir niemanden in Angst und Schrecken versetzen außer dem Gesuchten, dazu sind die Genossen von der Volkspolizei in Meiningen informiert, alarmiert, sollte ich sagen, dazu gibt es die absolut übliche Wachsamkeit der Genossen des MfS, die hier in Grenznähe … Ich wundere mich schon, warum wir hier niemanden sehen von denen, und wenn der Nikoleit tatsächlich …»

«Wahrscheinlich», unterbrach ihn Otto. Er schaltete die Taschenlampe an, die er die ganze Zeit in der Hand gehalten hatte, und beleuchtete damit die zusammengefaltete Landkarte in der anderen. «Nehmen wir das hier jetzt ernst?»

«Deine verrückte Idee?», fragte Heinz. «Was denkst du denn? Wären wir sonst hier?»

Rolf räusperte sich. «Ich sehe nicht, was der hier vorhaben könnte. Der kommt hier nicht raus.»

«Aber was, wenn Otto recht hat?», fragte Konnie. Er wartete eine Kolonne von Autos ab, die hinter einem Tankwagen fuhr. «Was könnte Nikoleit denn hier wollen?»

«Ich weiß es wirklich nicht.» Otto fuhr mit dem Lichtkegel nahe an die Landkarte heran. «Aber wenn wir das systematisch betrachten, dann gibt es eigentlich nur zwei Wege, hier durchzukommen und Meiningen dabei zu umfahren. Seht mal.»

Sie versammelten sich hinter dem hellen Strahl und beschlossen nach kurzer Diskussion, sich aufzuteilen. Heinz, Günter und Konnie fuhren im Wartburg der Morduntersuchungskommission davon. Rolf stieg zu Otto in dessen Lada.

73

«Wenn irgendetwas schiefgeht, wirst du das einmal erklären müssen», sagte Rolf. Sie saßen im Lada am Rand der Straße, die hoch nach Utendorf führte. Die Straße, auf der sie Nikoleit erwarteten, war nicht mehr als ein dunkles Loch zwischen Bäumen.

«Ich kann nicht die ganze Zeit in den Rückspiegel sehen», hatte Otto gesagt, als sie sich aufgestellt hatten. In der Ausbildung lernte man, den Wagen so zu platzieren, dass man dem potenziellen Fluchtfahrzeug ohne Mühe folgen konnte. Gegen diese Lektion verstießen sie hier. Der Wagen stand so, dass sie in den Wald hineinblickten. Aber wo sollte der Nikoleit auch hin, mit seinem Lastkraftwagen?

«Hörst du mir überhaupt zu?», fragte Rolf.

«Was soll denn noch schiefgehen?»

«Ich denke, dass wir unsere Zeit verschwenden. Und eins sage ich dir. Ich verfasse die Berichte nicht. Die werden bei dir hängenbleiben. Gleich haben die Genossen die Nikoleits irgendwo bei Eisenach eingefangen, und du musst unsere Präsenz hier schön begründen. Ich wünsche viel Freude dabei.»

«Immerhin ist dann ja nichts schiefgegangen.»

«Ich meinte ja nur.»

«Ist doch sowieso alles schiefgegangen. Oder?»

Rolf betrachtete die Zigarettenpackung in seiner Hand. «Wie meinst du das?»

«Wir haben zwei tote Kinder.»

«Ein totes Kind und einen toten Punker. Na ja», er holte eine Zigarette hervor. «Im Grunde genommen hast du recht.»

Sie rauchten schweigend ein paar Minuten. Rolf drehte das Fenster herunter und warf den Stummel heraus. «Ich weiß, was dich kratzt.»

«Und?»

«Du hast zwar gesagt, du glaubst, dass Nikoleit es war. Das mit dem Jungen. Aber du bist dir nicht sicher.»

«Du?»

«Er ist abgehauen. Und er hat diese Sache mit dem Rudow manipuliert.»

«Reicht das?»

«Mir schon.»

Otto kurbelte die Scheibe auf seiner Seite herunter und nahm noch einen letzten Zug. Im Moment reichte es ihm schon aus. Sie würden ihn kriegen und befragen. Wegen dem Jungen. Und wegen dem Mädchen. Aber es gab da noch etwas anders, was ihn wunderte.

«Weißt du, was komisch ist?» Otto sah auf die Armbanduhr. «Bis jetzt ist hier noch gar kein Auto runtergekommen. Wie lange stehen wir jetzt hier? Fast eine Stunde.»

«Zu lange.»

«Ist doch seltsam, oder?»

«Willst du die Aktion abblasen?»

Otto startete den Motor. «Ich will nachsehen, was da oben los ist. Da ist immerhin ein kleines Dorf. Das ist doch nicht ausgestorben. Da muss doch mal einer runterkommen.» Er schaltete das Licht an und trat das Gaspedal. «Oder hochfahren.»

Keine Minute später stießen sie auf eine Absperrung, die quer über die Straße errichtet war. Dahinter war ein tiefes Loch in der Straße zu erkennen. Bauarbeiten.

«So ist das», sagte Rolf, «wenn man sich nicht mit den Genossen abspricht, die sich hier auskennen.»

Otto unterdrückte eine Antwort. Wenn hier nichts rauskam, dann war das eben so. «Da hätten sie aber auch mal eine Umleitung ausschildern können», sagte er.

«Du weißt, dass im grenznahen Gebiet andere Regeln gelten. Was machen wir jetzt?»

«Du bist unkooperativ.» Otto wendete vorsichtig. Die Ränder der schmalen Straße waren kaum zu sehen, und er wollte nicht im Feld oder im Graben landen. «Wir haben diese beiden Straßen gemeinsam identifiziert. Wenn Nikoleit hier in der Gegend irgendwo rauskommt und Meiningen umfahren will, dann sind das die beiden besten Möglichkeiten. Und als Heinz dem zugestimmt hat, hast du nicht widersprochen.»

«Ja ja … Lass uns zu den anderen fahren. Vielleicht hat der Chef ja noch was anderes als dieses süße Zeug in der Tasche. Er ist da immer sehr zuverlässig.»

Am Anstieg auf der anderen Seite Meiningens sahen sie die Kollegen mit einem Schutzpolizisten zusammenstehen, gerade unterhalb des Waldrandes. Der Uniformierte reichte Heinz gerade im Licht des Lada den Flachmann zurück.

«Hoffentlich hat der noch was dringelassen», sagte Rolf, als Otto den Wagen genau in der Straßenmitte anhielt. Im Lichtkegel waren der Wartburg der Morduntersuchungskommission und ein Streifenwagen beide schräg am Straßenrand abgestellt. Durch die Lücke passte gerade ein Pkw. Als Otto den Motor abwürgte, beschien nur noch trübes Standlicht der drei Wagen die Straße.

Rolf nahm sich zuerst den Flachmann und hielt den Kopf in den Nacken. Otto berichtete knapp von der Straßensperrung. Die Stimmung pendelte zwischen Langeweile und Aufgeräumtheit. Alle redeten.

«Ab und zu mal ein Wagen hier durch …»

«Auch mal ganz schön, so eine Aufgabe …»

«Die haben den noch nicht …»

«Schicken irgendwann morgen früh die Suchtrupps in den Wald rein …»

Der Wartburg war mit einem Funkgerät ausgestattet. Die Kollegen waren also besser im Bild als Rolf und er. Irgendwo in der Ferne war ein leises Donnergrollen zu hören. Otto sah hoch zum Himmel, entdeckte aber bei fast vollem Mond nicht einmal eine Wolke. Es war klar. Und es war kalt, das spürte er jetzt. Vielleicht nahm er gleich auch einen Schluck aus dem Flachmann. Wenn Rolf noch etwas dringelassen hatte.

Alle waren jetzt im Gespräch. Otto hörte das Grollen erneut.

«Seid mal ...», sagte er leise. Aber die anderen waren zu beschäftigt mit sich selbst.

Otto versuchte, sich zu konzentrieren. Ließ die Ohren über den Raum hinaus arbeiten, den die anderen mit ihrem Geschwätz blockierten.

«Seid doch mal leise», sagte er schon etwas energischer.

Das Donnern kam ohne Vorwarnung näher. Der Lastwagen brauchte nicht viel Kraft bergab, und als er den Waldrand erreichte, gab Nikoleit noch einmal kräftig Gas. Das Donnern des Motors nahm den ganzen Raum ein. Otto stieß Günter, der ihm am nächsten stand, instinktiv in den Straßengraben.

Da war der W50 schon bis auf wenige Meter heran. Otto nutzte die Rückwärtsbewegung aus dem Stoß, den er Günter versetzt hatte, und sprang in die andere Richtung davon. Der Lkw-Motor heulte tief auf.

Im Flug nahm Otto drei Dinge wahr. Da war Rolf, der neben ihm landete. Und den Flachmann, der in dessen Hand gewesen sein musste, sah Otto vor seinen Augen in den Straßengraben fallen. Vor allem aber bemerkte er, dass der Kühlergrill des W50 massiv verstärkt war. Das war es, was der Genosse in Tabarz gemeint hatte. Nikoleit, der Automechaniker. Wenn Otto nicht gewusst hätte, was dort auf sie zuraste, hätte er das Modell überhaupt nicht erkannt.

In der Sekunde, in der das starke Blech gegen das schwache gewann, erkannte er auch Nikoleits Pläne. Natürlich wollte er zur Grenze. Er musste komplett verrückt sein. Gleich, wie sehr der W50 verstärkt war – da würde er nie durchkommen. Otto rollte sich zusammen und schützte den Kopf, so gut es ging.

Das Bersten und Krachen und Splittern dauerte eine Ewigkeit, aber dann brauchte Rolf keine Sekunde, bis er wieder auf den Beinen war und seine Makarov in der Hand hatte. Otto lag noch im Graben und zählte seine Glieder, als er Rolf die breitbeinige Position einnehmen sah. Der Körper zitterte von Kopf bis Fuß, aber da gab es die eine Sekunde, in der Rolf sich zusammenriss und ganz ruhig dastand und schoss.

Nur ein Mal.

Dann setzte das Zittern wieder ein.

Noch im Liegen hörte Otto, wie der Lkw ins Schlingern kam und in die Bäume raste. Die Kugel musste einen Reifen getroffen haben.

Als Rolf sich auf den Hosenboden setzte, stand Otto auf. Er wandte sich um und sah den W50 auf zwei Rädern stehend an eine kleine Baumgruppe gelehnt.

Die Verwüstung um sie herum erschien ihm total. Heinz und Konnie sah er unter dem Wartburg liegen, nur ihre Beine schauten verdreht unter dem Auto heraus. Keine Köpfe zu sehen. Der Uniformierte war unter dem Lastwagen zerquetscht worden und bildete eine blutige Masse mitten auf der Straße. Ottos eigener Lada stand in die andere Richtung gedreht am Straßenrand und beleuchtete den Lastwagen in einiger Entfernung.

Der Streifenwagen war über ihn und Rolf hinweggeflogen. Die Gewalt des Aufpralls hatte ihn zwischen zwei junge Bäume getrieben. Otto hatte Glück gehabt, dass er nicht von ihm erschlagen worden war.

Er suchte Günter.

Und fand ihn auf der anderen Seite der Straße. Er hob gerade eine Hand, um auf sich aufmerksam zu machen. Ein Blechteil steckte in seinem Oberschenkel.

Otto sah sich selbst zittern, als er das Knirschen der Lkw-Tür hörte. Nikoleit kletterte aus dem Führerhaus und blieb mit einem Fuß auf dem Vorderreifen stehen. Mit einer Hand griff er nach schräg unten in die Kabine hinein. Als er sich aufrichtete, zog er heftig an einem Arm. Das musste der seiner Frau sein. Eine Sekunde lang verharrte er so, ohne dass sich der Arm selbständig bewegte, dann fiel das Licht des Lada aus.

Nur einen Moment später hörte Otto Nikoleits Schuhe auf dem Asphalt aufkommen. War die Frau tot? Verletzt? Er strengte sich an, seine Augen an die neue Dunkelheit zu gewöhnen, und meinte, den Mann in eine mit Bäumen bestandene Wiese laufen zu sehen.

Rolf neben ihm stöhnte und erhob sich mit der Makarov in der Hand. Otto machte einen Schritt in die gleiche Richtung, blieb dann aber stehen. Er drehte sich wieder um und starrte auf den Wartburg. Der Wagen lag seitlich auf den Oberkörpern von Heinz und Konnie. Ihre Köpfe mussten zerschmettert sein. Er legte die Hände an das Heck des Wagens, war aber nicht in der Lage, ihn zu bewegen.

Also lief Otto Rolf hinterher, der schon einen weiten Vorsprung hatte. Er hörte ihn mehr, als dass er ihn sah.

Als er selbst über den kleinen Graben auf die Wiese setzte, rutschte er kurz aus. Fing sich dann und schaute ins tiefe Dunkel. Otto machte ein paar vorsichtige Schritte.

«Komm schon», hörte er Rolf leise. Jetzt konnte er die Silhouette des Kollegen auch erkennen, der mit der Hand an einen Baum gelehnt stand. «Er ist da», sagte Rolf und wedelte mit dem freien Arm, an dessen Ende die Makarov hing. «Da irgendwo.»

Für Otto war es immer noch zu düster. War das eine Obstwiese? Auf jeden Fall war sie mehr oder weniger eben.

Rolf ging vor, die Pistole am langen Arm vor sich. Er machte nicht mehr diesen unsicheren Eindruck wie noch eben. Otto ging einfach hinterher.

«Er ist hier irgendwo», sagte Rolf. «Ich weiß es. Ich kann ihn riechen.»

Otto probierte es ebenfalls und zog Luft in die Nase. Er konnte es nicht. Und prallte in Rolfs Rücken.

«Da», sagte der. «Da sitzt er.»

Die angezogenen Beine erkannte Otto zuerst, dann den Oberkörper, der an den Baum gelehnt war. Und er hörte ein leises Schluchzen.

Rolf stand noch da, jetzt hatte er wieder beide Hände an der Pistole, so wie eben, als er dem W50 den Reifen zerschossen hatte.

Otto legte eine Hand auf Rolfs Schulter. Fuhr dann langsam den Arm herab. Seine Augen hatten sich an die Dunkelheit gewöhnt. Die Waffe zeigte jetzt auf die Wiese vor Rolfs Füßen.

Den Ellbogen in den Rippen spürte Otto kaum, so benebelt war er noch. Aber er torkelte zur Seite, als Rolf die Pistole wieder nach vorn richtete und einen Schritt auf Nikoleit zuging.

«Lass das», sagte Otto.

«Hnnnnn», machte Nikoleit und zog den Kopf zwischen die Schultern. Er hatte Rolf bemerkt. Und trotz der Dunkelheit ganz sicher auch die Waffe. «Nein», sagte er lallend, so als hätte er sich die Zunge abgebissen.

Rolf machte einen weiteren Schritt nach vorn und zögerte eine halbe Sekunde.

«Nein», rief auch Otto und sprang auf Rolf zu.

Der Schuss traf Nikoleit in die Schläfe. Otto sah den dunklen Stern, als den großen Mann alle Spannung verließ.

Erst da erreichte er Rolf. «Das hat er sich verdient», sagte der und stieß Otto zurück. Dann drehte er sich um und stapfte davon.

Otto ging auf die Knie. Und als er es zu beschwerlich fand, den Oberkörper aufrecht zu halten, ließ er sich einfach nach vorn fallen. Vielleicht würde er nie wieder aufstehen.

Jena, 21.2.85

betr.: Einstufung Band «Ernteeinsatz», Jena, Jugendclub Impuls, 20.2.85

1. Leistungseinschätzung

Die Mitglieder der Band verfügen nur in einem Fall über einen Musikschulabschluß, in diesem Fall im Fach Schlagzeug. Das wird im Zusammenspiel deutlich, wenn außer dem Schlagzeug keiner in der Lage ist, den Takt zu halten.

Die Besetzung ist eher gewöhnlich mit dr, b, g und elektrischem Klavier. Der Gesang wird vorwiegend als Solostimme vorgetragen, es gibt aber auch Situationen, in denen die Stimmen aller Mitglieder zu hören sind. Die Texte, wenn davon die Rede sein kann, sind selbst geschrieben und sind nicht sehr weitreichend, zweimal wird allerdings auch auf Lyrik zurückgegriffen.

Die musikästhetische Auffassung bzw. das musikalische Konzept scheint sich zu orientieren an dem Modell «Punkmusik», wie es im Westen gespielt wird. In Bezug auf Rhythmik, Harmonie und Melodik sind viele Lieder allerdings kaum ausgearbeitet. Ob dies als Teil einer ästhetischen

Idee zu bewerten oder der mangelnden Beherrschung der Instrumente zuzuschreiben ist, soll dahingestellt bleiben.

Die Vorstellung ist insgesamt nicht nur vordergründig als aggressiv zu bewerten, sondern verwehrt sich gegen eine weitere Einordnung, weil eine musikalische Ausdrucksform nicht im Ansatz zu erkennen ist.

2. Problemstellung

Der Band konnte keine Einstufung ausgesprochen werden. Zum einen fehlt komplett ein erkennbares Konzept, zum anderen konnte sie die vom Gesetzgeber vorgeschriebenen 35 Titel nicht vorweisen, die Grundlage sind für eine Einstufung in die Tanz- u. Unterhaltungsmusik.

Im Gespräch mit dem Rat des Kreises, der FDJ-KL und dem KKK wurde zu bedenken gegeben, daß den Musikern vor einer weiteren Einstufung nahegelegt werden soll, Musikschulabschlüsse nachzuholen.

Erst dann wäre es gegeben, über Inhalte und Gesamthaltungen dem Leben gegenüber zu reden (in den erkennbaren Textpassagen wird ein sehr destruktives Bild der Gesellschaft entworfen). Und daß man Lyrik nicht einfach vertonen kann, schon wegen urheberrechtlicher Bedenken, sollte klar sein.

Glossar

ABV Der Abschnittsbevollmächtigte war ein Streifenpolizist mit eigenem Büro, der einen kleineren Stadtteil oder eine Reihe von Häuserblocks kontrollierte. Er hatte weitaus mehr Befugnisse als der Kontaktbereichsbeamte in der BRD. Neben den üblichen polizeilichen Aufgaben – Verkehr, öffentliche Ordnung, Ansprechbarkeit – war er auch für das Meldewesen verantwortlich, zum Beispiel für die Kontrolle der sogenannten Hausbücher.

Bambina Was die Kinderschokolade dem Westen, war der DDR die Bambina. Hergestellt von der VEB Thüringer Schokoladenwerke in Saalfeld, war der Werbeslogan in etwa der gleiche – viel Milch sei in dem Produkt, dabei enthielt es in erster Linie, wie die Westware, viel Zucker. Die Füllung der Bambina enthielt als Plus gegenüber der Kinderschokolade noch Haselnüsse.

BmA Berufsausbildung mit Abitur war ein Bildungsweg, der in der DDR zum Hochschulzugang berechtigte. Der Abschluss allein führte zum Status des Facharbeiters oder Gesellen. Vereinzelt wird das BmA auch heute wieder angeboten.

Blueser Vertreter einer Gegenkultur, die nicht nur, aber auch Musik hörte, die sich auf den Blues bezog. Bevor sich in der DDR die Szenen in den 1980ern ausdifferenzierten, waren die Blueser eine Art übergreifender Rahmen, die in Anlehnung an die Hippiekultur im Westen das Leben im Osten erträglicher machten. Beliebtes Kleidungsstück: das Fleischerhemd.

Dederonbeutel Dederon ist der Name für eine Kunstfaser – wie auch Nylon oder Perlon –, aus der in der DDR allerlei buntes Zeug hergestellt wurde. Schürzen, Kittel oder Tragetaschen etwa. Dass sie ausgesprochen hässlich waren, spricht nicht dagegen, dass sie heute im Onlinehandel als Nostalgieprodukte zu haben sind.

EOS Die «Erweiterte allgemeinbildende polytechnische Oberschule» war das Gymnasium der DDR, aber nur in der Form, dass dort der Hochschulzugang erworben wurde. Die Schule selbst baute bis Anfang der achtziger Jahre auf den Abschluss der 8. Klasse der POS (Polytechnische Oberschule – die Mittelschule der DDR) auf und führte dann zu vier Jahren auf der EOS. In den letzten Jahren der DDR gab es die EOS dann nur noch als zweijähriges Angebot, aufbauend auf das 10. Jahr der POS.

Frösi «Fröhlich sein und singen» war der Wahlspruch, der hinter dem Namen der Kinderzeitschrift steckte, die von 1953 bis 1956 auch unter diesem Titel erschien. Bis 1991 dann erschien sie unter der Abkürzung «Frösi» im Verlag der Tageszeitung junge Welt. Neben Comic-Strips gab es auch Erziehungstexte zu allen Themen, die Kindheit so mit sich bringt.

ND Die Tageszeitung Neues Deutschland war von 1946 bis 1989 das «Organ des Zentralkomitees der Sozialistischen Einheitspartei Deutschlands» und ist heute eine unabhängige «sozialistische Tageszeitung».

Nicki Kurzärmelige Obertrikotage, im Westen T-Shirt genannt. Gern getragen über einer Nietenhose, im Westen – und später auch in der DDR – als Jeans bekannt.

SU Die DDR war ein Land, das begeistert Akronyme kreierte und verwendete. SU stand dort für die Sowjetunion. In der BRD hieß das große Land UdSSR.

W50 Das Lastwagenmodell der DDR. Der W50, benannt nach dem Städtchen Werdau bei Zwickau, gebaut aber tatsächlich in Ludwigsfelde bei Berlin, war stets präsent auf den Straßen des Landes. Ob für Gütertransport, Feuerwehr, Militär oder die Müllabfuhr – der Lkw mit der flachen Front war für alle Jobs auf der Straße gemacht.

Zuführen Das Äquivalent zur westdeutschen Festnahme. Zugeführt wurden Leute, die einer Straftat verdächtigt wurden, für die aber noch kein richterlicher Haftbefehl vorlag. Zugeführt wurden auch Einzelne oder Gruppen von Menschen, die bei Polizeiaktionen wie solchen gegen Demonstrationen nicht eindeutig oder schnell genug identifiziert werden konnten.

Tom Franke und Lutz Semmler haben wieder Erfahrungen und Erinnerungen mit mir geteilt, über die ich nicht verfüge, weil ich nicht in der DDR aufgewachsen bin, sondern sie als Besucher kennengelernt habe. Sie haben mitgelesen, kommentiert, korrigiert, recherchiert – ohne die beiden wäre ich aufgeschmissen.

Martin Baltes, Gerda Heck, Michael Henrichs, Dorothee Plass und Klaus Viehmann haben das fertige Buch gelesen und mich mit wachen Augen auf kleine und große Missstände hingewiesen, die ich längst nicht mehr gesehen habe.

David Gray, Matthias Penzel, Stefan Stake, Thomas «Kaktus» Grund haben mir geholfen, als meine Recherchen drohten, ins Stocken zu geraten.

Danke euch allen. Fühlt euch geliebt.